ZONGCHUAN
JIYI

枞川记忆

朱 洪◎著

时代出版传媒股份有限公司

安徽文艺出版社

图书在版编目（ＣＩＰ）数据

枞川记忆 / 朱洪著. -- 合肥 ： 安徽文艺出版社， 2025.1
ISBN 978-7-5396-7067-6

Ⅰ．①枞… Ⅱ．①朱… Ⅲ．①传记文学－中国－当代
Ⅳ．①I25

中国版本图书馆 CIP 数据核字(2020)第 206858 号

枞川记忆
ZONGCHUAN JIYI

出 版 人：姚　巍
责任编辑：周　康　秦知逸　　　　　装帧设计：张诚鑫
··
出版发行：安徽文艺出版社　　www.awpub.com
地　　址：合肥市翡翠路 1118 号　　邮政编码：230071
营 销 部：(0551)63533889
印　　制：永清县晔盛亚胶印有限公司　　(0316)6658662
··
开本：700×1000　1/16　印张：19　字数：265 千字
版次：2025 年 1 月第 1 版
印次：2025 年 1 月第 1 次印刷
定价：89.80 元
··

卷 首 语

中国古代史以帝王将相为主角,司马迁身为大夫,写《史记》时附了自己的一篇短传,为中国自传的雏形。明清时期,曹雪芹写《红楼梦》,用小说笔法写家传。民国时期,胡适写《四十自述》,鲁迅写《朝花夕拾》,陈独秀写《实庵自传》,郭沫若写《我的童年》等,20世纪50年代以后,胡适写《丁文江的传记》,郭沫若写《李白与杜甫》,彭德怀写《彭德怀自述》,冯至写《杜甫传》等,都是中国现当代传记作品的上乘之作。

普通人写自传,归功于18世纪法国大革命的胜利。欧洲人将王权、神权推翻,为一般民众写自传奠定了基础。从那时起,画家开始由画帝王、教主转向画普通人物,戏曲由唱帝王将相转而唱普通老百姓。但长期以来,大多数中国作家通过小说笔法写自传,以此避免忌讳和不必要的麻烦,如张恨水写《记者外传》《巴山夜雨》。两种文体比较,小说是用了障眼法的传记,传记是日记体的小说。

写自传,多半自家中先人写起,自童年写起。一部自传,首先是一部家传。任何平凡的家庭都是社会的细胞,它不仅承载过去,也传承未来。每一个从前的故事,都或多或少烙下了已故亲人的印记,凝聚了传主心底多年的思念。它不仅让传主如见故人,脑洞大开,也令读者受其感染,分享其亲情故事,甚至进而迸发出内心深处对已故亲友的思念。因此,普通人的自传有其存在的心理基础和社会基础。

写传主童年生活时,少不了写其读书生活和受教育的经历。尤其在写其早年生活时,写其与老师和同学的交往常常占了很大比重。少年时代的老师和朋友,不仅影响传主的性格,甚至影响其一生的命运。正是在传主与一个个老师、同学的交往中,牵带出一个个故事。因此,我们读自传或传记,更多见到的不是传主读什么书,而是传主读书期间在与老师、同学的交往中发生的有趣的故事。

自学校进入社会,是人生必经的第二个转折。传主由单纯地与家人、同学交往,转而与社会上的各种人交往。在待业时期,人们的利益冲突并不明显。传主刚接触社会,接受各种挑战。在这个过程中,他或许遇到对自己有帮助的人,会遇到对自己今后成长有启发的事。如果幸运,他甚至会交上一两个终生不渝的挚友。

社会是一个万花筒,由许多花花绿绿的碎片组成五彩缤纷的世界。每一个人的人生,无非是这个万花筒中的一个碎片。绝大多数碎片没有留下痕迹,而留下痕迹的碎片,则无不携带了产生它的时代信息。人们阅读这些碎片,与其说是在阅读他人的故事,不如说是在阅读自己、家人和朋友的故事。因此,人的社会性决定了一个陌生人的自传、传记,会吸引他人,甚至超出时代和国别。

把自己的一生写出来,至少有几个好处:可以系统地反思过去;可以纪念家中的长者;可以再现与朋友的友谊;可以表达对长者、尊者的敬意;可以给孩子和其他后辈留下一个人系统的经验和教训;可以通过一个人的普通故事,窥视那个已经被人淡忘的时代;可以弥补各种教科书、史书和回忆文章留下的空白。如果一部传记作品具有思想性、史料性和故事性,其意义就会超出上述范畴,而被赋予更普遍的社会意义。

我在 1957 年出生,属鸡,自出生到 1977 年参加高考,二十一年间,中国经历了一系列重大事件。生活在这个时段的中国人,或多或少受到这些事件的影响,个人前途及生活方式,无不与国家命运休戚相关。回眸高考前的二十年的人生道路,我脚步蹒跚,像一条无助的小溪,左冲右突,找不到突围的路,直到 1977 年 12 月考上大学,才汇入了时代的潮流,欢欢喜喜奔出前庄。

我很庆幸自己后来走上了传记作家的道路,它让我得以用自己的特殊方式,感恩亲友,感谢国家和这个时代!

目　录

第四章　枞川河畔（1964.1—1973.2）

第六章　留城待业（1975.1—1976.9）

第一章　家　　世

1. 祖籍蒙城

安徽省蒙城县在安徽西北,是庄子故里,境内有庄子祠、文庙、万佛塔等文物古迹。蒙城西南,有一个篱笆集(镇),篱笆集西南四五里,有一个朱大庄,庄民全部姓朱,无宗谱、祠堂。明亡时,王室朱姓十之八九被杀,剩余大部分朱姓隐姓埋名。清初,朱大庄老人惧怕被牵连,自烧宗谱,自毁祠堂。

父亲暮年依病榻,我问:吾祖源自何?

父说,篱笆集的朱家,迁自山东老洼。至于老洼在哪里,已无人晓。何时迁来,也无人知。

我查山东老洼地名,不果。或者,以讹传讹,此名已非。

但山东确为朱姓源头。史书记载,"朱"初为"邾",邾国衰落后,一部分人被割了耳朵,遂成"朱"姓。

蒙城朱大庄繁衍千年百年,无一杂姓。附近原来还有一个朱小庄,现已不存。不远处,还有两个朱圩子,朱大庄的东北有朱前庄、朱后庄、朱王庄。因一律姓朱,一脉相承,每逢清明,朱大庄的祖坟烧纸几里地长,烟雾缭绕。

祖父叫朱锡友,曾祖父是"明"字辈,高祖是"怀"字辈。查各地朱氏族谱,无此序,或是旁支生出,未为可知。

　　祖父从小学理发手艺,承包了周围几乎所有庄稼人的"头上"生意。新中国成立前,村子里有个无赖叫"老猴",也是本家,没吃的就来要粮食。到打麦子时,他就来找祖父要麦子,若不给,就拿抓钩把麦子挖到土里,弄脏麦子,或者放火烧草屋。他是保长的狗腿子,祖父不得不一次给他两袋(300斤)麦子。新中国成立后,保长失势,三叔做了大队书记,这个老猴再不敢耍无赖了。

　　新中国成立之初,"土改"划成分时,有人提出把祖父朱锡友划成地主,因为祖父带了两个徒弟。既然有徒弟,就一定存在剥削。

　　马克思曾举例说,八个徒弟以上为业主。祖父当然不晓得用此话为自己辩护,但祖父的土地的确很少,比篱笆集人均土地还少。最后,他被划为中农。

蒙城万佛塔

我小时候,父亲常常一边就着花生米吃馒头,一边感叹说:"我们那里的地主都吃不到这样的伙食。"我心中的地主个个都是四川大地主刘文彩那样的,心里想,父亲那里的地主怎么是这样的呢?

祖父出生在 1879 年,与陈独秀同年生,1953 年去世。他的死与父亲1949 年突然离乡南下,几年不写信有关。那时,二十几岁的年轻人对写信没有什么概念,以为家里收不着信。

祖父病在床上,绝望地说:"想得慌。"

快不行时,祖父无可奈何地说:"不想了。"

祖父有三子一女,大伯父朱文章,父亲朱文端排行老二,三叔朱文贵。祖父在外面给人剃头,家里的许多农活落到大伯伯朱文章身上。大伯很辛苦,从篱笆集买山芋,码得整整齐齐,一担有一百四十多斤,挑二十五里到西南的张沟集(利辛县展沟镇)卖,来回倒腾,赚两升粮食的差价。日本鬼子侵华时,家中无盐,大伯不顾生命危险,夜里往东走一百多里,穿过几个县,偷偷到江苏省泗洪县买盐。所以抗战时期,家中没断过盐。

大伯做事有一股狠劲,别人怕跟他一起干活,他若不歇,别人也不能歇。"文革"期间,大伯到父亲工作所在地枞阳看病,说父亲小时候读书是他供的。大伯 1920 年生,20 世纪 90 年代初的夏天,大伯病倒了,说是想我的父亲。父亲回去后,大伯果然从床上爬了起来,能下地走路了。半年后,大伯又病倒了,托人带信,要我的父亲回去。这次,父亲因故没有回去,不久,大伯就去世了。对一个人来说,精神的作用胜过药石!

大伯来枞阳几次,我的印象很深。一次是夏天来枞阳治疗眼睛,半天没有水喝,回来向我父亲诉苦,父亲为此痛打我头部三巴掌。这是父亲唯一一次打我,因为打得重,我至今不忘。另一方面,可见父亲与大伯感情之深。

蒙城我一直没有回去过,直到 2019 年 1 月 26 日,第一次带家人去了蒙城,在没有墓碑的祖父、大伯父和三叔墓前烧纸、放鞭炮、叩头。蒙城农村风俗,把家中已故老人葬在自己的田地里,多不立碑。

2. 父亲南下

新中国成立前,父亲家中十几口人,一年下来,大约吃三次肉,每次一人只吃一片,三次在一起,大约五斤猪肉。过年买一刀肥肉或槽头肉,十几口人盯着这碗菜看,上面几块肥肉,下面是红皮萝卜。客人来了,主人嘴上一个劲地嚷:"吃啊! 吃啊!"但客人知道,那是客气话。遇到特别贵重的客人,主人不嚷了,而是夹一块放在客人的饭头上,那是真的请客人吃,也就吃一块。这一碗菜,要摆完正月。剩下的几斤肉,用荷叶包好,风干,摆到麦子成熟时,给堆麦穗的人吃。如果不给肉吃,堆麦穗的人会报复,他们在麦子堆的顶上留一个空,让雨淋下,麦穗就会烂掉,这一年的麦子就打水漂了。

过年时,炸一点山芋粉;家境好点的,炸高粱粉,即"芦须";再好一点的家庭,炸面粉;最好的,可以吃上炸糯米团。大人带小儿拜年,大人抓一把。晚上肚子饿,无东西吃,大人叫:"睡吧!"土话说:"人是驴推磨,睡了就不饿。"因为父亲读书,大人偶尔偷偷在锅灶里埋一个小馒头或一个山芋,悄悄地塞给他。

父亲 1928 年旧历二月十八日出生时,大爷(我的高祖)说:"这孩子白白胖胖,将来有出息。"当时高祖母已不在。有了大爷这句话,家里想方设法供父亲读书。因家庭困难,大伯父自小就没有读书。

父亲先读私塾,念《三字经》,后在附近庄读小学。1944 年冬天,父亲在篱笆中心小学读书,因腿部浮肿,小学未毕业。在父亲同学朱文敬的印象中,父亲小时候很聪明,无论什么一学就会,理发、唱花鼓戏、踩高跷都会,偶尔,也与同学摔跤。

1945 年夏天,日本鬼子投降,篱笆集东北约三十里地的三义农业技术学校招生,八百人报名,录取一百人。父亲腿未好,勉强赴考。发榜时,父亲不敢看榜,别人报喜说:"咳,你考上了啊!"

1947 年年底,三义学校搬到东北五十里地的蒙城县城。尽管差半年就毕业,因家贫路远(离家一百里),需要住校读书,父亲未去。这样,父亲读书读到十九岁,中学肄业。

父亲放假时,偶尔帮姐姐纺纱织布。家中只点一盏豆油灯,读书、摇线团子全靠它。有的家庭四台织布机,也只一盏绿豆大的菜油灯。月亮出来时,常在月下借助月光纺布。姑妈比大伯父小,比父亲年龄大,出嫁前纺布供家人穿,多余的拿出去卖。父亲的褂子缝三五只扣子,如果一排缝了七只扣子,那就很气派了。

父亲二十岁时,跟蒋金奎先生后面学花鼓戏。朱文敬晚年对我说,你爸爸喜欢哼民间小调《王大娘扒缸》。《王大娘扒缸》开头唱:

> 太阳一出照四方,担着担子去遛乡。
>
> 今天我不到别处去,我扒缸去到王大庄。
>
> 王家庄有个王员外,南北大街他有铺。
>
> 东西大楼带走廊,街上还盖骡子房……

祖父希望父亲读书,不希望他唱戏,但父亲喜欢唱花鼓戏。一天早上,父亲没有起早,祖父拍拍父亲的腿,说:"是不是昨天晚上踩高跷,把腿摔坏了?"

1949 年,父亲任蒙城三义乡团区委副书记,调皖北蚌埠党校(蒙城县东面)学习"土改"政策。入学考试题目中,有一题叫"三大法宝",许多人答:"手表、钢笔、皮鞋。"此三样为当时流行的"三大件"。

春天,安庆解放了,政府从皖北蚌埠党校学员中抽调七十多人支持新解放区,父亲因此南下到安庆,任安庆团地委工作队副队长。

1952年,蒙城县颁发两张四开大的土地证,上面有祖父的名字"朱西友",祖母的名字"孙氏",以及当时所有住在家中的人的名字,最后是姐姐"朱小景"的名字。父亲因为已经离开蒙城,不享受分配土地了。

3. 金陵李氏

我的外祖父叫李德元,其父李克明(我的曾外祖),金陵人。太平天国后期,其父辈因战乱迁徙至桐城,为迁桐第二代。李克明兄弟四人,系"克"字辈。

曾外祖李克明在桐城靠卖药材为生,先娶妻黄氏,生一女,叫李彭年,我母亲喊"大姑大大"(桐城方言,即大姑妈)。黄氏去世后,曾外祖娶戴氏为妻,即我的外祖父的生母。戴氏腿瘸、背驼,老来双眼失明。曾外祖父生活困难,故在续娶时,娶了有残疾的戴氏为妻。

曾外祖李克明于1936年去世。2016年4月8日,小母舅徐济生陪我与哥哥第一次寻祖墓,墓垄杂草丛生,墓碑上刻:

乾山巽向

考　李公　克明

故显　　克昌

妣　母　黄氏

　　　　　男　春生

　　　　　　　彭年

　　　　　　民国二十五年孟冬

所谓"乾山巽向",指下元八运中较旺的卦之一。此墓为曾外祖李克明与原配黄氏及弟弟李克昌三人合葬墓。李克昌为李克明四弟,因家贫无后,与兄长一起安葬。春生,即我的外祖父李德元。彭年,为李克明与原配黄氏生的独生女儿。根据李氏祖辈习惯,女儿亦可入碑。孟冬,指旧历十月。曾外祖李克明去世在秋末冬初,即旧历九十月份。

我们兄弟寻找祖墓,虽然迟了,却不违安庆祭祀的风俗。

宋代二程认为,一个人如果只祭祀高祖、曾祖,不祭祀始祖,情不能安。朱熹对照周礼的要求,认为一个人祭祀始祖,难做到诚心诚意。桐城派方苞认为,他们各有道理,并行不悖。但一个人祭祀时,能无怍于始祖、高祖、曾祖是很难的。在方苞心底,朱熹比二程的观点更切合实际些。

朱熹的门徒曾问他:"祭殇几代而止?"即祭祖宗,要祭几代。朱熹说:"《礼经》无所见。"即《礼经》没有记载。但方苞记得,《祭法》内明确说:"王下祭殇五,诸侯下祭三,大夫下祭二,适士及庶人祭子而止。"指王祭祖上五代,诸侯祭三代,大夫祭两代,士庶人祭一代。可见古人祭祀,身份愈高,祭祀的祖上代数愈多。一般老百姓,祭祀父辈就可以了。——安庆今日风俗,一般祭三代,差不多是循古代诸侯之礼了。故我们兄弟寻找外祖父、外祖母的上辈的墓时,已是六十岁了。

戴氏晚年因失明,平常多卧床,或依靠一只一人凳行走,即人走一步,移动一下凳子,人随凳移。外祖母徐氏烧饭,叫小姨(李桂荣)去隔壁给瞎奶奶送饭。歇一会儿,等戴氏吃好饭,小姨再去取回空碗。抗日战争时期,在日本鬼子的飞机轰炸声中,戴氏去世了,那一年,小姨五六岁。戴氏去世后,母亲和小姨随父母上了黄泥岗金陵山,为瞎奶奶送葬。其墓地在李克明墓垄附近,因靠路边,被路人踩踏,年久失修,丘垄后来陷下去,已找不到了。

2007年我出版《血祭桐城派——戴名世传》,当时并不知道曾外祖母为

外祖父的父亲李克明之墓

戴氏。听小姨说后，心中惶惶。桐城戴姓一家，来自婺源，焉知吾曾外祖母不是戴名世后裔？1713 年，戴名世落难后，桐城戴氏惶恐，近亲受牵连流放边境，女辈多为邻人所忌，潦倒不能自活。戴氏腿瘸失明，莫非《南山集》案之波及？井深绳短，隔辈遥叹！

　　另一方面，尽管曾外祖母戴氏是不是戴名世后裔，已经得不到家谱和史料坐实，但作为身上流了戴氏血液的我，能在戴名世去世三百年后，为其立传，冥冥中莫非有一种暗示？

4. 外祖父：我是老李家孝子贤孙

　　李克明与戴氏生一子，即我的外祖父李德元，又叫李春生。他于 1910 年 2 月 9 日，旧历十二月三十日除夕出生。因为出生后即为春节，故取名"春生"。

　　李克明兄弟四人，老二李克成，老三李克树，老四李克昌。兄弟四人，都是外祖父送的终。他曾说："我是老李家的孝子贤孙。"

外祖父年轻时靠在刺绣店等店铺帮忙,养家糊口,后来与几个人合作,租了一家门面,经营茶叶、板栗等山货。一家人每天一顿稀饭、两顿干饭,维持不饿。小姨晚年回忆,新中国成立前,家中曾两次借米下锅。

外祖父1910年出生,1983年去世,享年73岁。1977年,他离开最后一个工作岗位——桐城百货大楼看大门的岗位,到安庆我家度过了人生的最后六年。他去世后,留下了一个刻了"李德元章"的方形阳文私章,一个尚余6角3分的"活期有奖储蓄存折",一张1950年12月13日认购社股五千元的"合作社社股证",一个1951年5月2日加入"桐城县南关供销合作社"的社员证,一张1980年"安庆东区选举委员会"发给外祖父的选民证。

在外祖父的简简单单的人生中,除了这几样东西,没有更重要的东西了。他将这些东西放在一个小盒子里,以备随时查找。

5. 外祖母的高祖——正亮公迁自金陵

我的外祖母徐玉明之父系一脉,家谱依"正大为家,继世宜存德"排列。我分析,家谱应为"正□大为家",中间少一个字,正亮公是外祖母的高祖父,而不是外祖母的曾祖父。

正亮公为金陵迁桐第一代,其墓碑文字显示,正亮公1861年去世,葬于桐城黄泥岗。这说明正亮公迁桐城时间在1861年之前,可能在1853年洪秀全攻下金陵到1861年之间。

1853年,太平天国攻下金陵后,金陵大乱,老百姓无法正常生活。正亮公与人结伴逃离金陵,迁徙至桐城,并在黄泥岗买下坟山,故此坟山又叫"金陵山"。

正亮公1861年去世,葬在为衡公(外祖母父亲)对面的一座山——黄泥岗中议山上。1889年,其妻赵孺人去世,与其合葬。该山离合安公路数里,附近为入山必经之路。迄今一百多年过去了,因年久无人祭扫,正亮公墓垄四周荒草有一人之高。2016年4月8日中午,小母舅陪同我和哥哥去祭祖,草没荒径,已找不到坟头了。

太平天国战争,掀起了近代中国数次移民潮,影响到了我的母亲家族的西迁和桐城人口的结构。该战争影响中国事之巨细,何人能悉数道来?

6. 外祖母的祖父

外祖母家是开药店的,外祖母的祖父,即正亮公的孙子(大字辈)蓄了大胡子,大家喊他老胡子爹爹。老胡子爹爹给人看病,喜欢喝酒。我的母亲1935年出生时,老胡子爹爹的儿子为衡公已经去世,老胡子爹爹还在世。老人很喜欢重孙女儿——我的母亲。我的母亲小时包小脚,白天包,因为痛得厉害,晚上自己偷偷解开。外祖母不让解开,老胡子爹爹惯我的母亲,支持我的母亲解开,结果脚包不起来,越长越大了。

我的哥哥回忆,外祖母曾给他看过一张全家福的老照片,上面有老胡子爹爹,有小舅爹爹、大舅爹爹,还有我的外祖母等人。那时,外祖母才二十岁的样子,还是个姑娘,戴了耳环,穿了清代人穿的长裙子。因为外祖母待字闺中,我的母亲没有出生,这张全家福应该是在1934年之前照的了。

小姨没有见过老胡子爹爹,而老胡子爹爹见过我的母亲,并宠爱有加。因此,老胡子爹爹应是在1938年(小姨出生之年)前后去世的。又据小姨说,老胡子爹爹活了八十多岁。倘若老胡子爹爹活了八十五岁,则出生在1853年前后。

正亮公生于1808年,1861去世,因此,老胡子爹爹只能是正亮公的孙子辈。在外祖母的一脉中,正亮公与老胡子爹爹中间的一代人(外祖母的曾祖父),对于我们已经成了解不开的谜了。

7. 外祖母的父母

外祖母的父亲叫徐为衡，为正亮公之孙（迁桐城第三代）、老胡子爹爹之子。据小姨回忆，为衡公以卖药为生，他没有蓄胡子，但和老胡子爹爹一样，喜欢喝一点酒。酒喝醉了，喜欢骂人。民国二十二年（1933年）去世，死在外面，后葬于黄泥岗金陵山。徐公为衡和李公克明一样，都是外来人，在黄泥岗买了一山作祖坟山。因为去世时已是亲家，故墓垄相连。

这些年，小母舅和大母舅年年去扫墓，故墓垄尚可找到，其墓碑刻字云：

乾山巽向

　故显考　徐公　为衡

　　　男　家福

　　　　　家禄

　　　　　民国二十二年岁□

外祖母的母亲程老孺人，中等个子，头发后面打了个巴巴，住在东大街老屋。老人小脚，冬天穿长裤子，用短毛线绳扎住。小姨见了扎裤子的毛线绳，找程老孺人要。程老孺人便解下毛线绳，给小姨玩耍。

1949年，我的外祖母生病，患疟疾，程老孺人带了吃的东西，来住了一夜，晚上二人睡在一起，谈话至深夜。母亲听大人吩咐，清晨摸黑去东门讨"仙丹"（用黄纸烧成的灰），外祖母喝了"仙丹"，疟疾居然好了。

同一年冬天，程老孺人患疟疾，二姨、母亲和外祖母慌忙去看。这次，"仙丹"终于不灵了，程老孺人病危。二姨慌慌张张赶回来，告诉在家的外祖父和小姨，说："不好了，外祖母不行了。"我的外祖父买了鸡，与小姨赶到东门，程老孺人躺在躺椅上,已经处于弥留之际。程老孺人 1882 年出生,1950 年初去世,活了六十七年多。

1950 年 1 月 20 日,外祖母、外祖父带了我的母亲、小姨、二姨,与大舅爹爹一家,以及其他亲戚,将程老孺人葬于黄泥岗金陵山(亥山巳向),地点在其丈夫徐为衡上面一点。因为家里贫穷,墓碑上的字为手写。

外祖母的母亲程老孺人之墓

六十六年后,2016 年 4 月 8 日,我与哥哥在小母舅的陪同下去金陵山寻祖坟,见到了程老孺人的墓碑:

亥山巳向

故显妣　母程老孺人

男　家福

家禄

民国三十八年十二月初三

因小儿子徐家禄其时已去世,故墓碑上的"家禄",刻了方框。

黄泥岗金陵山祖坟墓群,前立松树,有碗口粗。站在墓垄前,透过墓周围的杂树枝、黄松叶和各种花草,放眼四望,周围山峦起伏,如游龙环绕;山下几亩见方的塘水清澈,塘外有塘,水水相连,进山公路轮廓清晰;山中空气新鲜,松枝茂密;南面山坳之外,隐约可见现代化的楼房;山巅新立的一座红瓦小亭,格外引人注目。吾母祖辈一百年前买下此坟山,葬得其所矣!

8.二十九块银圆

新中国成立前,外祖母的母亲程老孺人住桐城东大街东面的几间占地半亩的瓦屋。一次火灾后,该瓦屋仅存屋基,遂举家搬到东大街西边占地半亩的两间草屋。

程老孺人1950年初去世。去世前,她在草屋院子门前藏银圆二十九块,在家中壁橱中藏民国纸币若干。用小母舅的话说,因程老孺人是开小药店出身,一辈子谨小慎微,低调做人,故有一点银圆,不敢摆在家中,只好藏在罐子里。

1981年,小母舅徐济生(1951年12月26日出生)结婚无钱,以几百元将老屋地基半亩产权卖给一个干部。该干部起土造屋,民工在取土时,挖出装银圆的罐子,取走二十九块银圆。小母舅知道后,查了一下银圆价格,当时每个银圆价值六元,总共一百七十四元,因数额不大,未提出申诉。壁橱中藏的民国纸币也全部遗失。

2016年正月初二,我给小姨拜年,小姨谈起此事,说小母舅徐济生以为埋银圆是其父所为,但大舅爹爹并不知道。外祖母1998年8月20日去世,去世前一年,突然有一天对小姨说,程老孺人曾和她一起在桐城东门老屋院子房间边的屋檐下,埋了几十块银圆,不知道后来可取出来了。——看来,程老孺人并不糊涂,埋了银圆,把地点和数量都告诉了外祖母。老外祖母喜欢女儿,没有把此事告诉儿子。

外祖母因为不和老外祖母一起住,故将此事忘记了。四十多年后,外祖母去世前突然想起此事,可谓冥冥之中,有先人提醒呢!遗憾的是,外祖母一直到去世前才想起此事并告诉了小姨,此时,离银圆被他人取走已过去十七年了。

桐城人埋银圆颇有古风。17世纪,戴名世的祖父南居先生到南湾后,买了田地,雇了仆人。这个仆人一次在主人的地里挖到了两瓮黄金、玉器。南居先生自己没有要,而是让仆人拿回去。这个仆人拿去卖,结果惹祸上身,被捕入狱,差点丢了命。此外,朱光潜的弟弟朱光泽在新中国成立前离开桐城余家湾7号老宅时,也在家中地下埋了一罐银圆。"文革"结束后,桐城余家湾7号老宅已被他人居住几十年。他本人不便取出银圆,后由公安机关出面,挖出一罐银圆,按国家规定折兑成人民币给了朱光泽。

程老孺人埋的银圆很少,却也为桐城人埋银圆的古风增加了一个例子。

9. 外祖母三兄妹

徐公为衡娶程氏为妻,生两子一女,长子徐家福,次子徐家禄,女儿徐玉明(我的外祖母)。大舅爹爹徐公家福,脸长,个子高,20世纪70年代我见到他时,头发已经花白。大舅爹爹喜欢喝浓茶,吃重油。他从来不把隔夜茶倒掉,喜欢加新茶叶继续喝,茶壶中装满了茶叶再倒。他喜欢谈过去的事,谈着谈着,就哭了起来。外祖母在一旁,总是阻止他哭。大舅爹爹哭了几声,拿出手帕擦擦眼,眼泪还没有干,就转悲为喜了。"文革"期间,大舅爹爹在安庆城北的杨桥石塘嘴收药材,我与大母舅去看他,他拿出零嘴盒子,里面什么点心都有,让我吃个饱。

大舅爹爹娶杨氏,生一女一子。女儿徐美莲(1942年生),儿子徐济生(1951年生)。大舅爹爹1989年旧历十月去世,大舅奶奶1997年3月1日去世。20世纪70年代,我与表弟黄静去桐城,大舅奶奶在草屋后院为我们用骨头汤下面条,外加鸡蛋。许多年过去了,这顿鸡蛋、骨头汤下的面条,我一直没有忘记。

徐公为衡次子徐家禄,我喊小舅爹爹,娶闵玉汉为妻,即我的小舅奶奶。小舅爹爹与小舅奶奶1941年生一子,即我的大母舅徐济和。1942年,大母舅才一岁多,遇到抓壮丁,兄弟二人必须有一个去当兵,小舅爹爹担心自己被抓去当兵,在家吓破了胆,吐胆汁,结果去世了。小舅爹爹去世,小舅奶奶与大母舅成了孤儿寡母。幸亏程老孺人和大舅爹爹照顾,小舅奶奶与大母舅才得以生存。

10. 跑鬼子反

外祖父李公德元,20世纪30年代与外祖母徐孺人(玉明)成亲。外祖母比外祖父小五岁,生于1915年。他们生两个女儿,长女李受云(我的母亲),1935年农正正月十四日(2月17日)出生。一年后,李公克明去世,故祖父生前见到了大孙女。小女儿李桂荣,1938年3月19日出生。

母亲小时候,喜欢去东门老外祖母家。一到星期六放学,晚上就去东门,星期天晚上回南门家中。遇到暑假、寒假,一个月都待在东门老外祖母家。老外祖母家的两间草房占地半亩,进门是一个长方形的小院子,门是月牙形门,进去是唯一的卧室,左手边是箱子,上面摆小秤、药锤等,对门是一张床。与卧室并排的是一间大些的厨房。厨房外面,是一个很大的院子。

1943年的一天,住在桐城南门的外祖母,叫母亲和小姨一起去东门的老外祖母家玩。这一年,我的母亲八岁,小姨才五岁。就在这一天,碰到日本鬼子骚扰桐城,桐城人听说鬼子来了,四处跑鬼子反。

在此之前,日本鬼子于 1938 年 6 月 14 日、8 月 5 日和 1939 年 5 月 16 日三次占领桐城县城,均被收复。

老外祖母程老孺人喜欢两个外孙女。我母亲、小姨去她家,见到隔壁小店里花花绿绿的东西,总吵了要买,老外祖母总到店里去买给她们。大舅爹爹也是,遇到我的母亲和小姨要东西,总是给她们买。

这一天,老外祖母背了我的大母舅徐济和,大舅奶奶背了女儿徐美莲,用带子在胸前系成十字,跟着逃难的难民,往老外祖母的娘家周庄跑。他们拖儿带女,又带了家里养的猪、鸡。猪是用绳子系的,走了五六里路。城中很多人到周庄躲难,大家挤在一起,每天吃红米稀饭。母亲和小姨与父母分开,又天天喝稀饭,哭着要妈妈。老外祖母的弟弟见来了许多人,不高兴老外祖母带许多人到他们家来躲难。

当时,住在桐城东门的往东关跑,住在南门的往南关跑。外公和外祖母住在南门,明知道两个女儿跟老外祖母往东跑,却不得不跟着人群往南边跑。因为不放心,过了三四天,外公、外祖母到周庄把我的母亲和小姨接回自己躲避的傅汤冲(黄甲附近)。外祖母把小姨背在身上,用带子打了十字。路上遇到二外祖母(老外祖母的弟媳妇,抢亲结婚的),二外祖母把母亲接到她躲避的地方去了。

11. 孟侠小学

据小姨回忆,她与我的母亲小时处得很好,姐妹俩从来不吵。外祖母若给我的母亲做件褂子,就给小姨做件短衣服。

母亲小时与小姨李桂荣先后上孟侠小学。小姨七岁上小学,与母亲同校,母亲比小姨高三个年级。当时孟侠小学的校长叫史淑珍,教务主任叫吴昭班,都是女性。

1905 年,吴越(字孟侠)在北京刺杀五大臣英勇就义之后,他的遗骨于 1913 年由其弟吴楚带回安庆,与马炮营起义诸烈士一起葬于安庆西门外平头山,孙中山亲自写挽联"皖江九烈士之墓"。1929 年,安庆庆云街拓宽,经过吴越的同学金慰农等人的努力,以吴越的名字重新命名庆云街,即今天的吴越街。1932 年秋,家乡桐城为纪念吴越,在今同安路西、龙眠河公园东、龙眠乡南,创立了一所"私立孟侠小学"。1942 年,易名"孟侠镇示范中心国民学校",1946 年秋,易名"桐城县立简易师范学校附属小学",现为桐城东关小学。

母亲在孟侠小学读书时,算术好,加入了校童子军。加入校童子军,没有其他条件,就是家中能提供买制服的钱,买一套类似军服的衣服。因这衣服只有有钱人才能穿得起,穿上很让小朋友羡慕。外祖父打工,本拿不出这笔钱,但老外祖母喜欢我的母亲,出钱买了此衣服,但小姨没有加入童子军。遇到大家出游,童子军负责站在路边维持秩序,相当于路边警察。

12. 麻溪女中

1949 年,母亲十四岁,到麻溪女中读初中。

抗战后期,桐城私立中学纷纷建立,吴逸生与族人吴风斧、吴一寰等集资,在桐城县城五印寺创建了麻溪女子中学,吴逸生被公推为校长。该校以培养女知识青年为己任,自该校毕业的女学生有四百余人,不少学生毕业后投身革命。这四百余人中,即有我的母亲。

吴逸生(1889—1959),字季超,号士品,桐城县高桥人。少时家贫,从兄毅夫就读。稍长,苦习经史,常焚膏达旦。

母亲在麻溪女中读书的同学中,有一个叫光天放的,1933 年生,比母亲大两岁,1949年桐城刚解放,就到上海当兵了。

才女方令完(1910—1981)是母亲读麻溪女中时的老师。方令完女士是方梁君(方守墩)的幼女,其哥哥方孝孺、姐姐方令孺都是一代名流。方令完曾在安徽省立第一女子师范学校(地址在安庆)读书,毕业后任教于安庆黄家狮小学。1938年5月以后,先后在广西桂林中山纪念学校、四川江津国立九中、重庆南开中学任教。1944年春回到故乡,先后任教于桐城县立示范小学第一分校、桐城县私立麻溪女中和桐城中学。方令完女士于1951年离开桐城中学,到镇江市第二中学任教。1960年前后,她两度受高教部派遣,前往东德莱比锡大学和波兰华沙大学教授汉语言文学,计三年有余。在波兰工作期间,她曾为我国当时驻波兰大使王炳南辅导过中国文学。回国后,她仍返镇江原校工作,直至1981年逝世。方令完遗诗数十首,数首收录于《安徽省名媛诗词征略》(黄山书社,1986年出版)。

方令完在安庆省立女子一师读书时,曾吟《杂诗二首》,其一云:

> 窗前有高木,绿叶舞婆娑。
> 中有黄衣鸟,临风送清歌。
> 颓然横病榻,日月任消磨。
> 何以娱我怀,清音爱亦颇。

我在写《黄镇传》时,写到孙闻园先生;写《朱光潜大传》时,写到朱光潜的老师方守墩;写《胡适大传》时,写到胡适的朋友、新月派方令孺。而与他们有关的麻溪中学和他们的亲人方令完女士,居然是母亲的母校和母亲的老师,这些都是我在写他们时所不知道的。

遗憾的是,母亲已去世三十多年,许多故事已埋在地下。

13. 桐城中学

1950年，麻溪女中并入省立女子师范。吴逸生校长、方令完老师及包括我母亲在内的部分学生，转到桐城中学教课或读书。

在桐城中学，母亲的一个女同学叫光琼善（1934年出生），是光天放的堂妹，家住桐城羊子巷2号。母亲在桐城中学的另外一个女同学王翠兰，住在羊子巷3号，她在此前读的是联中。

秋日的一天，光琼善回家告诉她的祖母光张氏，班上一个新认识的女同学叫李受云，家在南门小街住。光张氏是张宰相的后人，住在六尺巷附近，与我的外祖母是熟人。光张氏说："我认识她的妈妈。"即认识我的外祖母。母亲个子大，年龄比光琼善小一岁，二人因为上辈认识，是世交，故十分亲近。光琼善到南门，常到母亲家玩。

学校给每个困难学生发了一袋大米作为助学金，光琼善家庭困难，分到了一袋大米。她自学校驮米回家这一天，接到堂姐光天放自上海军队的来信，说她所在的军队在上海招兵，要她去报名参军。于是，光琼善将一袋米又驮回桐城中学，说自己不念书了。光琼善于是到了上海，七个

母亲（前排右）与欧弱悠（后左）等同学合影

人参加考试,三个人被录取,她是其中一人,成为东海舰队的一名女兵。1961
年,她回到安庆地区医院,当了儿科医生。

光琼善是光明甫的后辈,喊光明甫二大爹(曾祖父一辈)。1961年,光明
甫问她父亲情况,光琼善说,父亲1944年去世了。光明甫惊讶地说:"你父亲
很有才华,怎么就去世了?"

我的母亲在桐城中学的另外一个同学叫欧弼悠(1937年生),比母亲小
两岁,母亲1951年曾与欧弼悠及另外两个好朋友合影。欧弼悠后来考取大
学,1961年分配在安庆地区医院小儿科工作,晚年定居杭州。

14. 外祖父加入了桐城南关供销合作社

1950年12月13日,住在桐城南关街的外祖父,认购桐城南关供销合作
社一股社股,合人民币五千元,同时缴纳入社费一千元。1951年5月2日,桐
城南关供销合作社理事主任叶履俊和会计胡云婷开具了"社股证",发给外
祖父一个桐城南关供销合作社社员证(162号)。

桐城南关供销合作社社址在桐城南门外南薰街,社员证上写外祖父的年
龄"四七",以此逆推,外祖父1904年出生。1980年,安庆东区发的选民证上
写了外祖父的年龄是七十二岁,以此逆推,外祖父生于1908年,与前面所说
的1904年相差四年。哪个年龄更准确些呢?

1951年5月2日,桐城供销社发给外祖父的社员证上,填写"家中人口"
为"五口",即外祖父、外祖母、我的母亲、二姨以及小姨。

供销社的社员证同时具有配购证的功能。在最初四个月,外祖父凭社员
证,购买了三样食品:1951年5月29日,以一万六千元购买二十斤粮米,粮米
单价为每斤八百元;1951年6月2日,以一万六千元购买二十斤粮米,粮米单
价为每斤八百元;1951年9月22日,以三千两百元购买半斤香油,香油单价

为每斤六千四百元。

从这个社员证上，可以略知新中国成立初期的物价、货币流通额度和一般城镇居民的生活水平。

外祖父 1952 年 5 月 2 日加入桐城南关供销合作社时颁发的社员证

15. 母亲意外的工作

1951年3月,桐城一千五百名青年报名参加了抗美援朝志愿军。同年7月,朝鲜战争开始停战谈判,不需要参加抗美援朝了。这个夏天,在麻溪女中当过童子军、正在桐城中学读三年级的母亲,报名参加了海军(从事医护工作)。光天放、光琼善姐妹先后当了女兵,加上其他同学当兵,对母亲产生了影响。母亲报名后,外祖母天天哭,舍不得放她走。7月,母亲离开桐城参选时,邻居家家送了糕。

母亲与小姨(左)在桐城合影

在安庆,母亲复查身体时,因沙眼被淘汰。恰好安庆团地委需要人,从当兵落选的女生中挑选了包括母亲在内的四人留在团地委工作。这年,母亲十六岁。

母亲到安庆团地委工作后,与年龄相仿的女同事徐渊、石兰芬住同一个房间,地点在汪家塘(宣家花园北)。1911年辛亥革命胜利后,陈独秀到安庆任都督府秘书长,与家人就住在宣家花园。

十八岁的石兰芬刚结束在团省委三个月的学习,回到安庆,被留在团地委。石兰芬是宿松人,系明朝武将后裔,祖上石良将军曾被朱元璋封官。她个子矮一点,性格活泼。徐渊 1928 年生,其时二十三岁,个子高高的。母亲一米六九,个子最高。三人晚上无事,徐渊经常带母亲和石兰芬出门跳集体舞。新中国成立之初,受苏联影响,大家喜欢在节日里跳集体舞,以表达自己对火热生活的欢欣鼓舞和激情,集体舞的伴奏曲如《青春圆舞曲》《秧歌舞》《我们工人有力量》等,充满了时代气息。

同年 11 月,母亲和石兰芬同时被调到桐城工作。母亲被分到团县委工作,石兰芬被分到桐城城东区工作。她们虽不在一个单位,但因曾在一个房间住了几个月,又一起自安庆下派,故二人往来密切,经常见面。

母亲与石兰芬(右)合影

16. 在龙眠河纳凉

1952 年夏天,母亲和石兰芬晚上常在东门大桥(紫来桥)龙眠河畔纳凉。河水很浅,二人把鞋子脱去,脚浸在水里聊天,十分惬意。

紫来桥取紫气东来之意,原名桐溪桥,曾名子来桥、良弼桥。桥东西走向,东接桐城东大街,西抵紫来街。该桥全长 48 米,宽 4.5 米,高 4.6 米,为方苞祖先、明代方德益捐建。清康熙年间,此桥为木桥,名"子来桥"。清代韩胪吟诗云:

朱栏照水赤,白石凌波苍。

履桥若平地,车驱骑连行。

乾隆初,该桥毁于洪水,大学士张廷玉捐资重建石桥,邑人更名为"良弼桥",姚兴泉作词云:

桐城好,桥跨大河滨。

捐俸经营赖良弼,筑堤防御有恭人,七省是通津。

紫来桥为五孔桥,五孔四垛。桥锋朝北,为水之源头。清人以大石垒成桥栏,古色古香。桥面上的麻石条,被独轮车碾出了深深的轮印。四个巨大的桥墩以大石头砌成,至今保存完好,桥墩上青苔斑驳,留下了岁月的痕迹。桥东岸附近的小瓦薄砖民宅,与紫来桥融为一体,成为桐城文化的一个象征。

石兰芬是宿松人,到桐城工作,举目无亲,经常去母亲家,外祖母见她来,总要张罗点东西给她吃。

　　母亲在安庆团地委工作期间，认识了在安庆团地委任工作队副队长的父亲。母亲调到桐城团县委工作后，1952 年下半年，父亲因皖北皖南合并，被下放到桐城团县委工作，两个人再一次一起工作。

　　2016 年 3 月 15 日，我去石兰芬阿姨家谈旧事。临走时，她说："见了你真高兴，像是见到了你母亲。"

17. 1953 年端午节

　　1953 年 4 月 1 日至 5 日，父母都参加了桐城县共青团第一次代表大会。6 月 15 日，端午节，父亲和母亲结婚。结婚时，没有办酒宴。父亲生前告诉我，结婚第三天，他就去了双港区。

　　石兰芬阿姨说，我是你父母的媒人。父亲 1948 年在老家蒙城曾经结过婚，并生一女，协议离婚后南下。石阿姨当时不知道，热心地做了介绍人。父母结婚后，父亲把女儿建平自蒙城接到桐城。石阿姨说，在外祖母家

1953 年父母第一张合影

的草房见到建平，扎了两个小辫子。我后来问石阿姨，母亲知道父亲在老家曾结婚并有孩子后，可怪她？她说："没有！你父母一直处得很好！"

　　双港区位于桐城南部风景秀丽的嬉子湖畔，北宋时为桐城县九镇之一，南北均可泊船，故称双港。所属练潭为古驿站，清代被列为桐城四大名镇

之一。

父亲在双港工作,先任区委副书记,后任书记。他自农村来,一直与农民一起参加生产劳动。

不久,母亲自桐城团县委调到双港区任区委组织委员。

1953 年 9 月 28 日,母亲参加了桐城县全县团干会议,并合影留念,当时母亲穿着列宁装和布鞋。桐城团县委办公室门前斑驳的土砖墙壁上,粘贴了四张斯大林语录,大约时间已久,纸边卷起。

这一年 11 月,石兰芬与在安庆报社工作的杨巨章先生结婚。

18. 哥哥出生

1954 年发大水,这一年的夏天,父亲出席了桐城第一届人民代表大会第一次会议。

8 月 13 日,为佛教的欢喜日(盂兰盆节),小国(哥哥李建国的小名)出生。此前不久,石兰芬在桐城县医院(叶家大屋)生下大儿子晓峰,母亲即将生产,但仍然去医院看望了石兰芬。过了几天,母亲在自家的草屋里生下了小国。因为外祖父和外祖母只生了两个女儿(二姨不是亲生),没有儿子,哥哥生下后,跟母亲姓李,叫李建国。

父亲一生,此事颇可称赞! 我的外祖父、外祖母与父亲一直处得很好,从来没有相互抱怨过一句。我想,这与父亲入乡随俗,同意第一个儿子跟母亲姓不无关系。

哥哥出生后,母亲自双港区委会调到桐城县组织部工作。

这一年,桐城县兴起农业合作化运动,到年底,全县兴办农业合作社 973 个。11 月 4 日,桐城县召开三级扩干会议,父亲作为双港区委书记出席了会议。

11 月 16 日,石兰芬离开桐城调到怀宁山口区任团委书记。临别时,母亲抱着石兰芬的儿子晓峰(退休前任安庆市物价局副局长),与其他五六位同志一起,去照相馆拍了合影。照片中,有五河人、桐城城关镇书记常棣和,后来任潜山县委书记、安庆市统战部部长。

1954 年 11 月 16 日,母亲(右一)等欢送石兰芬(左二),
母亲怀中婴儿是石兰芬长子杨晓峰

石兰芬长得很漂亮,胖胖的。她离开桐城前送了一张半寸照给母亲,在背后题词:"云,你大姐长得胖吧!"

几个月后,石兰芬自山口调到安庆市茶场工作,很快又调安庆"肃反"委员会工作,地点在今天的安庆师范大学菱湖校区。

石兰芬离开桐城后,张玉英被调到桐城团县委工作。她和妈妈两人都年轻,都是大个子,走在桐城大街上,颇有回头率。张玉英阿姨后来对我说:"我和你妈妈小时候曾一起滚稻草的。夏天,我到你家,没有地方午睡,你外祖母叫我睡在桌子上。"

1977年我考上安徽劳动大学,张玉英阿姨其时任政教系主任。逢节假日,她必喊我去她家小吃一顿,此是后话。

19. 自从办起合作社

1955年3月10日,桐城县召开扩大干部会议,推行安徽省委提出的农业三项改革,即单季改为双季,旱地改为水田,低产改为高产。父亲参加了会议。

母亲1956年摄于桐城

同年6月,二十岁的母亲在桐城团县委工作期间加入了共产党。9月28日,母亲去照相馆照了一张相。她在照片背面写了几行字:

于一九五五年九月廿八日
愿在社会主义建设事业中发挥自己的所有力量
自勉

初秋,海峡两岸局势紧张,9月3日,海军炮击金门岛。10月18日,父亲等桐城区委机关的同志欢送政委、部长上调安庆,数名干部斜挂盒子炮照相纪念。

同年底,桐城文化馆印了活页歌曲,以歌颂合作化为主题,刻印了《互助合作有奔头》《合作社》《我要做个好社员》《组织起来力量大》《幸福庄》等歌曲。这一段时间,广播里天天播歌颂合作化的歌,大街小巷到处回荡着这些歌声。母亲也拿了一份歌谱,天天学唱。其中《幸福庄》第一节歌词写道:

清清小河旁,有个幸福庄。

苍松翠竹长,稻田肥又壮。

自从办起了合作社,生活日日强。

丰衣又足食呀,歌儿响四方啊,

歌儿响四方。

外祖父20世纪50年代初即参加了公私合营,由原来合伙小店的小商人,改为集体杂货店的店员。外祖父大个子,十分慈祥,见顾客买东西,总笑脸相迎。他是店长,手下有两名店员,一男一女。但顾客来了,外祖父习惯马上上去打招呼,店员总慢半拍,不知道的,还以为外祖父是店员呢!

外祖父平常喜欢下一盘象棋,抽一袋黄烟,喝一杯白酒。他用八分酒杯,中午和晚上必满满地倒一杯,自斟自饮。到了冬天,把杯子放在有盖的圆口小瓷瓶中,里面放了热水温酒。他平常话不多,喝了酒,话多几句。他喝酒对菜没有什么要求,遇到特殊情况,他亲自掌厨,可以烧出很好的菜。因为油料重,火候到,十分可口。

20. 父亲调回安庆

1956年春天,安庆地委在桐城调一批干部到安庆地委工作,父亲先母亲调到安庆工作。

3月13日,在桐城团县委工作的母亲与同事合影,欢送桐城组织部部长郑祖武(调任安庆地直党委副书记)和钟嘉誉干事。

郑祖武(1924—2013),桐城人,1940年参加新四军七师五十六团五连,历任战士、班长、副排长、政工组员、指导员。1949年,他到桐城县工作,先后任吕亭区委书记、县委组织部部长。20世纪60年代,他任宿松县委副书记,

"文革"后任桐城县革委会副主任。20世纪70年代初的一个除夕,母亲曾带我到桐城郑伯伯家,郑伯伯在安庆杂技团工作的儿子为我们表演了杂技节目,我至今不忘。

3月19日,父亲离开桐城双港,调回安庆地委组织部任巡视员。同事们于3月14日与父亲合影纪念,照片上题字:"欢送朱文端、朱鹤林、李俊等同志上调合影留念。"到安庆后,父亲住安庆利民路和平楼(今健康路小学主楼)。

1956年3月20日,父母将合照签名后送给调动到安庆工作的李瑀(此照片由李瑀提供)

第二天,父母送了一张合影给李瑀(当时名李德全)。2008年父亲去世后,李瑀先生将此照片送给我,并送给我一张他与父亲及朱鹤林等当时一起调动到安庆工作的同志摄于2000年国庆节的合影。

7月14日,母亲与其他九位同事合影留念。母亲穿了一件印花褂子照相,脸上露出了笑容,显得很年轻。和她坐在一起的一位女同志,和母亲穿同样的褂子,估计是一起请裁缝做的。那时,母亲已怀孕两个月,她怀了新的生命,便是我!

夏天,母亲到安庆利民路和平楼探望父亲。父亲买了一只鸡。他从来没有杀过鸡,一刀下去,鸡没有死,血淋淋地满院子跑,父亲拿刀在鸡后面满院子追,惹得邻居哈哈大笑。

9月,母亲自桐城组织部调到安庆地直党委工作,住在原市委大楼(和平楼)。因是集体宿舍,大家担心起火,共同认购了一张中国人民保险公司的"职工团体火险",保险分户姓名写了母亲的名字"李受云"。保险金额:一百元。保品:家具、装修、私物、日常用品、衣服及行李。保险时间为一年,即到1957年9月止。

中国人民保险公司桐城支公司1952年成立,1959年撤销。

第二章 童 年

（1957.3.5—1961.8）

1. 出生

1957年3月5日,旧历二月初四,星期二,我在桐城出世了。

3月5日,是个很吉祥的日子,周恩来、宋美龄、董必武都是这一天生日,20世纪60年代,毛主席题词"向雷锋同志学习"也是这一天。胡适的表妹曹珮声也是这一天出生。据说,这一天出生是双鱼座,性格具有两重性。其实,人的性格都不是单一的。

后来知道,科学家伏特、蔡元培、斯大林都是这一天去世的,遇罗克是这一天遇难的。唉,每一天都是悲喜交加的日子!

我出生时,哥哥已三岁,父母到安庆工作后,哥哥由外祖母在桐城带着。我在桐城老屋出世后,外祖母请其小嫂子(闵玉汉)来我家帮忙,我们叫她舅奶奶。

4月初,在我满月之后,母亲即回安庆,回到了工作岗位。舅奶奶带着刚满月的我住在桐城,并为我找了一个奶娘。从此,舅奶奶一直照顾我,跟我一起到安庆、麒麟、枞阳,直到我十六岁,她才回望江带孙子,与我们分开。此是后话。

我出生时母亲才二十三岁,工作干劲很大。4月10日,母亲就到安庆参加了地直机关业余政治学校初级组第二期政治经济学的学习,考试成绩及格,获得了修业证书(第00214号)。

母亲在安庆地直党委工作时,参加了安庆地直党委第二届代表大会选举,120人参加投票,当选委员中,有后来的邻居周耀(119票)、盖来山(119票,其子盖利是建国的战友)、鲍进明(120票,20世纪70年代与父亲在安庆地委党校再度同事)。

母亲的名字在候补委员名单里,获得117票,小姨夫黄斌获得114票,黄正东(60年代和父母一批下放枞阳)获得114票。

1957年4月10日母
亲"修业证书"照

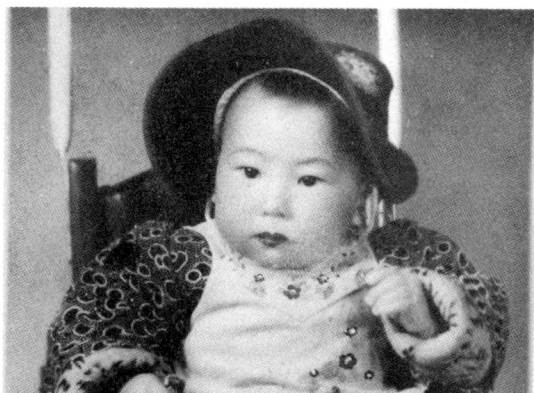

作者九个月时的照片(摄于1957年冬天)

2. 吃了奶娘的亏

母亲离开桐城时,给我匆匆忙忙找了一个已无奶水的奶娘,她常背着舅奶奶,悄悄地塞米饭给我吃。很快,我骨瘦如柴。舅奶奶不知道什么原因,一天到晚干着急,医生说我得了干疾,因为瘦弱,打针都找不准血管。

那时,我常趴在大人肩膀上,被带去医院打针。我一路望天,看着头顶上的梧桐叶,长大后似乎对此还有模糊的印象。

一天,老实巴交的舅奶奶无意中看到奶娘正在偷偷塞饭给我吃,大吃一惊。我的肠胃至今不好,第一个奶娘难辞其咎。

外祖父十分着急,慌忙托人带信给在安庆的母亲,母亲赶回桐城,辞退了奶娘,并为我新找了一位奶娘。新找到的奶娘因幼子夭折,奶水湿透了胸衣。我像久旱的禾苗逢甘霖,一顿好吮,啧啧出声。

1958年元旦,母亲和小姨带我到照相馆照了一张合影。从照片上看,我已经自被第一个奶娘塞米饭的困境中走了出来,胖起来了,母亲的脸上露出了满意的笑。这张照片还表明,1958年元旦前,我已经到安庆与父母一起生活了。

1958年元旦,母亲、小姨与作者合影

母亲晚年几次和我谈到第二次给我找奶娘的事,笑着说:"小毛子(我的小名)像一个气球,一下被吹了起来。"母亲的笑,是发自内心的喜悦。

建国与作者

3. 母亲难忘的一次经历

1958 年初秋,中共安徽省委书记曾希圣亲到安庆,布置接待即将视察安徽的毛主席的有关工作。

为了保证毛主席在安庆的安全,经过层层筛选,母亲因政治可靠,成为两名临时服务员中的一个。

9 月 16 日上午,毛主席乘坐江峡号军舰行驶在安庆长江段,母亲和另外一位女同志是被允许上船见毛主席的少数人之一。她从来没有想到,自己可以亲眼见到毛主席,而且,距离是如此地近。但遗憾的是,毛主席当天就要去合肥,没有在安庆停留,母亲和另外一位女同志辛苦接受的服务员的训练没有用上。

这一天,是母亲终生难忘的日子。

和母亲比,父亲要辛苦得多!

毛主席视察安庆一中的消息不胫而走,万人空巷,许多人站在人民路上——这是毛主席视察一中回来的必经道路。因为人多,毛主席乘坐的车子开得很慢,大多数人看不清楚毛主席的脸,只看到毛主席在招手。人们跟随着毛主席的小轿车奔跑,到了往港务局的十字路口,汽车已经不能动了。

父亲就在人民路中段大会堂附近,他看到了毛主席微笑的面孔。

这天,人民路上失落了许多东西,最多的是各式各样的鞋子。父亲特意新穿的皮鞋不知道什么时候也跑丢了一只。

二十年后,1976 年秋天的一个晚上,那时毛主席刚去世,母亲坐在红光街(今近圣诞街)七十九号家门前的走廊上,和我谈起了这段往事。透过那夜并不明亮的光线,我分享到了母亲复杂的心情。

遗憾的是,我没有在母亲生前,把她最幸福的人生经历详细记录下来。

十年前,《安庆晚报》副刊主任甲乙(叶卫东)先生对我说,他曾编辑了一位女同志写的回忆做毛主席临时服务员的文章,其中提到另外一位女服务员。但因为毛主席没有在安庆住,所以在接受毛主席接见后,任务就完成了。

我告诉他,另外一位女同志就是我的母亲!

甲乙很惊讶,说,可惜,他已经记不得这是哪一天的报纸了。

我很希望有一天能找到这一期的《安庆晚报》,看看这篇文章。

能给毛主席做服务员,是十分难得的荣耀。1958 年 12 月 10 日,安庆市妇女联合会给母亲颁发了奖状,说:

> 李受云同志在社会主义建设事业中,发挥了高度的积极性与创造性,以模范行动带动了群众,获得显著成绩,经评定为安庆市妇女建设社会主义积极分子,特发给奖状以资鼓励。

1958 年 12 月,母亲被评为安庆市妇女建设社会主义积极分子

父母 1958 年春节摄于安庆

这张奖状对于母亲来说，有特殊的分量。十五年后，母亲做了安庆地区妇联主任，开始给其他优秀的妇女同志颁发奖状，这是她自己没有想到的。小姨今年告诉我，当年与我母亲一起去码头迎接毛主席，准备做服务员工作的叫桂雪兰，当时是安庆地区医院医生。

4. 参观全国农业展览会

1959 年元旦，母亲和几位同志在南京中山陵合影。春节(2 月 8 日)这一天，母亲在北京度过，并在北京颐和园万寿宫前和其他九位同志合影，自己还在天安门前单独照了一张相。

1959 年 2 月，母亲摄于北京天安门

看了母亲的老照片，我在想，母亲此次去北京参加什么会议呢？

查中华人民共和国大事记，1 月 3 日—5 日，全国农业展览会在北京开幕，母亲是不是去参观此展览呢？母亲获得 1958 年度社会主义积极分子，是有可能得到奖励而参加这个活动的。

在另外一张照片中，我惊喜地发现母亲在"全国农业展览会"前的单独留影。我的这个猜测得到了印证。

5. 小景

1960 年元月，十一岁的姐姐在安庆师范附小 401 班 3 组读小学四年级第一学期。姐姐 1949 年出生于蒙城篱笆集朱大庄,叫朱建平,取建设和平之意。父亲到安庆工作后,与姐姐的生母协议离婚。1955 年,建平六岁时自蒙城到了桐城,由我父母亲抚养。

老师写学期评语说,朱建平平时学习不大努力,成绩不够好,不够遵守纪律,上课时爱找人说话,做小动作,作业拖拉。优点是接受能力还好。

安庆师范附小地点在安庆财政街和平楼,即今天的健康路小学。在姐姐的联系手册上,留了安庆师范附小校长任远的电话:169。此外,留了在地委组织部工作的父亲的电话:251;留了在安庆地直机关党委会工作的母亲的电话:209。还留了我们家当时的家庭住址:原市委大楼。

此时正值三年困难时期,国家向城市居民供应糠作为辅粮,姐姐上学常悄悄带一个糠饼藏在身上。有一次,舅奶奶叫她:"小景,把门锁上。"姐姐锁门时,忘记糠饼藏在身上,掉了下来。舅奶奶见了,哈哈大笑。

因吃不饱,姐姐颈子越发细长,外祖母笑她"小颈"。久而久之,我们都喊姐姐的小名"小景",不喊她的大名"建平"。

安庆师范附小创办于 1947 年,地址在安庆市利民路和平楼。20 世纪 50 年代,这里曾经是父亲的宿舍。清代这里为安庆城北马炮营旧址,离陈独秀出生地一箭之遥。

6. 平安岭

1960 年春天,我们家自原地委大楼搬到了安庆市龙山路 222 号,即黄家操场西边的平安岭(今张家拐东巷)的两排南北向的平房。古代,这里是一个小山坡,所以叫"岭"。《安庆市志》载,1922 年,皖江专科师范学校(体、美两科)在安庆张家拐成立。

1925 年 6 月,五卅运动期间,安庆成立了建华中学董事会,光明甫、沈子修、李光炯、周松圃、朱蕴山、汤葆民为董事,光明甫为董事长,汤葆民为校长。他们先租安庆张家拐 25 号一栋民房作为校舍。教员中有党员宋伟年、许杰等。

20 世纪 30 年代,这里一度是安徽大学的教师宿舍。安徽大学 1949 年迁到芜湖后,这里成了海军学校的教师宿舍。80 年代,这里又成了安庆地委唯一的配有倒垃圾夹壁的干部宿舍。

平安岭宿舍区由三排宿舍构成,两排在高处,一排在低处,我们家住在低处的那一排房屋。这排房屋南北向,北面隔了七八米,配了一排简易的厨房。我们家的厨房不大,七八平方米,摆了手做的小煤球、一个煤炉子、一个水缸、一个碗橱及锅碗瓢盆等。遇到下雨天,自正房到厨房要穿过七八米泥泞的路,很不方便。

一排正房由六个"田"字形二十四间房屋构成,背靠背住了南北各六户共十二户人家。我家六口人,住在最东头大一点(约十五平方米)的南面的两间,后面两间约十二平方米,住了桐城人王健友先生一家。

第二户是程怀清先生家,他是农工部办公室主任(副县级)。程伯伯家五口人(夫妇二人及女儿、母亲、妹妹),住在十五平方米的南面的两间。程先生 1956 年住进平安岭,那时人少,晚上四野无人,令人害怕。住在程先生家北面两小间的,是枞阳人钱让能夫妇。北面其他几间依次住了组织部副部长周耀家、组织部陈布红家、组织部吴景荣家。

正房往南,是一个池塘,即荷花塘,当地居委会至今仍叫荷花塘居委会。此塘在黄家大操场西,附近已无水的痕迹,但体育场东南隅的灌木丛里,有一株不甚粗大的杨柳树,仍存活了下来。

塘的东北面有一个公共厕所,安庆地委三排宿舍三十六户一百多人,共用这个唯一的厕所。这个厕所至今已七十多年,虽中间经过几次改造,现仍在老地方。

7. 祖母

1960 年春天,蒙城老家的祖母朱孙氏来平安岭住了一些日子。

祖母是个本分的庄稼人,不习惯南方的生活,除了和舅奶奶聊聊天,只能成天坐着打瞌睡。

有一天,祖母在打瞌睡醒来后,突然对父亲说:"死了怎么办?"

父亲说:"可以火化。"

祖母一听,瞌睡虫吓跑了,吵着要回老家。

祖母来安庆就这一次,她见过我小时候的样子,我见过她的照片,很慈祥。三年困难时期,祖母在老家去世。父亲说,她如留在安庆,也许可以多活些日子。

7 月,在安庆师范附小 401 班读第二学期的姐姐拿回《学生手册》,班主任李老师的评语是对人很热情,对老师有礼貌,劳动积极。缺点是上课不听讲,经常迟到,做作业不认真,爱同别人吵嘴。老师希望家长督促她改正缺点。

然而,父母因一心扑在工作上,没有时间去督促姐姐改正这些缺点。

受时代风气的影响,父母对于我们三姐弟,采取了"放羊"的管教方式。这个教育方式的优点是,可以充分发展孩子自由的个性,有利于创造性思维的发展。我和哥哥李建国后来一个从事写作,一个从事绘画艺术,与父母的教养方式不无关系。另一方面,父母完全放手,容易使孩子贪玩,以致玩物丧志。姐姐小时候在淮河边长到六岁,"移栽"到了长江边,因"水土不服",最终没有走上创作的道路。

8. 父母下放

三年困难时期,为了集中力量加强农业战线,帮助社员度过困难,1960年8月,安庆地委大批干部对口下放到农村。农口下放到怀宁,组织部和地直党委下放到枞阳,地委办公室、宣传部下放到太湖,工口下放到月山,财口下放到高河,等等。

1960年8月7日,在安庆地委组织部工作的父母在确定将被下放到枞阳麒麟后,和组织部部长梁武成、科长朱经本、科长郭松宝及华芳、鲍进明、荣惠民、陈逸如等十几位同事合影。梁武成,20世纪60年代任中共安庆地委副书记,1965年调到合肥,后调任中共阜阳县委书记、安徽省化工厅厅长。朱经本后任

1960年8月7日,母亲(前排左三)、父亲(前排左四)与安庆地委组织部部长梁武成(前排左五)、科长朱经本(前排左六)、科长郭松宝(前排右一)、华芳(二排左二)、鲍进明(二排左三)、荣惠民(二排右一)、陈逸如(三排左四)等合影

中共宣城地委书记;郭松宝曾任中共桐城城东区委书记,后任胡玉美公司经理。

9月,安庆地委党群口二十多人下放到枞阳最困难的麒麟区、钱桥区。据母亲的中学同学光琼善的丈夫陈力钊先生回忆,他当时在安庆地委纪律检查委员会工作,与父母所在的地委组织部同在萧肃路地委的一个楼里上班。他与父亲等人一起下放,他下放在枞阳钱桥。父亲带队,主要是做开会召集人。1962年,地区纪律检查委员会成立甄别办公室,平反冤假错案,陈力钊很快调回安庆工作。

父母下放到麒麟区时,正是三年困难时期最困难的一年,麒麟区、钱桥区的干部吃大食堂,以糊汤水为主食。陈力钊先生回忆说:

> 这糊汤水是由稻谷连壳加工而成的混合剂,搅起糊汤来,上面漂浮着一层金黄的稻壳,中间是清水,底层虽有些糊液,亦尽是泥沙,不能动牙。
>
> ——陈力钊:《与农民"三同"的日子》,载《安庆晚报》,1999年3月19日。

这年中秋节(10月5日),父亲与陈力钊先生等挂职干部借来稻谷,加工成干饭,发"中秋餐券",让社员和干部吃了一顿中秋餐。

陈力钊,原名陈林,1932年生,比父亲小五岁。

9. 卖给国家一头小猪

父母1960年秋天下放后,我们姐弟跟舅奶奶仍在平安岭住了一年。

平安岭离西边的马山不远,那里是一片荒芜的土地。我们家搬来后,舅奶奶受邻居启发,在那里开垦了一块蔬菜地,种些山芋、蔬菜,每天傍晚去浇水。我有时跟在大人后面,站在凌乱的菜地中间,东张西望,等候家人浇完水,再一起回家。

舅奶奶是一个自小吃苦的人,结婚一年,丈夫逃兵役而死,留下了遗腹子,她含辛茹苦养大孩子。别人在三年困难时期,一个个精神不振,舅奶奶却干劲十足,不仅跑几里地到马山种菜种山芋,还养了一头猪。

小猪养在厨房里,吃糠和自己家种的山芋。

1960年11月8日,母亲回到安庆,将这头180斤重的小猪,以每斤6角3分钱的价格,卖给了安庆市肉类加工厂,获得113.4元。1960年是困难时期,因为舅奶奶勤快,用在马山种的山芋养猪,养到180斤,和其他几家养的猪比,算是一头大猪了。

那时,家庭养猪需要按国家规定的价格卖给国家,即卖给安庆市肉类加工厂。在那个年代,113.4元对一个家庭是一笔很大的收入。

半个世纪后,我在电话中问住在深圳的哥哥,可记得在平安岭养了猪?

哥哥说:"没有!一点印象也没有!"

我在电话中问姐姐,她也说,没有养猪!

那么,母亲收藏的一张卖猪的发票,是怎么回事呢?

晚上,姐姐去问当年的邻居程维清伯伯,程伯伯还记得,说:"当时有四家养了小猪,你家、我家,还有周耀伯伯家,三家都卖给了国家,只有一家没有卖给国家,自己偷偷地卖了。"

三年困难时期,我们一家六口人每天吃限量的糠粑,家中居然养了一头猪,这是舅奶奶的一个小小的贡献。

据程维清伯伯回忆,当时,三家养的猪都是白色,苏联的约克夏品种,安庆农科所提供的,小猪买来约20斤。当时,国家经济困难,市场买不到豆腐、猪肉、鱼虾,程先生是副县级,每月发1斤糖票、3斤肉票(含鸡蛋、鱼虾)等。因此,国家号召大家养猪。程先生在农工部工作,任办公室副主任,正好有条件买这些小猪。当时,猪肉市场价是每斤0.73元,卖生猪每斤0.63元,有1毛钱的差价。黑市的猪肉价格,已卖到5元一斤,可养猪必须卖给国家,自己不能杀了吃,故三家养了猪,自己却吃不到猪肉。

10. 落水

1960年冬日的一个上午,阳光灿烂,我三岁了,抱着池塘边的一棵杨柳树转圈子。舅奶奶在塘边一边洗衣服,一边不时地瞅一眼我。随着一声声沉重的有节奏的木槌拍打衣服的声音,我缓慢地绕着圈子,终于,我松了一下手,掉到了塘里。

舅奶奶仍在捶衣,捶衣服的声音遮盖了我落水的扑通声。因是冬天,我身上穿着厚厚的棉袄,能浮在水面上,凑巧落水时,脸朝上,居然没有喝一口水。我躺在水面上,看着蓝天上的白云慢慢地飘过,感受一个特殊的视角带来的新鲜。云在蓝天上飘荡,我也悠闲自得,呆呆地望着天空,居然没有发出哭喊的声音。

天很蓝,白云在缓缓地飘动,池塘里的水泛着涟漪,而漂在水里的棉袄正渐渐地被冬天的冷水浸湿。

时间在缓慢地流逝,似乎什么也没有发生。

"啊呀!不好了,舅奶奶!小毛子掉到水里了!"终于,一个邻居发现了池塘里这个奇怪的景象,她先是一怔,接着终于反应过来,大声地叫喊起来,引起了邻居们的一阵骚动。舅奶奶听到喊叫声,突然意识到了什么,猛然一抬头,看到我在水里漂着。她不顾一切,来不及脱掉鞋子、冬衣,直接跳下冬天的水塘。

我没有被洗衣服泛起的涟漪和风带到池塘的中间,加上冬天池塘水浅,舅奶奶扑腾的动作,并没有加大我的危险。

奇怪的是,此事发生时,我虽然只有三岁,那蓝天上白云悠悠的景象,一直浮现在我的脑海里,没有忘记。

20 世纪 70 年代末,荷花塘被填平,安庆地委行管局在这里建了一栋四层楼房。我家经过麒麟—枞阳—安庆近圣街一番迁徙,再次住到了这里。

舅奶奶和大母舅摄于安庆菱湖公园

11. 告别平安岭

1961 年 7 月 3 日,在麒麟工作了十一个月的母亲,在枞阳和七位自安庆一起下放的干部合影,题字"我们曾经工作在一起于枞阳"。从照片上看,下放到枞阳后,粮食问题好转,母亲心情很愉快,比一年前看上去精神多了。

7 月 19 日,在安庆师范附小 502 班读第二学期的十一岁的姐姐,拿回《学生手册》。班主任丁珮芳老师评价她:劳动较积极,对老师有礼貌;对学习目的认识不清,经常无故旷课不到校。

本学期学生应上学 118 天,姐姐旷课 19 天,迟到 25 次。在班主任评语后,校长任远先生、教导主任朱茂林盖章。

另外,姐姐带回一张蜡纸刻印的通知,说下学期 9 月 1 日开学。朱建平因语文、算术两样 4 分(10 分制),需要在 9 月 1 日补考后再决定是否升到小学六年级读书。

8 月 21 日,在安庆师范附小读幼儿大班的哥哥李建国带回"幼儿园与家庭联系簿"。教养员在其"美工"一栏说,李建国可以用直线画出自己所感兴趣的一些简单情节和场面来,能张贴一些简单的图。幼儿园方面表示,附小将发出书面通知,李建国下学期将在该小学一年级读书。

然而下学期,姐姐和哥哥已迁到枞阳麒麟读书,不在安庆师范附小读书了。

中共中央于 20 世纪 60 年代初精简职工,下放大批干部和职工,不仅可以缓解城市的粮食压力,同时可以增强农村的管理水平,推进农村的社会主义教育运动。在这个背景下,大批的干部、职工被下放到农村。

我们一家六口人,分别于 1960 年 8 月和 1961 年 8 月下放到农村。

第三章 随父母下放麒麟

（1961.8—1963.12）

1.这里是朱光潜的家乡

麒麟区委的南面是桐枞公路。这条马路不阔,仅够两辆汽车并行,向东北通向桐城、合肥,向西通向枞阳县城和安庆。枞阳多丘陵,沙石和黄土筑的马路上,汽车呼啸而过,整个马路灰尘弥漫。

枞阳(桐城东乡)出了许多名人,像左光斗、方以智、钱澄之、方苞、刘大櫆、方东美、吴越、李光炯、何其巩、光明甫、施剑翘、房秩五、吴守一、章伯钧、朱光潜、黄镇、李则刚等,他们或徒步或骑马,在这条路上往复走过。

1961年8月的一天,我自安庆来麒麟,那时我只有四岁,乘卡车,大人怀抱着我。

我见到水塘边的一头牛,大喊:“猪!猪!”引起大人的一阵笑声。

舅奶奶晕车,不能与我们同乘卡车。她坐板车,由人拉着,板车上还有一只大水缸。天很黑时,舅奶奶到了屋门外,大喊:“小国,小毛子。”那声音如久别重逢,充满了欢喜。实际上,我们分开不到一天。

我们听见喊声,自刚住了不到一天的房屋内跑了出来,欢天喜地。

区委大院是一个长方形的四合院,大门朝东。麒麟区四合院东西长,由两排相对的办公室和宿舍构成;南北短,中间分别嵌了前门和后门。我们家住在靠南面的一排房子的中间,占了两间。大门的东北拐是公社的食堂。

区委后门隔着一个开阔地,即麒麟小学。后门的右边有一个池塘。刚到麒麟的那个傍晚,我一个人来到了池塘旁。天上满天星斗,周围灯火稀少,池塘周围长满了灌木丛,池塘里长满了荷叶,青蛙一声声的鸣叫此起彼伏,这景象吸引了我。到农村的第一个夜晚给我留下了很深的印象。

枞阳有 10 个区,父亲任麒麟区委书记兼人民大队队长。1962 年,麒麟区人口 9179 人,到了 1963 年 10 月,因为经济恢复,人口增加到 21909 人。麒麟区下辖石婆、阳和、麒麟 3 个公社 17 个生产大队。其中,朱光潜的家乡黛鳌大队,属于阳和公社。

母亲先任麒麟区石婆大队大队长,后任麒麟区组织部部长。

五十年后,2011 年,我去黛鳌采访朱光潜的侄子朱世全。他说我妈妈调到县里后,常来这里检查工作,夏天洗澡,还向他的妻子借过澡盆呢!

2. 父亲与黄镇合影

1961 年下半年,这一年春天离开印度尼西亚大使职务担任外交部副部长的黄镇偕夫人朱霖回家乡枞阳,做报告后与县、区领导干部合影。父亲作为麒麟区委书记,参加了此次会议。

《枞阳县志》第 32 页载:"是年（1961 年）,外交部副部长黄镇回故乡探亲、视察。"当时与黄镇同志合影的有五十三人,前排左六为黄镇,左五为朱霖,左七为县委书记康兆郁,左二为副县长何子诚,左一为县办公室主任姚一飞;二排右五为我的父亲朱文端。

1999 年的一天,我为写《黄镇传》,去北京拜访朱霖。谈话中,我提到父亲等枞阳县区以上干部与黄老及朱霖阿姨合影的事,她说不记得了。

2005 年,我在写《将军外交家黄镇》一书时,再次想起了父亲与黄镇夫妇

黄镇(前排左六)与父亲(二排右五)等合影

合影的照片。询问父亲当时的情况,父亲说,当时县里召开区干会议,正好请黄镇做外交方面的报告,他讲了在印度尼西亚的一些情况,其他的都不记得了。

3. 舅奶奶又养了一头猪

1961 年 8 月,我们姐弟三人到麒麟时,我四岁,开始学刷牙。麒麟区委大院四周的走廊高出院子地面约 80 厘米,一次,我蹲在台阶边沿刷牙,一头栽下,鼻子撞到下面的一块砖头上。不久,摄影师给我们家拍照片,把我鼻子上的十字药膏也拍了下来。偶尔,我瞧瞧镜子,总疑心鼻子有些歪。

这一年,哥哥七岁,读麒麟小学一年级。姐姐十一岁,读麒麟小学五年级。

12 月 18 日,在麒麟小学一年级读书的哥哥,被学校评为"第一等学习积极分子",校长陶曙先生盖章,颁发了奖状。

到麒麟后,舅奶奶非常高兴,除了干家务活,还种了一块菜地。在安庆种菜,要往西边跑几里路去马山,而且菜地很小,浇水很不方便。到了麒麟,可以在大院外面开垦一块菜地,旁边就是水塘。

除了种菜,舅奶奶还喂养了一头小猪。在平安岭,舅奶

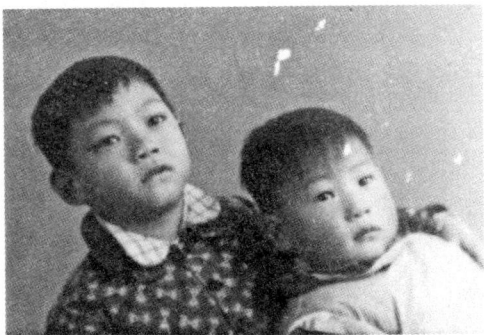

作者(右)与哥哥建国

奶已经积累了养猪的经验呢!可惜,这头猪生病死了,但舅奶奶舍不得丢掉,烧给大家吃。父母吃猪肉的机会很少,也不反对,加上我们姐弟三人嘴馋,更增长了舅奶奶烧猪肉的积极性。因猪血没有放掉,肉烧出来是红色的。哥哥已不记得猪毛是黑色还是白色的,但记得吃的猪肉是红色的。

冬天,下了一场大雪,从门口的走廊到食堂,或到对面的柴房,都需要经过雪地。乡下人制作了高高的木拖鞋(木屐),下面是木板,上面是一个简单的车内胎皮,雨雪天套着走路,可以不换棉鞋。清代枞阳人吟诗,提到过木屐,说明此鞋古代即有。

我喜欢穿着厚厚的棉鞋,踏着高高的木屐,在厚厚的雪地上走来走去。

4. 小景被禁闭

1962 年初夏的一个上午,小景和小国姐弟二人同时不见了。母亲不在家,父亲、舅奶奶十分着急,整个麒麟区委的干部进进出出,帮忙寻找。父亲分析,小景和小国可能一起去桐城外祖母家了,因为在此之前,小景曾向别人

打听买车票去桐城的事。

麒麟离桐城45里,他们想买车票,但因年龄太小,售票员不卖。那时,小景十一岁,小国八岁,一个读小学六年级,一个读小学一年级。于是,他们决定步行。他们认为,去桐城看外祖母,父母即便责怪下来,有外祖母袒护,也不能怎的。

这是一个晴朗的日子,田野里的景色充满了迷人的气息。麒麟区的公务员骑了自行车,一路猛追,追了好久没有追上两个小孩。原来,小景一路问人,走了崎岖的小路。父亲不得不派人到桐城外祖母家,把姐姐带了回来。因为外祖母坚持,小国被留在桐城玩了几天。

两个孩子的行为打乱了父亲一天的工作计划,扰得整个区委鸡犬不宁。小景被带回后,盛怒的父亲将她痛打了一顿,并关在区委大院西北拐角的柴房里。

傍晚,母亲从石婆大队回来了。

"妈妈,快开门啰!"小景听到妈妈的声音,在柴屋里大喊。

母亲不知声从何出,四处张望。

舅奶奶哈哈大笑,说:"在柴房里。"

母亲再一听,小景的声音果然自柴房里传出。

她一边叫放人,一边笑着问舅奶奶:"怎么回事?"

舅奶奶笑:"小景带小国去桐城,被文端追了回来!"

妈妈惊讶:"啊——胆子这么大?"

小国这学期缺课十三天,下学期第一阶段仍获得了一张"三好学生"的奖状。麒麟小学将这一学期分成两个阶段,哥哥获得奖状(奖字第15号)的时间是4月2日,由校长陶曙签名盖章。他去桐城的时间应当在4月3日之后。

一个学校把一学期分成两个阶段,并颁发阶段性"三好学生"奖状。这么做,可以多发一次"三好学生"奖状,就多一次鼓励学生的机会吧。

期末考试,小国成绩都在80分以上,最差的体育80分,最好的讲读95分。其中,哥哥擅长的绘画90分。班主任的评语是:"学习发狠,作业整齐清洁,老师交代的任务能很好地完成,课堂发言积极。"

麒麟小学1962年7月4日放暑假,班主任在李建国"缺课"一栏写了"缺课十三天",并说"后一阶段中学习上有些松劲",实际是指缺课去桐城一事。

1961年下学期第一阶段,建国在麒麟小学读书获得"三好学生"奖状

5.幼儿园

1963年元月18日,陶曙校长签署了麒麟小学六年级第一学期朱建平的成绩单通知书。班主任王老师用蝇头小楷,一笔一画写了"操行评语",其优点是:敏感性强,接受教育很快;聪明活泼,积极参加学校各项活动。缺点是:学习劲头不足,不钻研,不按时完成作业,也缺少改正缺点的勇气和决心。

同一天,在读麒麟小学二年级第一学期的李建国被评为"三好学生",校长陶曙签名并盖章。班主任写的"操行评语"是：学习用功，做作业细心，很注意整洁，听老师的话，工作负责，课堂上发言积极。

同一天，麒麟小学幼儿班班主任详细地写了我（朱宏）的成绩单，其中说我学会了 8 首歌谣，学会了 21 个拼音，会读会写，读音准确。计算方面，会数 20 以内各数，会写 10 以内各数，会口算 5 以内加法。唱歌方面，会唱歌，会表演动作，唱音清楚。美工方面，会画横线条和竖线条。游戏方面，会辨别前后左右方向。——老师为一个孩子写如此详细的成绩单，此等教育风气，今天已经不多见了。

五门成绩之后，老师下了一个总的评语："爱清洁，认写都很好，到园正常，不听老师的话，喜欢拿别人东西。"

这一年，我五岁。老师说我"拿别人的东西"，说明一个五岁的孩子还不能分清楚"我的"和"你的"的差别，还不知道财产的私有。在儿童眼里，东西是大家的，因为家里的东西，只要能够得着，没有什么不能拿的。但在麒麟幼儿班，已训练儿童有"自己的东西"的概念。

在这个五岁孩子的成绩单上，盖了班主任、教导主任（朱光明）和校长（陶曙）三个红彤彤的印章。

过去，我一直以为自己没有上过幼儿班，这张夹在 1959 年旧画报中的"麒麟小学幼儿班学生朱宏成绩单"，给了我一个惊喜！

陶曙校长按年龄是我的长辈，今年该有八十多岁了。1970 年 1 月到 1983 年 1 月，陶曙先生在钱桥中学任校长。

6. 全家福

1963 年，我继续在麒麟小学读幼儿班。当时，电影《兰兰和冬冬》的插曲《太阳一出满天红》流行：

太阳一出满天红,

光明四照喜冲冲。

天刚亮,忙起床,

做早操,把歌唱。

我们拍手哈哈笑,

我们都是幸福的新儿童。

正当我们一家在麒麟过着世外桃源的生活时,春天,母亲意外地得到通知,上调至枞阳工作。中共安庆地委会 3 月 28 日开会,任命母亲为枞阳县监察委员会副书记。

同一天,安庆地委任命马先泽为枞阳县监察委员会书记,孙长友为枞阳县监察委员会副书记。

母亲就要离开麒麟了,4 月 2 日,父亲请来了摄影师,给我们一家五人照了全家福,舅奶奶不愿意照相,喊她不来。照相的地点在麒麟区委大院门前盛开的栀子花旁。

1963 年 4 月 2 日在麒麟拍摄的全家福

照片上,一家人精神状态都很好。我手抱了一只瓷猫,虽然皱着眉头,但一副很健康快乐的样子,说明我们在麒麟的生活是愉快的。当时,虽在乡村,因父亲是区委书记,母亲是区委组织部部长,特别是经济开始复苏,整个国家处在蒸蒸日上的阶段,和三年困难时期在安庆的生活比,我们一家的日子幸福多了。

对在麒麟的两三年,我没有多少记忆。这张摄于麒麟区委门前栀子花旁的全家福,成了那个年代一家人幸福生活的写照。那张照片常让我想起,春天里,栀子花很多很多,铺天盖地,空气里到处弥漫着浓郁的清香。

请摄影师不容易,我们照了全家福后,父亲喊来麒麟区委的一些同志,包括炊事员十几个人一起,照了一张合影。

母亲到枞阳后,父亲工作暂时没有变化,我们一家仍在麒麟住了半年。

许多年后,我常常想,我们一家在麒麟的三年,是最幸福的三年。这张全家福的照片,不仅反映了国家经济全面复苏后的人民生活好转,还反映了我们一家人最美好的时光。

7. 离开麒麟

1963年10月,父亲的工作发生了变化,麒麟区委书记一职改由钱秀杰担任,年底,父亲担任了枞阳县组织部副部长。1964年7月2日,中共枞阳县委发的工作证(字第0014号)记载,父亲姓名:朱文端。年龄:37岁(虚岁)。籍贯:蒙城县。部别:县委组织部。职别:副部长。

母亲此前已于1963年春天调动到枞阳,父亲于下半年也调动到枞阳,但由于建国在麒麟小学读小学二年级第二学期,建平读小学六年级第二学期,因此,我们全家离开麒麟的时间在学期结束之后的1964年1月。

我们乘坐一辆吉普车离开麒麟。天没有亮,吉普车就出发了。我并不知道去什么地方,也不知道此行将永远离开了农村的生活。我刚六岁,家中的大人几乎不和我聊天。

1960 年夏秋,全国下放干部近千万,我的父母自安庆地委组织部机关"一沉到底",在农村当了三年多的基层干部。中国农村面貌因为大批干部的下放,迅速改观。父母在农村的日子是愉快的,他们显然很适合在农村工作,他们长胖了,脸上常常露出笑容。我们三姐弟心情十分愉快,哥哥几乎年年拿"三好学生"奖状;姐姐在安庆是留级生,这会儿也常常得到表扬;我在幼儿班,尽管很笨,老师的评语总是不差。嗨!就这么糊里糊涂地过了几年好日子。

有时候我在想,父母若一辈子不离开麒麟,该多好啊!

而事实上,当父母带我们一家六口离开麒麟时,心情是多么愉快啊!因为毕竟离开了农村,一家人又重新吃商品粮了。

第四章　枞川河畔

（1964.1—1973.2）

1. 惜阴亭旧址

东晋初年（317年），陶侃任枞阳县令。陶侃平日不饮酒，不赌博，发现身边的人员聚赌取乐、饮酒误事，即令把酒器、赌具沉于江中。他说："大禹圣者，乃惜寸阴，至于众人，当惜分阴，岂可逸游荒醉？生无益于世，死无闻于后，是自弃也。"陶侃的意思，一个人活着的时候，要对国家有所贡献，死了以后，要能被后人记住、传颂，否则就是自暴自弃。

陶侃年近六十岁时，为锻炼身体，每早搬一百块砖于屋外，傍晚搬回室内。东晋年间，人们建运甓（ pì，砖）亭予以纪念，明代改名为惜阴亭。

明代安庆知府胡缵宗吟诗《登惜阴亭》云：

扫云初上惜阴亭，亭下芊芊草色青。

碑刻不随城市改，鱼矶聊待贾帆停。

山围春树年年雨，江映寒芒夜夜星。

射虎纵横今始灭，谁将辛苦献王廷？

对于陶侃搬砖锻炼身体，立志为国家效力的事迹，胡缵宗十分钦佩。他编《安庆府志》说:"然运甓自励,侃侃以中原自任,亦异于今之所谓能矣。"(嘉靖三十三年(1554年)《安庆府志》,第650页)

清末人江北川曾与一班朋友游惜阴亭旧址,并吟诗《寻晋陶侃惜阴亭故址有感》一首。诗云:

> 俊游相接共攀登,胜境重寻趣更增。
> 亭不见兮徒吊古,地犹在耳岂无凭。
> 名传四海山因显,人去千秋口共称。
> 触景生情多愧对,寸阴难惜学无恒。

此诗载于江百川著《百川诗草》第17页,该书为江先生孙女江迟觉馈送笔者。江百川,名鹏,字振南,生于清光绪五年(1879年),与陈独秀同年出生。

江百川先生以前来过此山,此次与好朋友重游,兴致很高。因不见古亭,见到的只是遗址,他想,既然有传说,难道没有依凭? 此山本来不出名,因陶侃和惜阴亭而出名。陶侃是晋代人,到江百川游山时,已过去一千七百余年。与陶侃比,江百川感到自己没有惜阴,故有惭愧之感。

1938年6月,日本鬼子占领桐城时,此亭已毁。后人在此亭废墟上,建了一栋合六间,被日本鬼子当了粮仓。合六间在山坡上,大门对着日本鬼子的食堂。新中国成立后,该食堂成为枞阳县委的食堂。

1963年年底,我家搬到枞阳县委大院合六间。房西面(大门左面)墙壁中,嵌入一米高的假山,为我们儿时嬉笑游乐之处。

我判断,此假山石为惜阴亭残景。后人在被毁后的亭子上建屋,将此假山石嵌入墙壁中。以东晋年间建亭计算,此假山石已经在此一千七百年了。

2. 洗墨池畔

枞阳县委会家属宿舍在大院的东区后凤凰山山脚下,东晋县令陶侃的洗墨池西北十余米,有一栋合六间,三户人家合住,各住两间。东、西各三间,中间一个南北向的通道,南边是大门。大门有一木闩,门缝很大,夜归,可伸手将门闩拨开。通道北为后门,通后山。

父亲在枞阳组织部工作,办公室是一个被隔成前办公室、后卧室的不足二十平方米的房间。组织部是单独的一栋平房,在枞阳县委大院的后山脚下,由十几间朝南的平房构成。组织部的房子在合六间西北一百米,父母往返其间,十分方便。

1964 年 5 月 7 日,父亲(一排左四)、母亲(一排右二)与赵香庭(一排左六)、齐美淑(一排右三)、赵锡如(一排左二)、王士友(一排左五)等合影

1964 年 6 月 17 日,父亲在县委办公室领了两张红色二屉桌(其中一张桌子所有权归县党校)、一张黄色木靠椅、三张红色木靠椅、三张红色木凳和一个红色洗面架。其他床、箱子以及碗橱等家具,则由安庆拉到麒麟,再由麒麟拉到枞阳。

我们家住靠东两间毗连的房间,一间是我与哥哥、舅奶奶的卧室,一间小一点的是厨房。姐姐小学毕业后,到浮山读寄宿初中。

一次,我与小国早上打闹,小国一脚踢翻了碗橱,一声巨响,全部瓷碗顿成碎片。"好着——"舅奶奶大惊失色。

邻居夏小华叔叔是陈湖人,因患吸血虫病,手上经脉粗,人很瘦。平常,他很少言语。一次见我家公家婆拉二胡,他说:"拉二胡不容易,还有二把位、三把位。"夏天的傍晚,他在大门前篮球场参加篮球比赛,生龙活虎,完全换了一个人。他的妻子喜欢吃辣椒就饭,吃得舔嘴搭面一头汗,一旁的人看了食欲大开。小脚夏奶奶一口陈湖方言,喜欢说"不中",骂孙子"困四块玉""盒子钉"。平常,很少见到夏奶奶笑。大约有了脾气能够及时宣泄,老人活了八十多岁。

邻居束叔叔是县委办公室的秘书,平常总是笑嘻嘻的。妻子王阿姨在百货公司上班,个头不高,胖胖的,也总是笑。小脚束奶奶喜欢喝糖水,嘴里已没有牙,说话总和糖一样甜,从来没有听她骂过一声。老人慈眉善目,也活了八十多岁。

呵呵,两个老人,性格迥异,一个脾气大,一个没有脾气,都活了八十多岁。

这栋屋冬暖夏凉,屋顶有一层芦席为隔热层。一次,夏家的厨房电线冒火花,差一点将芦席烧着。

早上,阳光可以射进窗子。窗棂七八根,蒙了纸。冬天,外祖母自桐城带来的猫自纸缝里进出,毛上沾了凉飕飕的雪粒,一跃就进了我的被窝。很快,猫鼾声大起。

夏天,长廊过穿堂风,坐在过道,如坐风口。前院孙妈妈是合六间常客,下午两三点后必来小坐。孙妈妈一来,过道顿时热闹。

舅奶奶一般不插嘴,不停地搓麻线,或用锥子、大针纳鞋底。她喜欢听人说,偶尔跟着哈哈大笑,甚至笑出眼泪。舅奶奶的笑声响亮,很远都能听到。舅奶奶很少生气,她最喜欢说"人心无足蛇吞象""好心有好报"。后来我才知道,这些话与佛教有关。

大屋西墙与南面的一栋屋子的北墙、西面一排的东墙构成了一个 U 字形的小院子。南面的屋古朴,地板为木地板,有夹层,住两户人家(姚一飞先生一家和荣培先遗孀荣奶奶一家),姚、荣二家前面,即为陶侃的洗墨池。原来,此屋即为晋代枞阳县令陶侃的旧居所在。洗墨池为长方形,志书说是椭圆形,或许,我所见到的长方形洗墨池,已经是重新修建的洗墨池。20世纪 90 年代,洗墨池被人为地毁掉,开发商在此基础上建了一栋家属宿舍,旁边立一个石碑,

洗墨池(李建国 画)

上面歪歪斜斜地写了几个手写字"洗墨池旧址"。

小院子中,有一棵桑树。夏天,桑树上结满桑果,引来许多八哥、黄鹂。夏夜,树下为老人、小孩纳凉之所。一到太阳下山,大家即洒水,搬出凉床。吃了晚饭,做好了家务,每个竹床都坐满了老人和小孩。老人喜欢一边摇扇子,一边添油加醋地说神道鬼,活灵活现,让我又欢喜,又害怕。

老妇人纳凉,半夜不穿褂子,我们六七岁,她们也不忌讳小孩。远远听到男人声,一面嘿嘿地笑,以扇遮胸,一面借夜色,慌慌张张地跑进屋,穿上小褂子出来。下半夜,起风了,大家或早或迟,搬了竹床,回去睡觉。

3. 枞阳小学

1964年春节后,我七岁,上枞阳小学一年级。

六百多年前,即元延祐(1314—1320)年间,达鲁花赤帖漠补在桐城枞阳镇今枞阳小学处建陶公祠,纪念晋代县令陶侃。我在枞阳小学读书时,陶公祠已荡然无存。

我小时很"害"(方言,指调皮),一头乌黑的粗发,读书很笨,学算术如读天书,完全不知老师所云。一天早上,我被带到校长办公室。校长叫汪德风,副校长叫方汉武。班主任认为我学习成绩差,以致校长在自己的办公室亲自教我学算术。他们并没有呵斥我,也没有批评我。我后来才知道,当时全国在学习"爱的教育"。此外,可能是因为我父母在枞阳都是不大不小的干部。

父母1964年在枞阳合影

小学大门面对一个巷子,大门前不远,有一个水井,我在夏天带一个空瓶,系上线,在水井打一瓶子井水喝。望着井中的水,我们要玩好长时间。那时候,大人没有意识要孩子注意什么,大人和孩子生活在两个世界,只有在吃饭的时候,两个世界才合为一个世界。

枞阳小学培养了一大批具有自由思想的顽童,我是其中比较差的一位。无论是游泳、钓鱼、打乒乓球、玩双杠,我都是落后分子。枞阳长河(枞川)的河面宽不过百米,我虽然自学了狗刨式,但从来不敢游到河那边。钓鱼,旁人是一条一条往上拎,我是鱼鳞不见一片。

父母对于我,并没有大的期望。有一次,他们问我,将来做什么?

我说,做小木匠。

他们听了,哈哈大笑。

家中,木匠打了三个小木凳,我和姐姐、哥哥各一个。在我眼里,木匠是一个值得羡慕的职业。

在麒麟,我的学习并不太差,为什么到枞阳小学就差了呢?原来,在小学二年级读书时,发生了一件事,对我的人生产生了重大影响。

4. 跌破头

1965年清明节前夕,正在读二年级的我得到消息,清明节学校要组织学生去附近的枞阳县城东面的方家墩扫墓。

扫墓的头一天(4月4日,星期天)上午,阳光明亮,天气温暖,我像打了兴奋剂,穿了一件白色的长袖衬衫,来到县委大院左侧的县人民大会堂门前。

县人民大会堂中间有一个大门,右边有一个小门,小门上面有两个铁环,锈迹斑斑。我因兴奋,一手握住一只铁环,双脚腾空,脚踏着铁门,身体与铆了铁钉的门成直角,靠手与门环的绷力,一步一步踩着门上移。

当我的脚朝上、头朝下呈直线时,全身的重力全部系在两个已完全上锈的铁环上,突然,两个铁环同时砰的一声断了。我的头离地面差不多一米高,后脑着地,重重地砸在门下的石板上。

我预感不好,头脑木木的,但并不觉得特别痛,朦朦胧胧地感到,应该回家。我穿过县委大院的门,再穿过一个花墙,进了家属宿舍的院子,这时,血已顺着手臂流到了手肘,我害怕地哭了起来。本来是大步走,这时我一边跑,一边不能控制地哭出声来。沿途,人们都惊讶地望着我。

因为是外力作用,血从破的地方流了出来。这流出的血实际上救了我,若积在脑中,小命休矣!

进了老屋的长廊,舅奶奶不知道怎么办,急得团团转。束奶奶拿了一根竹竿,从大门后面的拐角挑下一个蜘蛛网,揉成一个团,按在我正在流血的后脑壳上。舅奶奶将一条纱布缠在我的头上,把蜘蛛网揉成的黑色团子固定住,血立即止住了,似乎痛也好些了。这以后,我始终没有去医院,甚至没有打破伤风的针。

母亲和父亲没当一回事,只知道我的头破了。唯一的所得,是舅奶奶打了几个鸡蛋给我补养。

第二天,我没有去扫墓。我很羡慕地看着别的同学排着队,唱着《油菜花儿黄》,去扫墓了。

跌破头对我一生都产生了影响,这以后很长一段时间,我说话时脸容易红。后来,我走上了"写"而不是"讲"的道路,与这次跌破头不无关系。

奥地利的历史学家维柯,幼年失误坠楼,身体受到损伤,精神也受到影响。他幼年主要靠自学,接受了天主教会的小学教育。

因跌伤而影响一生的人,一定有不少!

作者(左)在枞阳小学读书时与建国合影

5. 有时和同学吵嘴

1965 年夏天,我在枞阳小学二年级参加学期结束考试,语文 74 分,算术 65 分。班主任给我的评语是:学习认真,做作业较细心,上课能遵守纪律,劳动带头干。热爱少先队组织。有时和同学吵嘴,家庭作业有时不能完成。

"有时和同学吵嘴",指一个女同学的铜尺丢了,硬说是我拿的,要搜我的书包。一个高年级的男同学的乒乓球拍子丢了,不知道为什么,也说是我拿的。我自然是愤愤不平,与他们争吵。于是,就有了"和同学吵嘴"的评语。

父母从不问我的情况,舅奶奶是一个"睁眼瞎",斗大的字不认得一筐,钟也不认得,对于我的学习和在校情况,舅奶奶帮不上忙。每次,我在十五瓦灯泡下写作业,舅奶奶就坐在我旁边纳鞋底,或者打瞌睡。

1965 年初夏,作者(后排左)、建国、艳玲、黄静摄于枞阳组织部

因为糊涂,我并不觉得自己生活在一个很糟糕的环境里。学习一塌糊涂,跌破了头,被同学误解,等等,我都没有往心里去。这个时期,我如原始人一样,人生尚处在完全"自在"的阶段。

暑假,读小学三年级的哥哥去桐城。

外祖母和外祖父住在桐城东门紫来桥东大街。公私合营后,外祖父被安排到这条街的一家杂货店做店员,卖板栗、茶叶等山货。小杂货店在东大街的北面,大门朝南,北山墙为一个小路口,当街独立。门面为木板墙,中间为两扇木门,房顶是小瓦,马头墙,古色古香。现为东大街 210 号。

哥哥到桐城后,外祖父为哥哥新买了一双绿色凉鞋。哥哥第一次穿新凉鞋,到桐城中学游泳,上岸时发现,自己的新凉鞋被人以一双旧鞋"换"了。

哥哥穿了旧凉鞋回到外祖父的小店,担心挨骂,谁知外祖父知道后,呵呵一笑,说:"算了!'换'了算了!"

外祖父的心胸如此宽大!印象中,外祖父偶尔叹息一声,但从不对儿孙生气。

6. 桃林

县委大院依山而建,后山是漫山遍野的桃树。母亲工作的监察委员会的办公室的窗户面对着桃树丛。我常去母亲办公室,偶尔被允许拿一支母亲单位的小口径步枪架在窗上打鸟。鸟没有打中一只,打中了不少青桃,打得桃叶纷飞。

1965 年夏天的一个夜晚,我与小伙伴王鲁安跑到后面的桃林里摘桃子吃。借着月色,我们坐在矮矮的树杈上,擦去白色桃皮上的茸毛,对着红色的桃尖,咬上一口,很像美猴王大闹蟠桃宴。吃饱了后,我们又摘了一盒桃子,满载而归。

母亲在枞阳县监察委员会办公室的照片

夏天,县委大院桃子大丰收。大人们将桃子摘下,由司务长分配给各家各户。我家分了几篮子桃子,切了桃子肉,做成拔丝苹果一样的菜。舅奶奶听说邻居将桃子做汤,回家如法炮制,但味道并不好。

将桃子做成汤,端上桌子,这在我们家是唯一的一次。后来也没有听人说,谁家拿桃子做汤了。

8 月 13 日,枞阳县组织部部长赵香庭夫妇、副部长齐美淑、孙长友以及我的父母等二十位大人照相,欢送齐部长调离枞阳,我和大院的其他四个孩子也凑在前面地上坐了一排。照片上的三女一男小朋友,是县委书记康兆郁和齐美淑阿姨的孩子。

"文革"开始后,县委大院的桃树和大院里的"走资派"一样遭了殃。几天里,碗口一样粗的桃树全部被砍掉。最先砍桃树的人是枞阳"上码头"的青少年,他们拿着锹和斧头,因为"造反有理"而殃及桃林。我们这些"牛鬼蛇神"的子弟,见人来砍树,先是观望,后来少数人加入砍伐。我反应迟钝,只

1965年8月13日,枞阳县委组织部、监察委员会干部欢送齐美淑副部长荣调合影。第二排左起:孙长友、父亲、母亲、齐美淑、王敏、赵香庭、马先泽;前排小朋友左起:康小琴、康小萍、康小勇、康小莉、作者

能将别人砍断遗留下的树根慢慢盘下。

　　一个冬日的傍晚,我拿了一把锹,在老屋后门不远处的半山腰上,试着盘下一截桃树桩。那桃树根比旁的树根粗,我将旁边的土刨去,偏偏最后的主根弄不断。天完全黑了,已经到吃晚饭的时间了,舅奶奶知道我在盘树桩,没有催我。父亲见我半天不回来,趁着夜色,来到桃树桩旁。他凭着力气大,拿起锹的柄,放到桃树桩的下面,用力一扳,只听咔嗒一声,树根没有断,锹柄断了。

　　夜色朦胧,我看不清父亲的脸。父亲没有吭声,又折腾了一会儿,终于把桃树桩的主根挖断。草木知荣朽,桃树桩和一个时代一样,命运已不可逆转。

桃树根潮湿,盘回家,放在门口晒,晒很长时间。

不久,县委大院里所有居户家的门口,都摆着几个盘下的桃树桩。闲时,鸡鸭围在树桩周围觅食,成了门前一道景观。

那时,家家除了烧煤(按户口供应),多半砌了烧柴的锅灶。将张牙舞爪的桃树根稍微修理、破开,放在灶内燃烧,可以烧很长的时间,尤其是过年炒米、炸圆子时特别好用。

父亲帮助盘的那个桃树根很粗,没有办法用斧头劈开,无法塞进锅灶里去。过了许久,这个桃树桩仍放在院子里,任风雨吹打。五年后,我们家搬出了县委大院,住进了人委大院,将这个桃树根留在院子里了。

后来的春天,除了那些桃树劫后顽强生长出来的小枝丫外,山头上已寻不着像样子的桃树了,昔日灿烂桃花不见踪影,剩下的是坑坑洼洼的桃树根被拔掉后的遗迹,像是战争留下的弹坑。

1965年年底,学期结束考试,我的阅读成绩为67分,作文70分,算术65分。班主任陈佩华老师给我写的评语是:后阶段不用心听课,工作不够主动,下午有时不站队私自跑回家。爱活动,爱整洁,各科作业能独立完成,书写有进步。

陈佩华老师就住在学校里,她胖胖的,眼睛不大。除了上课,陈老师平时不和我说话,或许与我的"不成器"有关。她从来没有表扬过我,但也没有严厉地批评过我。一次,我穿了一件妈妈用剩下的布料给我做的绿色的褂子。上课时,陈老师喊我起来回答问题。我总觉得,是这件褂子的颜色戳眼睛,导致老师喊我起来回答问题。

陈老师的儿子潘柳生是我的同学,因为个子小,一度和我坐一桌。他的眼睛小,同学们喊他"潘瞎子"。他在复习考试的时候,有一个时间安排表,上午复习什么,下午复习什么,晚上复习什么,写得清清楚楚,我无意中见到了,很受启发。估计这个方法是他的母亲告诉他的。我的父母是初中生,对于学习方法,几乎是"无可奉告"。潘柳生的办法,对我后来学习的好转起了重要的作用。

遗憾的是,我知道潘柳生的学习方法,已是初中的事了。

7. 烫腿

1966年夏天的一个上午,我像往常一样去打开水。普通的水瓶两分钱一瓶,大水瓶三分钱一瓶。那天,我右手拎一瓶水,左手拿了一根捡到的可以用来做弹弓的铁丝。父亲工作的县委组织部在县委大院最后面的半山腰,自下而上约三十层水泥台阶,我走了约莫十层时,手上的铁丝突然绊了一下脚,我打了个趔趄,热水瓶砰的一声爆裂了。开水泼在水泥坡上,我穿的是制服短裤,左腿同时跪在玻璃瓶碎渣上。

父亲正在上面的走廊上和别人谈话,立即跑了下来,将我托起,迅速地向县医院奔去。县医院在县委大院的东面,顺着县委大院南面的围墙,穿过马路,沿着一条山路走,就到了医院的西边。走这条路,平常要十来分钟。父亲着急,一口气将我托到了医院,放下我时,大口喘气。事后,他腰酸背痛了好久。他后来说,自己也不知道怎么把我托到医院的。大约在特殊的情况下,人可以调动比平常大得多的力气。

到了医院,医生给我的伤口涂了紫药水,将伤口完全暴露在外面。

夏天,正在闹"文革",全县中小学教师集训,一大批教师被定为"牛鬼蛇神"。我没有耽误功课,只是不能自由地玩耍了。

下午,父亲到县文化馆借了几十本小人书,如《野火春风斗古城》《平原游击队》《鸡毛信》等,用一只扁篮子装了回来。这是父亲唯一一次出面给我借图书。哈哈!我居然因祸得福。我一边看小人书,一边想,腿伤了,值得!

最得便宜的是经常与我下军棋的小伙伴王鲁安,也分享了我身边的全部小画书。

伤好得很快,唯腿肚子的一个伤口,很久不能愈合。那时,父母已经靠边站,到桐城躲避"武斗"去了。舅奶奶每天给我两毛钱,让我到城关镇卫生所上药。卫生所始终如一地给我上药膏,然后始终如一地包扎上,但他们只收一毛钱。我用剩下的一毛钱,到县委大院斜对面的商店买上一叠方片糕犒劳自己。

舅奶奶很奇怪,怎么一个伤口这么难愈合?

终于有一天,她忍不住自己跑到药房,用两毛钱买了一瓶涂抹的药,叫我搽上。结果,涂了两次,伤口就自然愈合了。也许是卫生所不该包扎吧?

腿伤好了后,我每天吃一点方片糕的财路断了。舅奶奶始终不知道,我因为看腿上的伤口,偷吃了不少方片糕。

随着年龄增加,烫的伤疤部分变成了白色。一位同事见到,奇怪地望着我的腿,然后终于忍不住问:"你有白癜风?"

我说:"没有,这是烫伤。"

以后逢夏,我尽量穿长裤了。

印象中,父亲从来不抱我,也没有带我睡过觉。这次被开水烫伤,是父亲唯一的一次将我抱到了医院。我长得不像父亲,唯一像的地方,是父亲左额头上长了一个瘊子,我左额头上也长了一个瘊子。我经常抠它,弄得鲜血淋漓。后来,医院给我做了一个手术,把瘊子割去了。

8. 满脸涂了红漆

1966 年冬天的一个下午,我和哥哥在东面汽车站玩,那里是三岔路口,往东通往下枞阳的码头,往北通往桐城。

车站一个门刚刚上了红漆,引起了喜欢画画的哥哥的兴趣。他将新鲜的红漆一下一下地涂在我的脸上,把我染成了红脸关公。我不知道自己染成什么模样,仍然在街上疯玩。我甚至不知道,沿途的人是以什么样的眼光注视我的。吃晚饭的时候到了,我饥肠辘辘,已经忘记脸上被漆成红色,就和以往一样回家了。

母亲已回家,见到我满脸红色,大惊失色。她生气地为我洗脸,因为红漆洗不掉,她动了火气,用一根很细的竹条枝抽打我。或许,母亲那一天心情不好!总之,母亲平常温文尔雅,几乎没有打过我,那天生气大大出乎我的意料。

舅奶奶见母亲打得凶,走过来拉。后来我想,这样一个傻瓜一样的儿子,在全城人面前丢了她的脸,怎么不叫母亲生气呢?

"文革"中,母亲曾被涂了一脸的颜料游街。

"文革"前,母亲摄于枞阳县组织部前

9. 趁水"打劫"

1967 年夏天,枞阳县城发大水,县城依山傍水,水叫长河,古人叫枞川,自西而东,西北连大别山麓,东南连长江,汇入大海。

一天,不知是谁发现百货公司大厅内一个柱子旁,堆了一个装饼干的麻袋。大家假装捉迷藏,坐在麻袋旁边的凳子上歇息,一只手悄悄地从旁边的麻袋里掏出一把饼干,放入自己的口袋。我跟在后面,抓了两把饼干,然后跑开。

原来,这个装饼干的麻袋是因仓库浸水,临时被放在这里。枞阳街上的顽童,不断跑进跑出,大吃了一顿。

过了一天,枞阳街上的人们纷纷向东面的粮站仓库拥去。许多人站在齐腰深的仓库周围,用脸盆、葫芦瓢等器具捞水下的稻子。这些稻子不仅可以自己吃,还可以喂鸽子、鸡、鸭。我没有下水捞稻子,愣愣地站在一旁看了半天。

10. 父亲躲过批斗

1966年11月,毛主席第八次也是最后一次在天安门接见红卫兵时,父亲带枞阳县的红卫兵代表到北京接受检阅。一年前,父亲从江南搞"四清"回来,接姚一飞先生任"文革"办公室主任。《枞阳县志》第34页记载:"11月,县'红卫兵'代表赴北京,在天安门广场接受毛泽东主席检阅。"姐姐和父亲一起去了北京,路上几乎一夜未睡,但因人太多,他们并没有看清毛主席。

11月18日,父亲在北京前门大街19号华孚钟表眼镜行,买了一只双钻苏联自动防震手表,120元整。

从北京回来后,"造反派"抓父亲去一起批斗。父亲说生病了,卧在床上,躲过一劫。

后来,父亲因生病去下枞阳住了医院,省了不少麻烦事。我在父亲住院期间,经常往返十几里,送鸡蛋、面条等去医院。自上枞阳到下枞阳,东边是莲花湖,西边是枞川水,一路杨柳依依,由夏到秋,柳叶由青变黄。到现在我也不知道,父亲是真生病,还是为躲避批斗假生病。然而每次到医院,都见父亲有说有笑的,不像生病。

11. 偷轴承

1967 年 1 月,停课闹革命后,我们不再上课,成天跟在一班年龄比自己大几岁的孩子后面跑。带我们玩的头头叫李胜鹏,十五六岁,他的父亲是印刷厂的工人,刚刚去世。因为兄弟多,家庭生活困难,他自己又是老大,所以一边带我们玩,一边还背着刚会走路的小弟弟。

这支小分队五六人,包括我们兄弟。

夏天,我们在街上学红卫兵,互相砸石头。一块石头朝李胜鹏砸来,他始终笑嘻嘻的,本能地蹲下,他背上背着小弟弟,石子正打中其弟弟额头,李胜鹏一直笑嘻嘻的脸一下扭曲了。我们先是哈哈大笑,后来见小弟弟额头流血,笑声才戛然而止。

李胜鹏的鼻子附近长了一颗大痣,因为爱笑,尽管年龄不大,已满脸笑纹。以后一段时间,李胜鹏继续背着小弟弟,只是小弟弟头上包了白色的绷带。

一天下午,我跟着他们出去玩。路上,大家学《地道战》等电影上游击队的走法,不走大路,专门翻墙头、走小路。在翻枞阳小学的墙头时,我的右上桡尺关节附近,被一根钉在电线板上的锈钉扎了进去,肉全翻了过来,成了紫色。我虽然痛,但简单地处理后,仍然跟着他们混。直到现在,我的右手手掌上仍留着小小的疤痕。

我带着手伤,跟大伙走到长河边一个物资公司的仓库窗子前。这栋房子和附近的居民房在一起,因为是下午,窗户附近的巷道十分安静。不知李胜鹏怎么知道仓库里有大量的轴承,他将事先准备好的一根铁丝做成钩子,然后几个人搭成人梯,他自己站在最上面,用钩子钩里面的轴承。

整个过程十分迅速,不一会儿,一串串轴承被钩到窗户外面。轴承崭新崭新的,外面包了油纸,大大小小的,每人分到了一副或几副轴承。当时,枞阳街上的孩子们个个都在玩轴承车。

我似乎什么也没有干,连放哨也轮不上我。我像傻子一样看着他们的一举一动,居然也分到了一份他们冒险偷到的轴承!

回到家,哥哥在轴承上钉上几块板,做成轴承车。因为轴承大,车子做得也大。不仅可以坐在上面互相推着玩,还可以拉煤球、运米,成为家庭简易的运输工具。有了这样的玩具,一个下午很快就过去了。

李胜鹏家庭生活困难,到了傍晚,总到县委大院的厨房外面,等我进去帮他买一两个馒头。县委食堂的馒头五分钱一个,很便宜,但外面人没有菜票,买不到。

复课后,李胜鹏当兵去了。

12. 父母回蒙城

1967 年夏天,在枞阳监察委员会工作的母亲被停止工作,随父亲一起回到蒙城住了二十天。

这是母亲第一次,也是唯一的一次去婆家。去了后,母亲叫苦不迭。淮北的虱子之多,是她没有想到的。回来后,她把全部行李和衣服丢在大盆里,舅奶奶忙着洗了半天。后来,父亲一直叫我和哥哥回老家,我们一想到虱子,就望而却步。

老家来人,总是说:"嗯,没有虱子了,回去吧!"

2019 年年初,我回老家听大伯的儿子洪成、三叔的儿子三喜说,我母亲到朱大庄,就住在三喜现在住的地方,当时是三叔的家。母亲很闲,帮三婶推磨子碾麦,帮三婶烧饭。蒙城县的领导也"靠边站"了,有几个父亲的熟人也到三叔家住了几天,陪父母聊天。

夏天的一个夜里,我在桑树下纳凉后,回到合六间房屋睡觉,刚睡了一会儿,突然被许多声音吵醒了。

原来,外祖母带着哥哥、表妹自安庆来了。

因家中只一间房屋,外祖母在枞阳待了几天,就带哥哥和小玲子去桐城了。父亲和母亲这时暂时不上班,干脆也去了桐城。

一天,父亲和石兰芬阿姨的丈夫杨巨章先生,骑自行车从桐城到枞阳。因为天热,二人骑得大汗淋漓,傍晚才到枞阳。

五十年后,杨叔叔和父亲已经去世,石兰芬阿姨问我:"可记得你杨叔叔?"

我说:"记得! 大个子,瘦瘦的,人非常好! '文革'中,有一次和我爸爸骑自行车,从桐城骑到枞阳。"

石阿姨说:"是的。那时,我们家住在江边。他回来,早晨在痰盂吐了一痰盂血!"

13. 吃狗肝

父母离开枞阳,因他们的工资停发了,舅奶奶找邻居夏小华叔叔帮忙发一点生活费。夏叔叔在财务科工作,他出面说话,上面同意发给母亲一个人的工资。父亲当时 80 元/月(十七级),母亲 60 元/月(十八级)。1955 年到 20 世纪 80 年代末,全国实行干部二十四级工资制。

舅奶奶拿到母亲一个人的工资 60 元,每月转 50 元到桐城,给父母及哥哥开销,留 10 元钱,与我一起过。姐姐虽在枞阳,因参加红卫兵活动,成天东奔西跑,很少在家吃饭。

父母不在身边,我像一只被放养的羊,自由自在。但伙食不怎么样,每天都是烫饭和白菜,几乎没有肉吃。

一天,厨房弥漫着难得的肉香。吃饭时,舅奶奶端上满满一小锅狗肝。我痛快地大吃了一顿,将一锅狗肝全部吃光。舅奶奶信佛,不吃狗肉。她见我长期不吃肉,个子长不高,就买了狗肝给我吃。这只沾了狗肉腥的锅,舅奶奶后来洗了好多遍。

这一顿狗肝解了我的馋。许多年后,我早已忘记狗肝的味道,但清楚地记得那一小铝锅狗肝。那是我在"文革"期间,吃得最好的一顿饭。

据说,狗肝其实是不宜吃的。这是我唯一一次吃狗肝,我想,大约许多人都没有这个经历。舅奶奶在尽自己最大的努力,以表达对我的关怀。

14. 伊拉克枣

县委大院的斜对面小店,柜台上摆满了各种零食,其中有许多伊拉克枣。这种枣子透明,非常甜,尽管上面粘了不少草,我稍稍拈去,一口气把二毛钱买的十几粒枣子全部吃光。每次吃后,忍不住想着下次继续吃。

枣子好吃,可是没有钱买。

1967年秋的一天,县委大院对面向阳巷一户人家准备自己扩大房屋,发动小孩子找砖头,一块不破损的红砖三分钱。消息很快传开,大家争先恐后地翻找砖头。县委大院附近的砖头很快被洗劫一空,花墙上的砖头,下水道里的砖头,甚至阶梯上的砖头,只要可以搬动的,全部被拆下,陆续地集中到了那户人家。

这家人的砖头,很快码成了小山一样高。

一次,我找到了几块砖头,兑了一毛二分钱,转身到小店换来一小纸袋伊拉克枣。就在我幻想着可以源源不断地享受伊拉克枣时,这户人家的砖头已够数,我又搬去的几块砖头只好丢在那户人家的门前。

1775 年,姚鼐曾来枞阳镇看望定居在寺巷的七十七岁的刘大櫆。我常想,"寺巷"在哪里呢? 是不是就是现在的向阳巷呢? 这个巷子离县人委后面的射蛟台很近。而且,这个巷子里从前有一座寺庙。

15. 被打了一拳

一天晚上,县大会堂会演。外地的红卫兵串联到枞阳,演革命样板戏。我挤在台上一角看戏,因挡住了某人,被人当胸给了一拳。

我的胸闷了许久,大约被打伤了。

这一拳,加上跟舅奶奶一起过艰苦的生活,以及经常去耙柴,影响了我的身体发育。我的父亲一米七六,母亲的个子一米六九,按道理,我的个子应该不矮,结果只长到一米七。

16. 第一次独自出门

1968 年 1 月下旬,快过年了,父母和哥哥都在桐城,舅奶奶见我很孤独,说:"你也去桐城吧!"舅奶奶为了我,决定自己一个人过年。虽然我隐隐地知道,舅奶奶一个人过年有点凄凉,但我才十一岁,想不到那么多。

那天清晨,天麻麻亮,舅奶奶把我叫醒,给了我几元钱,让我去车站买票。黑咕隆咚的,我一个人去了南面的车站。

有许多人排队,我第一次买车票,站在后面排队。人多车少,到了中午,卖票早就停止了,一些人没有走开,似乎在等加班的车。我也没有离开,心想或许还有车呢! 肚子早已饿了,我坐在一只被人遗弃的皮鞋匠的小马扎上,默默地等候着。

一位中年妇女吃饼干的时候,注意到了我饥饿的眼神,她给了我几块饼干。我很快把饼干吃了下去,没有水喝,似乎也没有很想要水喝。

正值半下午,车站已经没有什么人了,连皮鞋匠也走了。我又坐了一会儿,带着皮鞋匠忘记的两块皮钉成的凳子,回到家里。

舅奶奶不在家,正在后面的山上收被单。我到了后山,见到一天不见的舅奶奶,像许久没有见似的,感觉特别亲切。舅奶奶见到我,又欢喜又惊讶,叫起来:"啊呀!怎么在这里呀?还没有吃饭吧?"随即,舅奶奶哈哈大笑。舅奶奶结婚一年,丈夫去世,带着遗腹子生活。但她走出绝境后,在她眼里,这个世界上,没有什么是不能接受的!

大概饿过头了,我居然不感觉非常饿。舅奶奶在收拾晒好的床单时,我在山头的草皮上坐着,一边看着舅奶奶收被单,一边看着西边的夕阳,第一次生起了孤烟落寞的感觉。

第二天,我夜里几乎没有睡什么觉,起了个大早。

这次排队时,碰巧和昨天给我饼干吃的那位阿姨站在一起。我因为个子太矮,这个阿姨代我买了一张去桐城的票。买到票后,这个阿姨和我聊天。她见我注意到她佩戴的毛主席像章,说:"我的旅行箱子里还有毛主席像章,回头送一枚给你。"

在车上,这个阿姨就坐在我的后面。她一直到下车的时候,都没有拿毛主席像章给我。我一直想着她的许诺。后来我想,大约像章在箱子里,不好拿吧。这个阿姨比我大十来岁,她还记得这件小事吗?

但不管怎么说,她在吃饼干的时候,送了几块饼干给我吃,在她自己买票的时候,代我买了票,我一直感谢她!

这是我第一次一个人出远门。

17. 在桐城过年

桐城的老祖屋是一个四合院,草屋两排,在桐城街南门。院子大门朝北,外祖父、外祖母和我们一家人住在院子南面三间,中间是个大堂,外祖母带我们住东面,西间父母住。北面一排房子,两大间,二姨一家住。

二姨家的小女儿高度近视,八九岁。她见我和小国在做玩具,蹲在一边看。见到地上有一个东西,她说:"二哥哥,这是么东西哎?我帮你拿噢。"我们还没有看清楚,她已经拿了起来。"哎呀!是唐及利(鸡粪)!"听到她的声音,我们哈哈笑了起来。

城关东边有一座大桥——紫来桥,桥下流水潺潺,许多妇女在河里洗衣。水流很浅,水清、草绿、鹅卵石多,但几乎没有什么鱼虾。

一天雪后放晴,我和哥哥以及表弟黄静到县北面的广场玩,滑了一跤,将灯芯绒的裤子弄上了许多泥巴。我怕挨外祖母的骂,和几个人躲在外面,拾了一堆柴火烤衣服。后来,衣服烤干了,但接缝的地方被烤裂了口子。回家时,外祖母没有发现异样,小国、黄静守口如瓶,我得以侥幸过了一关。

外公此时在桐城一家供销社做销售员,地点在后小街的中部,离张宰相家(今桐城荣休院)不远。

在桐城过年时,建平自枞阳到了桐城。小姨家三个孩子和我们三姐弟都在桐城,母亲带我们去照相馆照了一张相。

过年时,大人用枣子制成许多蜜枣。

外祖父退休后,到百货大楼看大门。老屋后被大水冲垮,"文革"后期卖给土产公司。整个院子两三百平方米,该公司给外祖父两条烟了事。我后来看了家中的房契,不禁感叹,若此房留到了 20 世纪 80 年代,要值不少钱呢!

孩子们的合影。前排左起:黄静、艳玲、玲玲;后排左起:作者、建平、建国

　　在外祖父的遗物中,有一张"中国人民银行安徽分行桐城支行第二储蓄所"的活期有奖存折。1967 年 6 月 26 日存入第一笔钱,是 114 元 3 角 9 分。1969 年 2 月 5 日,最后一次支出 18 元整,剩余 6 角 3 分,至今未取,到 2019 年恰好五十年过去了。在 1967 至 1969 年的三年时间里,外祖父最多的一笔存款即第一笔存入的 114 元 3 角 9 分。

　　但不知为什么,外祖父的名字"李德元",在存折上被写成了"李先元"。或许,银行营业员把外祖父的名字听错了。那个时候办存折,没有身份证啊!

　　这笔钱与我们家南门的老祖屋的处理是否有关系呢? 也许,买旧屋的单位除了给外祖父两条烟,还给了外祖父一百来块钱? 1967 年夏天,桐城发大水,正是冲垮祖屋的时间呢! 这个存折或许是购买单位替外祖父办的,他们的经办人也许不知道外祖父确切的名字,以致把"李德元"误写成"李先元"了。

如果我的推理不错,这个存折就成了外祖母家南门旧屋被处理的一件证物。存折上的时间和金额,与房契一起,构成了这个旧屋的"证据链"。

唉!外祖父、外祖母、母亲等知情人都不在世了。这个存折上外祖父名字为什么写错,外祖父存折上第一笔存款的来源,等等,已经永无对证了。

18. 挨了父亲三巴掌

1968年6月,枞阳县组织大批干部去大寨学习。

夏天,大伯父朱文章自蒙城到枞阳来看白内障。因眼睛看不见,平常他吃饭喝水,都是我跑腿照料。

一天下午,我在大院和小孩子玩捉猫游戏,跑得大汗淋漓,早把大伯父要喝水的事给忘记了。

整个下午,大伯父没有喝上水。在一个夏天,整个下午不喝水,尤其是对于一个客人,一个眼睛看不见而对父亲有恩的人来说,事情是很严重的。而我,对于事情的严重性没有一点概念。

傍晚,口干舌燥的大伯父对下班回来的父亲说:"我想喝水,喊不到小毛子。"小毛子是我的小名。

父亲当时不知道是什么状况,或许那天的心情也不好吧,反正,他大为生气,用力打了我的后脑壳三巴掌。我木木的,似乎并不抱怨大伯父,那时的我,傻傻的,不知道怨,只感觉父亲当时是很生气的。

大伯父小时候承担了家里许多活计,父亲打我有报恩的成分。母亲和舅奶奶都不知道我挨了父亲的打,我傻里傻气,打时不晓得跑,打后不知道向家中最疼爱我的母亲和舅奶奶说。或许,自己那时认为,既然犯了错误,挨打是顺理成章的。

母亲和舅奶奶直到去世,都不知道父亲曾因为大伯父要喝水,狠狠地打了我后脑壳三巴掌。许多年后,我在想,为什么父亲在生气的时候,要打我的后脑壳呢?

这是父亲唯一一次打我。

19. 捡桃核

一个时期,县里的药材公司收购桃仁,一两桃仁可卖一两毛钱。桃仁可以治疗很多病,什么肠道疾病、跌打损伤,甚至对妇科病都很有疗效。

为了获得这一两毛钱,我带了一个小篮子,满街捡桃核。捡满一小篮子,回来用锤头敲破,将里面的椭圆形的扁扁的桃仁取出,晒干,然后拿到药材公司或收破烂的地方卖。这些钱,成了我买伊拉克枣等零嘴的来源。

1968 年秋日的一天,我去下枞阳捡桃核,顺便接自安庆开会回家的母亲。8 月 20 日,枞阳县革命委员会成立,武斗造成的瘫痪逐渐恢复。

下枞阳的桃核很多,我不费多少时间,就捡满了一小篮子。在小轮码头附近,我一边用石头敲打桃核,一边等候母亲乘坐的小轮靠岸。

午后 2 点左右,母亲乘坐的小船到了码头。母亲见到我,十分高兴。听说我还没有吃午饭,她大吃一惊,说:"孬伢子。"她嘱其他同志先行,然后带我到附近的一家小饭店。已经过了吃饭的时间,母亲点了馒头和粉丝白菜汤,坐在旁边,看我一个人吃。

那顿饭我吃得很香。许多年过去了,我一直记得当时一边砸桃核,一边接母亲的事。

20. 耙柴

枞阳县委大院依山傍水,家家户户都耙柴。那时,几元钱可以买很多的柴。但大家都自己耙,多少可以节省一点。

1968 年一个冬日,我去枞阳北郊连城湖畔耙柴,湖对面高甸是炸五大臣的清末义士吴越的家乡。草很长,草场面积很大。冬天,天黑得很快,一个比我大的城关镇上的小伙子叫我帮助他捆柴。他喊我的时候,周围已经没有别人,方圆几里地,空旷、荒凉。他允诺我,将剩下的柴给我。我不知道为什么,不好拒绝帮助他,在帮他扶柴火时,天完全地黑了下来。他挑着担子走远了,并没有留下剩余的柴草。

我一个人坚持把柴捆好,高一脚低一脚地挑着柴并不多的担子,在黑暗荒凉的无人的野地行走,等我走到县委大院的后山时,已经是漆黑一片。

舅奶奶见我迟迟不回,到山顶上顺着围墙边的小路迎我。山顶的围墙早已经残缺不全,舅奶奶见到我,不住地说:"怎么到现在啊!"舅奶奶平常从来不接我,这次因为天太晚,是一个例外。

柴草沉甸甸的,我挑了柴草回来后,舅奶奶总笑嘻嘻的,习惯地咂咂嘴,那意思是很高兴,且表示夸奖。我喜欢坐在厨房的锅灶前,帮舅奶奶塞柴火,或用吹火棍吹火,看着火焰往上蹿,听着干燥的森树针叶发出噼啪噼啪的响声,好像音乐一样。

邻居束奶奶每见我耙柴回来,总是夸奖:"啊呀,毛哥哥耙了许多柴!"她喜欢跟着她孙子喊我"毛哥哥",喊建国"国哥哥"。

偶尔,耙柴还能捡到废铜废铁。记得一次捡到几张汽车隔热铜板,我把它们敲成一块一块铜疙瘩,拿到废品站卖。那位年龄很大、喜欢吸水烟袋的干瘦的老头,一边咳嗽,一边用他的秤捣鼓半天,然后给我一点钱。但这样的好机会不多,我只遇到一次。

作者单人照

耙柴是耙地上的树叶,将许多零散的树叶拢到一起,放入篮子里。写作是在纸上或者电脑上码字,将许多字拢在一起,汇成一篇文章或者一本书。后来我常常想,小时候我耙柴,长大了写作,性质都是一样的。而小时候的简单的劳动,无意中为后来的复杂的写作打下了能吃苦的基础。

21. 骑黄牛

县委大院的司机的大儿子是个哑巴,比我小几岁。哑巴很漂亮,大头大脑,皮肤白皙,脸上总带有红晕,见人也总笑嘻嘻的。他会用粉笔写"毛主席万岁"和"共产党万岁",字迹并不比我们上学的孩子差。但他不能听,只可以用简单的手势交流,发出一些我们听不明白的、无文字内容的音节。

1969年1月,枞阳中学停办。

春日的一天,县委大院的后山长满了青草,附近的农民孩子将牛牵来,漫山遍野地放。一些农民的孩子和我们一起读书,所以大家很熟悉。我十二岁,和一班孩子见到许多牛,纷纷骑了上去。我分不清黄牛和水牛,骑上了一头黄牛。黄牛比黑色的水牯牛好看,但容易发毛,放牛娃子不喜欢骑黄牛。

哑巴不骑牛,他咿咿呀呀地叫,那意思我终于懂了,他自告奋勇地要为我牵牛绳。他不管我乐意不乐意,把黄牛牵下坡。不知是因为路陡还是路滑,或者这头黄牛不习惯被陌生人牵着走,突然,黄牛加快了脚步,向山下奔跑。哑巴见状,慌忙丢了绳索,那黄牛见哑巴让开,跑得更快了。我在牛背上失去平衡,一头栽了下来。黄牛四脚从我的身上跃了过去,幸好没有踩到我的身上。

22. 哑巴亏

我吃过哑巴两次亏,一次是骑黄牛,更大的一次是后来的一次。

哑巴有很多手势语言，如将手平放在胸前，是指比他还小的孩子；如果手抬高，就是大人；吐口水到地上，是骂人；双手合并，放在一侧耳朵边，头一歪，就是睡觉；用一只手和另一只手比画一个动作，就可以表示男女关系。他在比画时，嘴也不停，哇啦哇啦的，像说日本话。

1969年初夏的一天下午，我、哑巴、哑巴的妹妹和母亲同事张宜的儿子，在县委大院大门前玩耍。头一天晚上，对面的向阳巷一户人家举行了婚礼，我吃到了喜糖，突然，我心血来潮，让哑巴的妹妹和张宜的儿子并排站在一起，算是举行婚礼。哑巴的妹妹五六岁，张宜叔叔的儿子也差不多，哑巴十来岁。我当时十二岁，上初二，我并不知道，一个不是我的年龄所能理解的危险正向我走来。

下午的这个小小的"婚礼"仪式，不过几分钟就结束了。我们很快玩各自的游戏去了，对于我而言，刚才的一幕早已过去。如果后来哑巴不和他的妹妹吵嘴，那么什么事情都不会发生。

后来我才知道，哑巴玩滚铁环游戏——将铁丝做成一个槽子，推着铁环向前滚动，不巧的是，铁环被他的妹妹碰到了下水道里。哑巴哇啦哇啦对其妹妹发火，我似乎听到了哑巴哇啦哇啦的声音，因为与自己无关，我继续玩自己的。

哑巴的家在县委大院左边家属区的二门口，我们进出大门，都经过他的家。吃晚饭后，我按平常的习惯，出大门去街上唯一的一个茶水炉子打两瓶开水，经过哑巴家的门前时，哑巴对我望了一眼，那样子怪怪的。当时，他的父亲也在场，大约样子很难看，可我并没有在意，我在那个年龄还不知道察言观色。

我已走过哑巴家三四十米，快要转弯上我家门前的坡子了，哑巴的父亲突然跟在我的后面叫住我。这个司机平常很老实，没有人说他半点坏话。我站住，意想不到的是，他不问青红皂白，当着许多人的面，猛地用力地打起我的头来,一下、两下、三下,我被这突如其来的动作打蒙了,呆呆地站着,手里仍拿着水瓶,没有表情,没有眼泪,不知所措。

周围许多人站在那里,没有一点声音。人越来越多,估计有人告诉了我的舅奶奶,舅奶奶生气地大声嚷:"嗨,嗨!怎么打小孩子!怎么打小孩子!"一边说,一边接过我手上的水瓶,把我带回家去。

舅奶奶出身贫寒,信佛,平常是一个怕树叶打破头的人,她从来没有大声和邻居嚷嚷过。这次冲哑巴的父亲大嚷,也是她平生第一次。

我不知道究竟发生了什么,因为哑巴的父亲打我的时候,嘴里没有说话,所以,我也不知道缘由。我隐约地感觉到,可能和下午哑巴的妹妹与张叔叔的儿子举行所谓"婚礼"有关。至于为什么要打我,或者我是否该打,我一无所知。舅奶奶太老实了,她没有问我为什么,她没有文化,连钟表也不认识,她没有能力处理这样复杂的问题。

唯一可以帮助我的,是我的父母。但奇怪的是,父母居然没有问我一句话。

随后,我到了父母的宿舍。

在母亲床前,我依旧木然,不知道开口辩解,因为我自己也不知道我为什么挨打。我事实上还不具备用语言保护自己的能力。

进了父亲的办公室,愤怒的父亲不问青红皂白,大声怒吼。他的手上有一根很粗的棍子。

显然,孩子被当众打了,等于自己被当众羞辱。父亲的无名怒火憋在心里,因不能发泄而十分难受。

一个十二岁的孩子,没有自我辩解的能力,像傻子一样不发一语。我的沉默或许给了父母错觉,即已经默认了一切。我此时考试成绩是丙和丁,对世界的认知,仍然处于蒙昧阶段。我在学习上的开窍,是在初中二年级以后。

父亲没有举起手上的粗棍子打我,说明他至少在怀疑,儿子可能是无辜的。或者,他担心如果再打我,无疑是雪上加霜,我会受不了而做出什么傻事来。其实,他们的担心是多余的。即便打了我,我也不知道该怎么办,我处在一个还不会自己想出"办法"的阶段。

过了一会儿,哑巴的父亲来了。他低着头,两手下垂,像知道自己犯了错误似的站在门前。父亲是组织部的领导,平常招待客人的两个基本程序没有变,叫他坐下,并倒了一杯水给他。区别是父亲以白开水代替了茶水,以冷淡的脸色代替了见到客人时的笑嘻嘻的脸色。司机坐到了门前的一个小矮凳子上,手没有碰那杯白开水。

母亲依旧躺在里面房间的床上,没有出来。

平常来了客人,母亲从来没有不出来和颜悦色地与客人打招呼的,在我的印象中,不出来应酬客人,在母亲人生中,这是唯一的一次。

我见了哑巴父亲,依旧木然,但晓得避开了。

显然,哑巴父亲的到来已经告诉了父母,他犯了一个错误。他误解了哑巴儿子的手势,因而错怪了我。他像一个犯了错误的人,一副寻求原谅的样子,叫父母得到了一点自尊心的满足。

他们谈了什么,我一直没有问过父母。

哑巴父亲既然在晚饭后一个人来,就说明我并没有做错什么事。如果我做错了事,他就该理直气壮,用不着来我家表示歉意。他既然来,就说明他知道自己错了,否则,他就是一个前后行为不一致的人。

但哑巴父亲为什么乘夜色而来呢?他选择夜晚来道歉,显然是在保护自己的自尊,他伤害了一个少年,却不肯让别人知道他弄错了!或许,这时候他才意识到自己错了,为了事不过夜,为了自己能睡一个安稳觉,而选择夜晚登门。

第二天,我依旧经哑巴门前打开水,依旧经过哑巴门前到水井边挑井水。哑巴坐在门前的小凳子上,两只很大的眼睛直视我,充满了歉意。

一个星期后,在县委大院后凤凰山的一次捉猫游戏中,我用弹弓击中了哑巴的眼,细沙进了哑巴的眼仁,哑巴整个眼睛的白仁部分充满血丝。哑巴"啊"地大叫一声,双手快速地蒙上眼睛,仰面倒下。当时在场的二毛子(荣森林)看了,哈哈大笑。我倒不是报仇,我还没有复仇的思想。这次弹弓击中哑巴的眼睛,完全是个意外。

哑巴或许以为,我是在报仇。

当晚,我再次打开水经过哑巴家门前时,哑巴看着我,眼睛充满了血丝,但他露出了善意的笑。他的笑是告诉我,这次他没有告诉父母——这个眼睛是你打伤的,但我没有告诉我的父亲! 显然,哑巴是想以自己独特的方式,弥补上次给我造成的损失。

五年后,我们家已搬到安庆,住在龙山路的荣声旅社。一天,这位司机与几位枞阳的干部来旅社看我的父母,父母仍把他当成客人,并叫我递茶给他。我自小是个听话的孩子,自然是端茶递给了他。但我记得,这个师傅并没有在我家吃饭。父母非常好客,总要留客人在家里吃中饭。哑巴父亲内心存在疙瘩,大约是找了一个理由离开了。

我并没有意识到,我的挨打可能影响到我的声誉! 我才十二岁,却在别人错误的处理方式中莫名其妙地做了受害者。

别人或许早已忘记,但一定有人永远不会忘记。

别人尽管不在我面前议论,但一定有人在我以及我的父母背后热议过此事!

我当众被哑巴父亲狠打的事件,一直像石头一样,沉甸甸地压在我的心头。时间越长,石头越重。尤其在我理解了哑巴父亲打我可能造成的社会影响之后,我对于此事,一度耿耿于怀。

但无论在读中学的日子,还是读大学时,我偶然回想起自己曾经吃过的哑巴亏,常常想,哑巴究竟和他父亲说了什么,引起他的父亲情绪失控,不惜一切地当众狠打我？

随着时间的推移，我慢慢地复原了当时事件的具体情状。

哑巴在其妹妹将其铁环碰到下水道后，因为恨妹妹，向他的父亲告状。在他用其特有的哑语比画妹妹下午和邻居小五子举行的所谓"婚礼"的时候，同时比画比他高一点的"证婚人"——我的存在。父亲认为事态严重，以致热血沸腾，盛怒之下，不问是非，大打出手。我第一次路经其门去打水时，哑巴一定以眼睛向他父亲指证了我就是其妹妹下午举行所谓"婚礼"仪式的"证婚人"（当时我并没有在意我已经被哑巴指证），作为"受害人"的父亲，又是一个没有多少教育背景的司机，一个因曾工作出错而压抑多年的中年人，一种不顾一切保护幼女的念头立即像气泡一样充满了大脑。在哑巴父亲看来，哑巴是不可能说谎的，他既然指证，就一定是没有错的。不过，哑巴父亲并不是没有犹豫，这也是我快走到转弯处，走到离他家几十米远的地方，他才叫住我大打出手的原因。

大打出手后，司机逐渐冷静下来，他本人或者他的妻子，一个平常非常温和的妇女，大约觉得，应该问一下女儿，核实一下此事。女儿虽然只有五岁，但作为当事人，是可以说清楚下午究竟发生了什么的。

一切都被颠覆了以后，哑巴父亲觉得事态严重。因为这个"结婚"仪式只是孩童间的游戏而已，并没有伤害他的女儿，作为临时扮演一下"证婚人"角色的我，不至于被他当众殴打。大约在与妻子反复商量后，他选择到父亲的办公室兼卧室，向我的父母道歉。

这个复杂的故事，对于父母只是一片乌云，很快过去了。但时间越长，当时的细节在我的脑子里一遍一遍还原时，我越不能原谅父母的粗心。

舅奶奶的文化水平实在不能担当处理此事的重任，我从来不怪我的舅奶奶。她当众把我拉回家，是她唯一能做的事。

父母是完全可以为无辜的儿子"翻案"的，但他们没有。时间越长，我越感到父母在处理这个问题上太粗心了,太忽略儿子的心理、荣誉和自尊心了。

哑巴父亲不仅因为儿子的手势,盛怒之下,打了一个无辜的少年,还得罪了平常非常看重他的两位领导。从这个意义上说,他本人也吃了哑巴亏。

多年以来,我一直认为,哑巴的父亲非常聪明,他一方面当晚到我父母的住所赔礼道歉,事不过夜;另一方面,他是在夜幕的掩护下到我父母的宿舍的,他的登门没有其他人知道,除了我、我的母亲和父亲。而他对我的殴打,是发生在夏天的傍晚,是在大庭广众之下,而且,这个事件当时一定具有"爆炸性",传得很广,这也是父母十分生气的原因……而哑巴的父亲多聪明,他把自己该做的事情,神不知鬼不觉地办了。

他把傍晚泼了我一身的脏水,几个小时后悄悄地来擦了。

很多名誉权官司在结案时强调,对方要在肇事的同样范围,甚至更大的范围赔礼道歉,显然是有道理的。事实上,我经受了一次身体与名誉权的伤害,但那个时候,我不懂,也不可能懂!但我的父母,为什么不懂呢?

父母是我法律上的监护人,虽然那个时候没有这个概念,但至少,是我的生命和荣誉的保护人!在这个问题上,父母的错误是我一直耿耿于怀的。另一方面,父母太老实了,他们的经验和能力没有到恰当处理这件事情的程度。

甚至第二天,父母在吃饭时,也没有把哑巴父亲赔礼道歉的内容告诉我。在他们看来,工作是摆在第一位的,哑巴父亲打我的事不足挂齿。毕竟,我太小了,不过被一个邻居打了三下,那个人已经登门道歉了,还能怎么的?

母亲初中毕业,父亲初中肄业,他们从来不看闲书,除了基层干部必读的书外,就一头忙于各种工作。他们的书架上除了一些工具书,多半是上面规定要学习的书。他们处理这些问题的经验是太少了。他们甚至不知道如何保护自己的身体,从来不知道做一点有益于健康的运动,除了完成组织上交给的任务,他们不知道做其他的事,以致母亲五十岁就去世了。

或者,哑巴父亲并不是有意识地选择夜晚去我家,而是依事情发展的顺序,碰巧在这个时段,他才发现了事情的真相,做出了非到我家去一趟不可的决定。

像一个没有被纠正的冤假错案,积压在心中的时间越长,我思考此事的次数越多。被打,吃亏一;当众被打,吃亏二;被哑巴连累,吃亏三;涉及自己的名誉不干不净,吃亏四;哑巴的父亲道歉是在夜幕下,是悄悄的,而我被羞辱,是公开的,人所共知的,吃亏五;等等。

2004 年,父亲病重住进医院。一天晚饭后,我和爱人去医院的病房看望父亲。几次思考,我终于开口了:"爸爸,你可记得哑巴的父亲打我的事?"

父亲的笑在脸上停滞了一下,过了好一会儿,他说:"有这么回事,具体的不记得了。"

"哑巴和他的父亲乱比画,害得我挨打。那天晚上司机去我们家,坐在矮凳子上,你可还记得?"我再次提醒父亲。

"不记得了。我只记得,你妈妈当时很生气。"父亲似乎没有把这事当一回事。他不知道,这件事压在我的心头,如磐石一般重。

"哑巴后来找了工作,在印刷厂。"父亲扯到了哑巴工作的事。

我知道,对于这段历史,父亲已不能补充什么了,而知道那天晚上全部谈话内容的母亲,已长眠地下二十年了。何况,那天晚上哑巴父亲来,坐在门口,母亲睡在里间,根本没有和哑巴父亲直接说话。

母亲大事不糊涂,既然很生气,说明从哑巴和我父亲的谈话中,终于知道了事情的真相,终于知道她所喜欢的小儿子是冤枉的,否则,她是不会也无权"很生气"的。

可惜,母亲生前,我没有想过要问一下母亲这个细节。

许多夜晚,我曾想到"复仇"。人可以吃许多的亏,但我的这次当众被打的亏,是一辈子难以忘怀的。我曾在梦醒后,思考如何报复哑巴的父亲。人人身上,都有犯罪、暴力的因素,就像人人身上都有种种可能性。我避免了

"恶"的选择,是我的不幸中的万幸!

2013年年底,小时候同住在县委大院的马哲林同学告诉我,哑巴父亲去世了!——她告诉我这个消息,说明她还记得这个故事,因为她从来没有告诉我其他人去世了一类的消息。

我没有说话,也没有幸灾乐祸。哑巴父亲是一个朴实的人,他如果没有失控打我,他应该是我尊敬的人之一。我相信,在他的一生中,一定有很多次为自己的这次行为懊悔过。

哑巴比我小,一直没有结婚,现在应该五十多岁。作为当时的肇事人之一,我希望哑巴能看到此段文字。如果他能写,很希望他写一点回忆当时事情过程的文字。

或许,哑巴的母亲还在世,而哑巴的妹妹一定还在世。五岁时的事情可以全部忘记,但如果被人"侵犯",我想,就不会轻易地忘记了。总之,虽然当事人中的长辈大多数陆续谢世了,只要哑巴活着,哑巴的妹妹还活着,这件事的真相就一定是清晰的!

我1973年年初离开枞阳,此后再也没有见到哑巴。如果他见到我,我相信依旧能捕捉到他眼神中我所熟悉的歉疚的眼光。

对于一个生下来就有残疾的人,能不原谅他吗?

23. "争取早日参加红卫兵组织"

1969年下半年,我在枞阳五七学校605班(初一)读书。恢复上课后,工人宣传队进驻学校。

1970年春天,枞阳中学取消升学考试制度。

年初,初一下学期结束后,我填写"学生表现自我纪要表",在"自我鉴定"一栏写道:

一、缺点:上课爱画画,不认真听课,学习情况不好,不肯动脑筋。完成任务不快。

二、优点:天天用功读"老三篇"。战备观点强。热爱劳动。

"上课爱画画",是在书本上画画;"'老三篇'",指毛主席著作《为人民服务》《纪念白求恩》《愚公移山》,学校要求大家会背诵;所谓"战备观点强",指当时毛主席号召"深挖洞、广积粮、不称霸",我在家后面的山上挖了一个防空洞,洞很小,人可以蹲在里面,而不能直腰。

"学习情况不好",因为"学业情况"一栏填着:"语文:丙;数学:丙;工知(机):乙;英语:甲。"

"班排评议"是:"要求进步,能团结同学、帮助同学。劳动一般,上课讲话,做小动作。"——所谓"要求进步",指写了要求加入红卫兵的申请。因为心思不在学习上,没有学习的兴趣,故上课做小动作、讲话。

1月19日(农历腊月十二),星期一,枞阳五七学校"校革命委员会审定意见"写道:

能认真学习毛主席著作,要求进步,但还不够迫切,不能纠正自己的缺点,上课不够认真,学习成绩一般。能团结同学,劳动一般。学校布置的工作不能按时完成。希今后好好学习,天天向上,严格要求自己,关心集体,遵守课堂纪律,争取早日参加红卫兵组织。

班主任贾天宁老师代校革命委员会起草的审定意见,还是很客气的。

24. 董老师的一次辅导

1970 年年初,我读初二了,开始知道发狠了。为了提高数学成绩,我去董老师家,请他辅导我学数学。董老师教高一年级的算术,是我哥哥的数学老师,并不直接教我。

"文革"初期,董祚番老师在福州大学教数学,为照顾家庭,调到枞阳中学。他的妻子朱阿姨 1967 年生第一个孩子董小安时,就在我们家坐的月子。因为这个关系,董老师的爱人对我特别好。她家住在枞阳中学,夏天遇到我,总喊我去他们家喝一杯糖水。

那是一个星期天,我到了枞阳中学董老师家。他拿出课本,辅导我正在学习的等腰三角形。对于那道画着河床的等腰三角形题目的计算方法,我很快就懂了。但我印象最深的,是他给我讲了自己如何学习算术的故事。

原来,董老师读书时,他的算术并不好。有一年,他因为身体不好,没有上学。利用养病的时间,他自习了一本高年级的算术书。后来,他的身体好了,不仅没有落下课程,反而比其他的同学学习更好。他的这个故事给我启发很大,说明自学对一个落后的学生是非常重要的。

我没有想到,董老师这样的老师,居然曾经数学也不好!这对我来说,差不多是天方夜谭,我似乎看到了自己未来的希望。

董老师的妻子朱阿姨是朱光潜本家,她的家在枞阳麒麟黛鳌山。朱阿姨有一个哥哥朱福生,先前在麒麟粮站工作,与我的父母是熟人。他到枞阳、安庆,必到我家坐一下。因此,董老师夫妻视我如家人。

25. 母亲陪同李德生视察柴油机厂

1970年9月26日，母亲陪同李德生到枞阳柴油机厂视察。《枞阳县志》第35页载："省革命委员会主任李德生来枞阳县视察，并参观柴油机厂。"

母亲当时是生产指挥组副组长，组长是姚正业。因为母亲的官衔小，《枞阳县志》未提母亲陪同李德生视察。

四十年后，我去给唐礼忠先生拜年，他谈起我母亲，说："你妈妈有能力。那一年，李德生视察柴油机厂，县领导不在家，你妈妈陪同，李德生评价很高。"

我曾在母亲的笔记本中，见到陪同李德生视察柴油机厂的笔记。可惜，经过几次搬家，母亲这个珍贵的笔记本不知道放哪里去了。

我本来奇怪，怎么李德生视察柴油机厂，轮到我母亲陪同？枞阳县那么多领导，怎么不去陪同李德生呢？唐先生的话，帮我解开了一个疑问。

26. 哥哥当兵

1971年2月，哥哥初三，学期结束，正好遇到基建工程兵到枞阳招兵，他和许多同学一起当兵去了。

哥哥当兵后，母亲给小姨、外祖父写信，邀请他们来枞阳。外祖母、小姨、黄静自安庆来了，外祖父自桐城来了。那时，家里养了一只黄猫，是外祖母自桐城带来的。外祖父每次吃饭后，剩一点饭，拌上鱼汤，放在脚边给猫吃。

哥哥换上军装后，和父母及我在县委会后山照了一张相，每个人身上都戴了一枚毛主席像章。当时，母亲在枞阳县革命委员会生产指挥组任副组长，办公地点在人委会，办公室隔成两间，后面可以住宿。哥哥在枞阳的最后一个晚上，我陪他住在母亲的办公室。他含了一个糖果睡觉，不小心将整个糖果囫囵吞下去了。

哥哥当兵前与家人合影留念。前排左起：黄静、外祖父、外祖母、舅奶奶、束鸿；后排左起：建国、父亲、母亲、小姨、作者

　　哥哥喜欢写字。冬天，同学吴小礼常到我们家。他来时总带白纸，给我哥哥练习写字用。那时，父亲在组织部借了隔壁一个空房间，里面我养了几只鸽子。哥哥就在鸽子咕咕叫的声音中，一边写毛笔字，一边和吴小礼聊天。哥哥喜欢写毛笔字、画画，他的这个爱好，是小时外祖母帮他养成的，后来使

他走上了画画的道路。

27. 射蛟台

1971年年初,母亲调动到生产指挥组后,在人委大院上班。因为父亲调到县学习班(党校)任班长,我们家自县委大院搬到了人委大院,住在人委会后面的一排平房。哥哥因为当兵,没有到人委会新房住了。

新房屋的地是煤灰铺的,地点在山腰。这一排房屋青砖大瓦,由西到东住了五六户人家。我们家住西头第一家,隔壁两间,就是航天科技集团公司五院"天宫二号"总设计师朱枞鹏的家。他比我小几岁,当时还在读小学呢!

西面有一个山头,叫达观山,山顶即为汉武帝射蛟台。

据《史记》记载,汉武帝唯一一次到枞阳,是元封五年(前106年)冬,先登礼潜山的天柱山,自浔阳(江西九江)浮江出枞阳。古人吟诗,描写汉武帝来时,旌旗招展,威风八面。两千年前,河面比现在的阔,汉武帝乘的船可以逆水而上。据说汉武帝到了枞阳,见枞阳发大水,坐在山上,用弓弩射杀作怪的蛟,留下屁股与双脚的石墩印,后人叫"汉武帝射蛟台"。

显然,蛟没有死绝,因为枞阳经常发大水。

可惜,1967年炸山取石时,将射

射蛟台(李建国画)

蛟台汉武帝屁股墩炸裂。20世纪90年代,枞阳县某机关将射蛟台彻底毁掉,在其上建家属楼一栋。《辞海》载枞阳古迹者,仅此一处,从此烟消云散。

射蛟台周围几百米,空旷无人,杂树灌木丛生。一个下午,我在射蛟台附近耙柴。因为遇到堆积的厚厚的干燥柴叶,我忘乎所以,钻进了一堆灌木丛中,不小心捅了一个大马蜂窝。几只蜂子向我蜇来,嗡嗡叫。我起初不明白怎么回事,等我明白后,已来不及了。许多蜂子向我发起进攻,我居然不知道逃跑。结果,我的头上布满了大大小小的包。回到家,我整个头都肿了起来,舅奶奶将近半瓶麻油涂到我的头上。

我家住的这排平房与南北向的一排木板房呈直角,木板房南面的第二间,住了曾经的副县长何子诚先生。他曾在安庆尚志小学读书,同学有陈延年和陈乔年。

何子诚先生出生于书香人家,祖上是明代名臣何如宠。何如宠(1569—1641),桐城(石矶乡何家青山)人。明神宗万历二十六年(1598)进士,入翰林院,授庶吉士。父殁守孝三年,回京后,授编修。母老,告假回家奉养,和兄何如申轮流照顾母亲。官至少保、户部尚书、武英殿大学士。

何子诚先生是枞阳县青山中学的创始人。何先生留了白胡子,彬彬有礼,是一个令人尊敬的长者。我们搬去的第二年,老人就去世了。听他的小儿子何喜说,其父亲在"文革"中,曾专门带了自己磨的芝麻粉,去安庆砖瓦厂看老同学的弟弟陈松年。

1988年冬,我在新光电影院后面的居民楼采访陈松年先生数次,那时不知道我的邻居何子诚先生曾经是他两个哥哥的同学。等知道时,老人已经去世许多年了。唉!世间事总是阴差阳错。

春节期间,二姑(朱文英)来枞阳县人委大院家中住了几个月。印象中二姑总戴一个无檐的黑色绒帽,帽前中间嵌了一个金色花纹的扣子,像一个清朝人。

二姑 1923 年出生,比我的父亲大,2012 年去世,活到八十九岁。

28. 红民夜校

1971 年,全国流行成立学习毛主席著作小组。我们初三(1)班成立了好几个学习小组,如"红烂漫""丛中笑""谁能敌"等。我参加的小组叫"在险峰",名字是小学班主任陈佩华老师的儿子潘柳生取的。这个学习毛主席著作的小组,打破了男女生界限,成了男女生交流的平台,大家可以随意聊天,互相打趣。我年龄小,只是简单地喜欢参加小组活动,真正热心的是比我们大几岁的同学,他们已情窦初开。

组长王芳林,绰号"斜眼",其实,他的眼睛并不斜。一天,他提出晚上到附近的农村,帮助农民的孩子学习。枞阳城关的东面十里地,有一个合意生产队,是我们农忙假帮助割稻的生产队,那里成了我们办夜校的地方。

一个春天的傍晚,我出门迟了。正担心天黑孤单,走到城外,我见到一位同组的女同学占一萍正彷徨不定,不敢一个人走呢!见到我,她的胆子大了,与我结伴而行。我平常不大和女同学说话,这次却莫名其妙地和她边走边谈。但因为一直很"革命"化,怕和她走得太近,但心里,似乎也很愉快。

天很快黑了,她有些怕,似乎比开始的时候靠我近了些。不知是紧张的缘故,还是她的胃不好,不一会儿,她的肚子痛了起来。我毫无办法,不能帮她的忙,只是讷讷地说,到了生产队,就有办法了。

这天的十里路,感觉比平常走得长多了。她坚持慢慢地走,皱着眉头,中途,又蹲下来歇了一会儿。终于,我们到了生产队胡春来队长家。天早已黑了,胡队长见到我们,认真地说:"他们没有来。"

我们的脸色就白了,这意味着,回去的时候,我们还是孤男寡女一起走啊！终于，我听到隔壁房间憋不住的笑声，其他的同学忍不住从里屋跑了出来，我们这才高兴地笑了。占一萍的肚子还在痛，也欢喜地笑了。过了一会儿，她的肚子就不痛了。

枞阳中学读书时的作者

这是我一生里，唯一的一次与女同学走夜路吧。而且，走了这么长，又完全是山村野道。

四十多年后，我在同学会上见到了占一萍，问："认得我不？"

她睁大眼睛，茫然地摇摇头。

我脱下帽子，说："朱洪。"

她立刻高兴起来，说："常想起过去的事。"

我在酒桌子上谈起她走路肚子痛的事，其他女同学笑："你是真不知道，还是假不知道？"

我说："真不知道。"

王忠义说："人家女孩子十五六岁了，你是明知故问！"

29. 演沙四龙

1971年一个初夏的晚上，"在险峰"小组在合意生产队为贫下中农表演现代京剧样板戏《沙家浜》片段。我个子小，演沙四龙。

沙四龙的戏很少，沙奶奶（王春香扮演）和郭建光（徐耀辉扮演）在对唱，我穿着小背心，在下面等着上场。台上挂着燃气灯，将戏台照得通亮。农民很少看戏，扶老携幼，举家前来，气氛热烈。农民小豹子是地主成分，为我们拉二胡伴奏。

阿庆嫂(王丹凤扮演)突然叫我:"快,你上场了。"

我懵懵懂懂的,本应拿一个道具,表示钓了一条鱼,因来不及,一个同学解了自己的裤带交给我,我便提着裤腰带跑了上去,嘴上说:"妈,我钓了鱼,还有螃蟹、虾米。""沙奶奶"和"郭建光"正在对唱呢,突然被我上去一搅和,愣了一下。下面的人一开始也愣了,接着有人笑了起来,马上,大家明白了怎么回事,哄堂大笑。

"沙奶奶"悄悄地对我说:"还没有到你呢!"一边示意我赶快下去。

我在别人的大笑声中,狼狈地跑了下来。

不一会儿,该我上去了,我提了一个事先用纸壳做的鱼,第二次跑了上去。这次,大家见了我,又欢快地笑了起来,但那笑是善意的。这个插曲超出了大家的预料,居然带来了超出戏剧效果的意外乐趣,可谓戏中有戏。

那天晚上演出结束后,大家很兴奋,没有人怪我搅了场子。

到一个小桥边时,月光下流水潺潺,水中泛着鱼鳞的光。王芳林说:"啊,这里有鱼。"说着,他带头下了水,摸了一会儿,果然丢了一条小鲫鱼上来,活蹦乱跳的。他大嚷:"你们也下来啊!"

原来,小鱼喜欢逆水而上。因前几天大雨,这条溪水的水流很急,下游的鱼游到这里,被挡住,不能再往上游了。

很快,又一条鱼被甩了上来。大家兴致大增,几个男同学把鞋脱了,纷纷下了水,女同学在上面,叽叽喳喳,将乱蹦乱跳的鱼集中在一起。我忙了半天,只抓了一条鱼。

30. 学习开窍

1971年夏天,就在期末考试前,我的肚子大痛,不得不请病假在家。我担心影响考试,每天坐在床上,坚持看数学书和其他课本。

潘柳生复习,画了一张时间分配表,自星期一到星期六,什么时间复习什么,对我很有启发,我照葫芦画瓢,分配复习时间。考试时,我的身体好了,参加了考试。没有想到,这次考试成绩大大地超出了自己原来的水平。当时,班上为了鼓励大家学习,把成绩贴在墙上,及格以上用墨笔,不及格用红笔,我的名字排在墨笔的第七位。

这次小小的成功对我的影响很大,我内心的喜悦可想而知。我开始知道,自己是完全可以学好习的。一个学习不好的人,如果想学好,完全可以靠自学来提高成绩。这时,虽然我在班上的成绩依旧属于中等,但我终于开窍了,终于知道应该利用时间发狠学习了。

后来我想,我的转折是与董祚番老师的故事有关的。他对我的唯一的一次辅导,特别是他自己学习的故事对我的一生产生了很大的影响。某种意义上,我的转折,是董老师的转折的简单翻版。当然,潘柳生的复习时间的分配,以及班上的学习风气等,也是提高我学习成绩的因素。

从这以后,一方面,我还和小伙伴继续野玩,另一方面,我已经悄悄地发生了变化。一个人独处的时候,我不再贪玩,而是订了学习计划,按部就班地写作业了。我的这个变化只有我自己知道,以致后来我考上了大学后,很多知道我的底子的同学很惊讶——怎么？他考上了大学？

后来,我看到一本关于俄罗斯化学家莱蒙洛索夫斯基小时学习的故事,才知道董老师的办法也就是这位化学家的办法。莱蒙洛索夫斯基小时候曾在海边的渔船上捡到一本被人遗弃的高年级的旧数学书,没有人教他,但他一个人硬把它弄懂了,后来他成了伟大的科学家。

二十三年后,我成了董老师的同事。此是后话。

31. 贾天宁老师

1971 年 7 月 13 日,初三第一学期结束,我写自我鉴定,第一条说:"高举毛泽东思想伟大红旗,努力学习毛主席著作,广泛宣传毛泽东思想。"

"广泛宣传毛泽东思想",指到农村去给农民的孩子普及文化知识,在农村参与演出《沙家浜》折子戏,以及办黑板报。现在看来,真是不知天高地厚。

班主任贾天宁老师代校革命委员会写的审定意见说:"学习毛主席著作认真,要求进步。学习态度端正。遵守课堂纪律不够,成绩一般。能坚持办夜校,排演革命样板戏。搞革命大批判,积极宣传毛泽东思想。劳动尚积极。希以后严格要求自己,刻苦钻研,努力学习社会主义文化课,广泛团结同学,更好地关心集体。"

这一年我刚刚晓得发狠学习,不能马上反映出来,各科(语文、数学、机电、化工、农知、英语)成绩全是"及格",故云"成绩一般"。

贾老师个子不高,瘦小,眼睛很大,长相很像苏联人。他穿着干净,上课时常用手帕包住鼻子,用力擤鼻子,大约鼻炎很严重。"文革"前,他在安徽省检察院工作,1957 年被下放到枞阳。

贾老师不苟言笑,对于我这样的愚顽不化、年少、个子小的同学,很少注意。但他也从不批评我。总之,我是可以被老师忽略的那一种同学。

32. 上了同学的当

1971 年 7 月 15 日,枞阳中学放暑假。

暑假的一个晚上,我回来迟了。舅奶奶对我说:"刚才有两个同学来说,贾老师叫你去他家。"我问是谁,舅奶奶说不认识。

这么晚,叫我去干什么呢?但贾老师万一真的叫我去呢?我是宁可信其有,不敢信其无的。我当时还不是团员,说不定是发展我入团呢!我自己一边走,一边没东没西地乱想。

白天,我习惯走后山的小路。这天晚上,我仍选择走这条熟悉的近路。穿过县委围墙后,有一截路无人,黑黢黢的山头上,树高且密,坟包一个接一个。我是第一次夜晚一个人走后山小路,到了无人的地方,脚步不自觉加快,情不自禁地哼起了小调以壮胆。

穿过漆黑无人的校广场,到了后面教师宿舍贾老师的家,贾老师正在洗脚。他两脚浸在水里,一脸困惑,一边摇头,一边睁大眼,说:"没有喊你啊!"我一见他的眼神,就知道自己上当了。

我"哦哦"了几声,没有停步,就转身往回走了。

回来的路上,我很沮丧。不仅没有入团这样的好事,而且无缘无故地被人戏耍了一顿!实在可恶,而且不知道是谁干的!

第二天,一个绰号叫"皮灯"的同学闪烁其词,问我:"昨天晚上,可去贾老师家了?"

我这才知道,让我半夜走山路,无端受辱的人是谁了。

我说:"没有去!"我不想让他们过分得意。

他见我这么说,也很无趣,不再作声了。和他平常形影不离的陈同学,若无其事地在一旁转悠,听了这话,脸上期待的笑便收回了。

他们的恶作剧不仅玩弄了我,还欺骗了老实的舅奶奶,对贾老师也是不恭。一个学生突然在半夜敲正在洗脚的老师家的门的时候,实际上也是对老师宁静生活的干扰。平常具有高威信的班主任,此时正坐在矮小板凳上,双脚泡在水中,被一个学生冒冒失失地撞见,也是尴尬的。

"文革"结束后,贾老师举家迁回合肥,继续在安徽省人民检察院工作。

直到现在,我仍然相信,在贾老师当时的眼里,我一定是他全部学生中最愚蠢的一个。

几年前参加枞阳中学四十年同学会,听说"皮灯"已去世。陈同学过得很好,头发依旧又粗又黑。

33. 小米粥

1971年8月25日,枞阳中学新学期开学,我读三年级第二学期。那时,我们上学的地点在离枞阳五里远的地方,每天来回要走十几里路。

农忙的时候,我们依旧到合意生产队劳动。晚上,我们被安排在小豹子家吃饭。小豹子的二胡拉得很好,但家里很穷。

这天晚上,小豹子妈妈烧小米粥给我们吃。可能烧迟了,很久才烧好,我的肚子早就咕咕叫了。小豹子是地主出身,个子矮,人也瘦,长了张雷公脸,找了个对象,个子更矮,他颇不满意,老摇头,一副无可奈何的样子。

终于,小豹子喊我们吃饭了。煤油灯下,没有菜,只有一碗辣椒面。开始,我的脑子里还冒出地主家里会不会害我们这样的念头。那时,阶级斗争的观念很强,但想到我们很熟悉,又是生产队安排的,也就不顾了。何况,以前我没有喝过小米粥,加上肚子饿了,那顿晚饭吃得特别香。

许多年过去了,我也吃过几次小米粥,但怎么也比不上那次吃的小米粥香,也许是当时肚子饿很了。

34. 钓鱼

合意生产队山坳里有一个集体鱼塘,徐耀辉想钓鱼,队长说:"来钓吧!"

1971年秋日的一天,正巧是个雨天。我和徐耀辉站在塘边,一手拿伞,一手持竿。塘里有许多鱼花,但鱼很小,鲫鱼、汪丫鱼最多,咬食不断,尤其汪丫鱼,鱼浮忽然消失,拉起来,百分之百钓个准。鲫鱼点啊点啊,常常把蚯蚓点掉了,拉起来剩空空的鱼钩。

我们一下午忙得不亦乐乎,顾不上身上的潮湿,也不打伞了,不断地换蚯蚓,从鱼钩上取鱼。一次,我居然钓起了一只碗口大的鳖。鳖上了岸,我不敢从它的嘴里下鱼钩,还是耀辉帮助我下了鱼钩。

那天,我们钓了许多鱼,得到了女同学的夸奖。但我们没有好意思拿回家,毕竟是生产队的鱼塘,集体财产。我们将鱼交给了胡队长,他后来在家里烧了这些鱼,犒劳了我们这个学习小组的全体同学。

年底,初中毕业了,各班在学校礼堂汇报演出。我们班编了一个集体舞蹈,不知道为什么,我也被吸收在里面,而且还有一句台词,同时有一个拿枪的动作。轮到我说的时候,女同学左峥嵘怕我不记得台词,在幕布后面提醒我。我本来应该记得的,结果反而手足无措,一心听她的提示了。下面坐在前排的高年级的同学见我比画拿枪的姿势对着下面,对另外一个同学说:"瞧,他拿着枪朝着你。"

我在台上面,竟忍不住笑了起来。

左峥嵘是学校的文娱活跃分子,明代御史左光斗的后裔。1977 年恢复高考,她考上了合肥工业大学,后来分配到湖北武汉工作,再后来与丈夫一起去了美国。

2004 年年初,我在中央四套《走遍中国》栏目播出的专题片《从皖江走出的壮烈男儿》中做嘉宾讲陈独秀。左峥嵘自美国回来见到我,说:"你知道吗,我在美国见到了你!"

当年,我第一次在枞阳中学的大礼堂表演节目,张口忘词,她还记得吗?

35. 拾金不昧

1972 年 2 月初,初三学期结束时,我在自我鉴定一栏写道:"能够努力学习毛主席著作,坚持参加'天天读'。办夜校积极。上课有时讲话。参加野营训练,学习要求进步。"

"'天天读'",即天天读毛主席著作。"办夜校",即去农村为农民的孩子办红民夜校,给孩子上课。"野营训练",指 1971 年参加学校安排的训练,徒步四十里,去会宫中学野营。"学习要求进步",是指自己开始知道用功学习了。

2 月 3 日,班长王芳林、刘海英和排长代红兵、朱玉凤填写了班排意见:"成绩良好,拾金不昧。上课有时讲话,行军表现良好,要求进步尚迫切。"

所谓"拾金不昧",是一天骑自行车上学,见前面一个骑自行车的人掉下一个钱包,我在后面喊了一声。仅此而已。当时随口与班长王芳林说了一句,无凭无证,没当一回事。不料期末学校开年终大会,校长在会上点名表扬我拾金不昧,我在台下听了,受宠若惊!"要求进步尚迫切",指申请加入共青团。

我后来想,大约校长写年终总结报告,找不到多少材料,把我的这个"拾金不昧"算作一条。不知道的,还不明白我怎么个"拾金不昧"呢!这大约是我在读书阶段,唯一的一次在会上被表扬。

班主任贾天宁老师写了校革命委员会审定意见:"在初三阶段要求进步迫切,思想品质好,能拾金不昧。成绩尚可,劳动积极肯干。爱好文体活动,长期坚持办红民夜校,表现积极。"此栏盖"枞阳县农机一厂枞阳中学革命委员会"章。

所谓"在初三阶段要求进步迫切",指我在初三后,开始注意学习了。班

作者 1972 年中学毕业照

主任特别将初三阶段拎出来单独写,可谓知我者!

初中阶段后期,即初三,我的学习态度发生了很大的变化。大家看到了我的变化,故同学和老师的评语都肯定得多。

老师说我"成绩尚可",是一句实话。我的初三第二学期期末成绩是:政治:乙;语文:85;数学:42;化工:82;农知:95;英语:90。

数学考 42 分,成为短板,故班主任说"成绩尚可"。

初三的成绩虽然不理想,却比小学好些了。

读小学、初中,每一学期的评语,都有"希望"部分,唯初三最后一学期,老师没有写"希望"。事实上,初三成为我由不自觉学习到自觉学习的转折点。我的人生就在这一年,发生了重要的变化。

2 月 5 日,学校放寒假。2 月 22 日,枞阳县农机一厂枞阳中学革命委员会给我发了初中毕业证书,编号为<71>枞中初毕第 024 号。初中毕业证书写的名字是"朱宏",因与枞阳一个公社书记同名同姓,在母亲的建议下,上高中时,我将"朱宏"改为"朱洪"。

36.《东方红》杂志

1972 年 2 月 25 日,农历正月十一,星期五。寒假结束,我十五岁,成了一名高中生。上高一时,我的名字改了,班主任换了,许多同学也换了。

新同学中,有一个叫张和平的同学,大个子,瘦瘦的,因为家在县人委后面毛巾厂附近,与我放学常一起,一来二往,成了朋友。我到他家去玩,见到他家订的一份《东方红》杂志,这杂志开阔了我的眼界。

《东方红》杂志1964年开始出版,是专门给农村的读者看的,图文并茂,不仅有各种知识,还有写作方法。我已十五岁,过去很少接触杂志,见到《东方红》,如获至宝,便如饥似渴地读了起来。他家的《东方红》已订了好些年,我不仅看新的,还看老的。

这一年,我写作文时,会不自觉地受到《东方红》杂志的影响,如写到去农村参加农忙劳动,我会写一写沿途的树木、景观,脑子里会蹦出一些文学名词。

此前,我已陆续看过《西游记》《水浒传》《三国演义》。上高中后,在父母单位图书室借阅了一些苏联的小说,如《叶尔绍夫兄弟》《卓娅和舒拉的故事》《钢铁是怎样炼成的》等书。

有一天晚上,我在班上画黑板报插图,心血来潮,把红色颜料涂到了张和平的脸上。和平是一个很温和的人,大概认为跌了面子,大为生气,拿了一块砖头,一路气喘吁吁地追我,一直把我追到学校门前的塘边。我已跑不动了,停下脚步,面向他。经过一番追跑,大约和平同学的气已散得差不多了,终于没有朝我扔砖头。

这件事情发生后,我们逐渐地来往少了。但和平家中的《东方红》杂志,一直盘旋在我脑子里,至今不忘。

37. 班主任殷芳义老师

高中班主任殷芳义老师,曾在东至一所中学上课。他毕业于安徽一所大学,带我们政治课。和贾老师风格不一样,殷老师活泼、话多,与同学们走得很近。

殷芳义老师

自小学到高中一年级,我一直是被班主任忽略的。殷老师当班主任时,我的学习开始走上坡路,因此,我成为殷老师比较喜欢的学生之一。

殷老师三十多岁,患有心脏病,脸色总是红红的。他上课很有激情,说话时,唾沫溢出,眉飞色舞。本来,政治课是没有人听的,但殷老师的政治课几乎人人爱上。我想,或许有殷老师是班主任的因素,但主要的是他的课讲得好。他的粉笔字很潦草,张牙舞爪,像山芋藤,到处乱伸,很像他的飞扬的性格。遇到抄作业题,他喜欢叫丁克年同学上去抄。丁克年貌不惊人,却写了一手好字,不仅一笔一画,而且很有章法。

丁克年后来当了一家乡村医院的院长。唉!委屈了他的一手好字,全用在开药方子上了。

38. 入团

1972年夏天,第一学期快结束时,班上团委开会,讨论当年发展团员的名单。他们将写申请书的同学排了一个发展顺序,我的名字排在第八位。按照一学年发展两个的进度,我在高中毕业前入团,是没有希望了。

殷老师在审阅时,大笔一勾,把我的名字移到第二位,实际上是放到第一位。因为一学年发展两人,没有第一和第二的区分。

7月17日,我填写枞阳中学四年级一排概况表。在"自我鉴定"栏写道:

"能参加校内外一切政治活动。学习比较以前有所进步。"班长刘兰萍、排长童国美写班排意见说:"能团结同学,学习文化课认真,并同意本人意见。"

殷芳义老师代校革委会写了审定意见:"工作负责,说话诚恳,办事踏实,各项活动能够参加,在文化课学习中比较扎实。今后要克服爱面子思想,主动地反映情况,严格遵守课堂纪律。"

我高一第一学期期终考试成绩是:政治:甲;语文:70;数学:85;物理:77;化学:81;英语:88;农知:75。因为分数在班上处于中上等,故老师说学习比较扎实。

7月20日,放暑假。

39. 画《喜鹊登梅图》

1972年秋,一个星期六的下午,殷老师对我说:"明天,你帮我买大饼、油条来。"殷老师爱人在石矶头,他自己一个人住宿舍。枞阳中学离城里唯一炸油条的地方——上码头入口处,需二三十分钟的路。他已很久没有吃大饼、油条了。那时,大饼三分一个,油条三分一根,并不贵。

第二天,我睡觉睡过了,到了九点多才把大饼、油条带去。我进老师的门时,他已经站在那里,大约肚子早就饿了,桌子上泡了一杯茶。他是一边喝茶,一边盼我的人影呢!他没有怪我,仍然满面红光,露着他特有的笑。

事后许多年,我总不能原谅自己,这么小的事也没有办好。

年底,根据殷老师的意见,我画了一幅《喜鹊登梅图》。我当时站在殷老师的办公室里画,教算术的陈老师是福建人,见我在画喜鹊,教了我一招,在白色的涂料上,用黑毛笔勾出翅膀,黑墨汁与白颜料两色相互浸透,发晕的效果颇好。很多年后,我为工笔画鸟画家陈之佛先生写传,才知这种画法叫水渍法,是陈之佛先生研究出来的。

1972年国庆节,母亲摄于安庆

画好后,我请高二年级的同学高岱写了毛笔字"祝贺新年",再用桐油刷了一层,贴在墙报中间。殷老师看了后很满意,嘱我重新画一张,说是带回家去,贴在家里的中堂上,代替年画。

哈哈,学生的画被班主任拿回家张挂,是我没有想到的。

9月底,母亲到安庆出差。这时,母亲已知自己调动到安庆妇联会工作。国庆节这一天,母亲与外祖母以及小姨一家,在人民路照相馆合影。母亲自己单独照了一张相。从母亲的表情上可以看出,母亲内心洋溢着即将回到安庆工作的喜悦。

母亲离开安庆下放到枞阳工作已十三年了。

40. 第一次被评为三好生

1973年1月11日,我在高一第二学期学生操行评语"自我鉴定"中写道:"积极参加社会活动、学工学农活动。学习努力,成绩比以前有所进步。工作较负责。尚能团结同学。决心在新的一年里争取更大的胜利。"

"成绩比以前有所进步"是因为自己知道努力了,这一学期的期终考试成绩,主课基本在80分以上,较小学、初中进步了——政治:良;语文:81;数学:90;物理:92;化学:89;外语:80;农知:82。军体:及格。

学校评审意见:搞社会宣传活动能任劳任怨,为集体勇于牺牲个人利益。学习用功,成绩良好,尚能开展批评。希今后关心后进同学的进步,大胆反映情况。

班主任"希今后关心后进同学的进步",已经把我从"后进同学"中排除出来了。这是我在枞阳读书九年中的最好的评语。

在枞阳中学最后一年,我被评为 1972 年度的三好学生。1973 年 2 月,枞阳县枞阳中学革命委员会给我颁发了奖状,这是我一生中第一次获得三好学生奖状,也为我在枞阳的十年生活打上了一个句号。

那时,大前门香烟不好买。殷老师回家乡过年,想买一条大前门香烟,招待父老乡亲,问我能不能帮他买一条。我拿了他的五元钱,到浦江菜馆找经理帮忙。浦江菜馆的经理是一位女同志,和我母亲很好,曾去我家指导我母亲做蟹黄面。这位经理二话不说,就卖给我一条大前门香烟。

作者在枞阳中学被评为 1972 年度三好学生

41. 告别殷老师

1973 年 1 月 21 日,父母离开枞阳前,枞阳县学习班十七位同志,包括炊事员,欢送父母及成农同志,并合影留念。

1973 年 1 月 21 日,枞阳县学习班欢送母亲(左五)、父亲(左六)、成农(左七)合影

2 月初,我随父母转学去了安庆,和殷老师分开了。但他去安庆,总要到我家里坐坐。1977 年我考上大学,他给我写了不少信。可惜,这些信现在已经找不到了。

1981 年,我在宣城读劳动大学时,殷老师去世了。那是一个雪夜,我下自习时,遇到县委大院的儿时伙伴、七九级哲学班的王鲁安,他告诉了我这个噩耗。我怔怔的,半天没有说话。记得殷老师最后的一封信,谈到了埃及的金字塔和北京的长城等,我并不理解其意。

这一夜,我重想殷老师的话,知那时他已知不测,在思考永恒和不朽的话题了。

听说,他在上海看病时,是外国一位心脏病专家帮他看诊的。这个外国专家说,他的心脏长在他身上,他居然活了下来,是个奇迹;如果长在别人身上,不能活一天。这说明人的再生和自我调节能力很强,也说明殷老师拥有这不寻常的心脏,困难地生活了许多年。

殷老师临终前对于外国医生帮他看病,颇引以为豪。

有几次,我和同学谈到要去乡下给殷老师上坟,但始终未成行。殷老师坟上的草,已枯荣快四十茬了。

每想到殷老师,我便想到藤野先生之于鲁迅。虽然,殷老师不是我所有老师中唯一关爱过我的人,但或许是得之稀少,每得点滴关爱,我都异常珍惜。

42. 离开枞阳

1973 年春节后,我们家搬至安庆。父亲调动到安庆地区学习班工作,枞阳老熟人房礼应是浮山人,也在安庆地区学习班工作,听说父亲去,十分高兴,来枞阳迎接,因为太高兴,不胜酒量,在后面的厕所里不能出来。

舅奶奶养了一群老母鸡,是去年叶刚叔叔给的鸡苗。那是一个阴雨天,细雨连绵不绝,我带了一只篮子去叶刚叔叔家,拿回他家老母鸡第一窝孵出的十六只小鸡,其中十五只母鸡,一只黑色公鸡。这只黑色公鸡几天后就不幸死了。

其余的十五只母鸡在舅奶奶的精心照看下,生气勃勃地成长了起来。它们在射蛟台北麓、毛巾厂南面的一块空地上,快乐地生长,个个长得肥硕,一个鸡蛋一个鸡蛋地下。一段时间后,它们每天生下七八只鸡蛋,舅奶奶舍不得吃,家里的一只篮子里很快堆满了鸡蛋。搬家到安庆时,把全部的鸡装到一个大笼子里,带到安庆,或者自己吃,或者给外祖母、小姨家吃。邻居李剑英叔叔借了一只母鸡孵小鸡,他们很喜欢我们家的鸡品种。

在县人委会宿舍,墙壁外面的山坡下是一个日夜机器轰鸣的毛巾厂。1971年年初我住进来,咔嚓咔嚓的响声扰得我半天不能入睡。过了两年,我已经熟悉了毛巾厂的声音,一听咔嚓咔嚓的响声,就很快入睡。到了安庆,这熟悉的咔嚓咔嚓的响声突然消失,一段时间,我又不能顺利入睡了。

第二年夏天,邻居小五子把搬家离开枞阳时,丢给李叔叔家孵小鸡的老母鸡带来了。我看到这只背部已经凸起但仍然熟悉的老母鸡,心里有说不出的滋味,禁不住怜悯起它的早已灰飞烟灭的同伴来。

二十年后,我旧地重游,毛巾厂的工人已经下岗,射蛟台已不见踪影,老房屋已变换了几个主人,邻居数人已经离开人世,颇有往事不堪回首的感慨。

唯有枞川水依旧流淌,唯有达观山山势形胜不变!

第五章　安庆六中

（1973.2—1975.1）

1.安徽都督府旧址

1973年春节后,母亲调至安庆地区妇女联合会任副主任,父亲任安庆地区党校办公室主任。春节前后,枞阳同事表达欢送之情,父母几乎没有在家吃一顿正餐,天天是张家请李家请,吃了半个枞阳县城。好多熟人约了几次,排不上队。他们请父亲、母亲,常说:"不给我们面子啊?"用这个激将法,父母不好推辞。父母在这个春节,大大地风光了一下。

那些日子,父母的情绪很好,每时每刻都是笑嘻嘻的。

我在枞阳中学的最后一次活动,是参加寒假值班。同行的潘柳生同学颇为认真,一定要我和他一起,绕枞阳中学后山走一圈。那天下着大雪,我即以此种方式,告别了母校。

随后,我们举家迁安庆。那时,我并没有什么特别的感觉,木木的,似乎没觉得和以前的生活有什么不一样。

因为家临时安在母亲工作的地委附近的荣升旅社(龙山路与萧肃路交叉路口的西南侧),母亲帮我选择了在安庆六中上学。

安庆六中在辛亥革命后为安徽都督府所在地,1912年年初,陈独秀自杭州回安庆,任安徽都督府秘书长,住在六中附近的宣家花园。都督府的旧房屋如今已不见,六中保留的一栋房屋是 20 世纪 30 年代建造的。

安庆六中有一棵百年杏树,是陈独秀在此上班时种下的。六中门前的一口水井,是当年陈独秀夫人高君曼浣衣、汲水的地方,如今已装上了铁栅栏,防止行人跌入。

我在枞阳中学读高一,到了安庆,按理该读高二,但母亲做主,让我从高一念起。这对于我来说,是一个极便宜的事,既不担当留级的不名誉,又落得轻松愉快地学习,因为学习好,还易获同学和老师的好感。

2. 班主任曹建能老师

1973 年开春,第一次进高一(2)班教室,我的头上戴着一顶帽子。下课时,有人在背后说,班上来了一个"大萝卜"。1958 年,枞阳人虚报亩产稻谷、萝卜产量,从此,人喊枞阳人"大萝卜"。我其实不是枞阳人,1961 年随父母下放枞阳,整个童年在枞阳,所以,一辈子一口枞阳话,到哪里,小孩子都在后面大喊"枞阳大萝卜"。

高中一年级七门课,七位老师的名字分别是司马娟(语文)、曹建能(数学)、董秀松(物理)、黄华康(历史)、刘先金(化学)、叶晓薇(政治)、施尚斌(英语)。

数学老师曹建能先生兼班主任,他的粉笔字写得非常好,一笔一画,像是粉笔字字帖。大约,他写粉笔字有一种成就感,故喜欢一边说,一边慢腾腾地把整个的数学解题过程写在黑板上。他的长相,很像电影《平原游击队》中的日本鬼子松井,两眼锐利,皮肤较黑,脸型上阔下尖。他看你时,眼睛一眨不眨,十分锐利。我后来想,他若演日本军官,要胜过不少名演员。

第一次数学测试,他几次走到我的身边,甚至点了一下。那意思,某个地方有点问题。看得出,他很满意我的答题。

他不知道,这些高一的题目我去年已经做过一遍,重复做一遍并不难。六中的新同学也并不知道我的底细,他们中的一些人立即对我产生好感。尽管因为我迟来几天,数学课代表已经产生,但曹老师对于我这样数学好的同学,总是乐意在旁边徘徊一下。

曹老师有一个特点,总是高昂着头。这给我这个初来乍到的新同学以强烈的印象,仿佛他高傲到极点。先以为,他是班主任,在我们这些学生面前,自然是高昂着头。偶尔在大街上远远地瞧见他,他仍然是高昂着头,悠然自得地在吴越街上走他的路。再后来,远远地见他与校长、教研组组长说话,他仍然高昂着头,那样子,校长似乎是他的谦卑的下级。我才恍然大悟,先生原来是有这个习惯,非如此自己便不快活的习惯!

这大约是曹老师的一个缺点吧。大约曹老师没有仔细读《弟子规》,因为下级在上级面前,头昂得太高,是有失礼之嫌的。

久而久之,我发现,高昂头的人,往往额头无皱纹;过了一阵子,我又发现,高昂头的人,往往智商很高;现在,我又发现,高昂头的人,无颈椎病。

3. 司马娟老师

刚到安庆,我在状元府宾馆附近的一个杂志摊上,买了一本《解放军文艺》杂志看。这是我第一次看文学杂志。小时候,母亲为我们订了《少年》。然后,在同学张和平家看了《东方红》杂志。接触了这本《解放军文艺》后,我萌生了将来写一点小说的"野心"。

这或许是我的立志的开始,大约我在父亲学习班的同事、我的同学郑天生父亲面前露了什么口风,一次,郑叔叔对我的母亲说:"小朱洪有鸿鹄之志。"其实,我连什么叫鸿鹄之志还不懂呢!

高一语文老师司马娟,毕业于华师大中文系,个子不高,皮肤白皙,戴着近视眼镜,但她讲课时声音很大。

第一次布置写作文,我写了自己在枞阳中学参加军训野营的往事,司马老师的办公桌面对走廊,改作业时,我碰巧走过她的窗前。我自报家门,隔了窗子问她:"我的作文分数是多少?"她很高兴,说刚看了我写的作文。

次日,上语文课时,司马老师把我的作文在课堂上读了一遍,然后叫女同学丁宜站起来谈感想。丁宜胖胖的,圆圆的脸,比我大一岁。

司马老师问:"你觉得写得怎么样?"

丁宜说:"不怎么样!"

司马老师本意要赞扬我几句,来自县城的故事给在城市任课的老师增加了点新的东西。她犹豫了一下,说:"我觉得,这篇作文有几个地方写得不错。"

至于司马老师说了什么,我已不记得了。但那堂课,司马老师在同学中大大提高了我的声望。

课后,司马老师向班主任曹建能老师建议,叫我担任语文课代表。

从小学起,我从来没有担任过什么班干。想不到,我这个迟来的转学生,在这么短的时间内就赢得了老师的喜欢,担任了小干部。语文课代表是我学生生涯中唯一的头衔。因为有司马老师的鼓励,我对写作更加倍地努力,以至于每次写作文,一位叫吴启恒的同学就把我的作文本借去,将里面的辞藻摘抄一番。

年终期末考试前,司马老师走到我的旁边,把我的课本翻到一处,说:"我觉得这个问题很重要。"

我想,她是怕我这个语文课代表期末考试考不好吧。司马老师指的题目,是个分析题目,一般不容易复习到。考试时,试卷上果然有这道题目。这一件小事,可见司马老师对我的厚爱。

古往今来,大约老师对自己喜欢的学生都存一点偏心。如孙悟空半夜接受师父的单传,五祖半夜私传袈裟给六祖,等等。我在考试前被老师点拨,这也是唯一的一次。

初冬的一天,司马娟老师上鲁迅的《纪念刘和珍君》一课,第五节中有五个"她",老师喊我和其他几个同学起来解释各自指谁。老师的意思,五个"她"都指刘和珍,我和几个同学对第五个或第四个"她",与老师的解释有分歧。当然,老师应该是对的。

高二时,司马老师改教其他班了。

如果说枞阳中学的政治课的殷芳义老师唤醒了我搞好学习的信心,安庆六中语文课的司马娟老师则给了我从事文学事业的信心。像我这样不幸运的人,在世界观形成时期,有了殷老师和司马老师这样的偏爱,是不幸中的幸运。

司马老师退休后,住在安庆师范学院教师宿舍。她非常健康,如过去一样健谈。在报纸杂志上,她看到关于我的消息,如打官司、与人商榷之类的,她总会留意,一如既往地关注着我。

4. 华子

华子坐在我的后面一排,大个子,沉默少语。开学不久,1973 年 3 月 5 日我的生日这天,安庆六中在体育场开运动会,我们两人坐在西边石梯上闲聊。上午运动会结束时,我说,今天是我的生日。他说:"正巧,今天也是我的生日。"

呵呵,真巧啊!生日这天攀谈,一巧;生日这一天知道今天是我们的共同生日,二巧;他的父亲华页勋先生 20 世纪 50 年代在团地委工作,与我的父母是同事,三巧!

回去时,我们同行了一截,在西边的一个巷道口,他指着巷道里面对我说:"我的家在这里。"然后,我们分手了。

那天晚上,下着倾盆大雨,我打着伞,好奇地来到华子和我分手的巷道口,求友心切,希望能碰巧遇见他。结果自然是失望,衣服湿透,影子也没有见到。

次日,我和华子一起去了他的家。华子住的大杂院叫三祖寺,是三祖僧璨在安庆修行的一个寺庙遗址。僧璨在定居天柱山三祖寺之前,行踪不定,有几个地方都号称三祖寺呢!

三祖寺遗址是安庆地委的第二处宿舍,住了十几户人家。此后,大大小小的孩子见我来了,总在后面喊:"枞阳大萝卜!枞阳大萝卜!"

同一天,华子去了我家临时住的荣升旅社。此后,华子几乎每天到荣升旅社,喊我一起打篮球、乒乓球。

4月24日,安庆六中图书馆给在高一(2)班7组的我,发了一张学生借书证,证号:00238。班上五十多人,每排坐八人,我坐在进门的第七列,倒数第二排。

华子叫华庆生,后来成了我在六中读书时的最好的朋友,事实上,在我全部朋友中,华子也是关系极好、时间极长的朋友之一。与其他朋友不同的是,我们同年同月同日生。

5. 红光街79号

1973年秋天,我们家在荣升旅社住了几个月后,搬到往南几百米的红光街(近圣街)79号。

小院子进门是一间老房屋,自老房屋中间的大门进来,东边住着皮革厂朱师傅一家五口,西边是在安庆地直党委工作的方溪先生家的厨房,紧挨方先生家厨房的西边是朱师傅家的厨房。

　　进大门是一个一百平方米大小的院子,东西是山墙,与坐南朝北的一栋二层楼的房屋构成一个封闭的院子。二层楼的楼下东边是安庆地区人事局的周刚科长家,西边住刘菊开科长家;楼上西边是方溪先生家,东边是我们家。

　　我们家一共四间,进门朝北一间为五平方米的客厅,右手是三平方米的厨房。南边两间卧室各八九平方米,父母住东边一间,我住西边一间。楼梯自我们家一侧上去,有一个走廊,自我们家门前经过,走到西头,即方溪先生家。楼梯道有一个储藏室,为我们家放煤球的地方。

　　这个公寓是安庆行署机关干部的家属宿舍,也是我们家第一次住上的楼房。室内无卫生间,出门往西拐十米,有一个附近几百户居民共用的公共厕所。大家常在公共场厕所相遇,行人见到厕所前站着熟人,像是发现新大陆,兴奋地打招呼:"你家在这里住啊?""吃过了吗?"熟人常尴尬地说:"哎,嗨嗨……"

　　公共厕所在一个三岔路口,往南百米,即高琦广场,紧连高琦小学和安庆一中。早上,我们常到高琦广场锻炼身体。厕所附近,一栋安庆市话剧团的排练场正在建造。

　　朱师傅卧室的南窗下,为五户人家共用自来水的地方。大家轮流值日,负责开锁,收水费。

　　第二年春天,我在朱师傅家南窗下栽了一棵梧桐树。梧桐树长得很快,不久就爬到了朱师傅的屋顶上。风吹瓦响,朱师傅一家并没有抗议。他们对我母亲很尊重。除夕之夜,朱师傅特地炒了一个菜——黄花菜炒肉丝,分量很多,分一部分送给我们品尝。朱师傅是安庆市皮革厂的大师傅,他炒的菜,味道极好。

　　2019 年年初,我写《现代皖江文化概论(现代)》时意外地发现,20 世纪

30 年代担任安徽大学校长的杨亮功即住近圣街 38 号,离我家的 79 号不远;史学家徐天闵先生家世居近圣街;清代桐城诗人潘江的后裔、朱光潜的老师潘季野曾在近圣街置房;胡子穆先生 20 世纪 30 年代曾安排安大教授住在其近圣街的住宅,而张恨水故居则在我家西边百米远处。

呵呵,近圣街湮没了许多故事啊!

6. 学工

1973 年 10 月中旬至月底,我们高一(2)班被安排到安庆市织带厂学工两周。

织带厂在柏子桥集贤路北一百米外,大门朝西。我被分配在漂染车间,活不重,但漂白粉的味道难闻。

织带厂是集体企业,并不织带,而是织布。因建厂时织带,所以叫织带厂。工人两百多,和我一起干活的师傅是四个老头子。其中有个姓朱的老头,嘴闲不住,我们上班,他总是热情地招呼:“学生同志来啦!”有时候他比我后到,他就说:“学生同志,我也迟到了,哈!哈!”

朱师傅喜欢讲《三国演义》《水浒传》《说岳全传》等里面的故事,虽然讲得并不好。他说,他过去是当帮工的,不识字。言下之意,他讲不好不能怪他。

一次,朱师傅说:“学生同志,现在埃及和以色列打仗,你们看报纸,讲给我们听听。”他见我答不上来,怕我下不了台,又补充说,“我是听广播听来的,哈!哈!”

他很喜欢喝酒,自称无酒不成席,每天都喝二两,所以看上去总是红光满面,朝气蓬勃。干起活来,他衬褂也不穿,上半身裸露,身体够好。

车间里弥漫着难闻的用来漂染的化学品气味,他说,在这里干活,能活一百岁的人,只能活到八十五岁。我问他:“你今年多大?”他说:“我今年六十四岁了。"

10 月 28 日,星期天,枞阳中学的老同学于皖枞、郑天生和江忠淮来找我玩,我拉上华庆生一起去菱湖公园合影留念。晚上,于皖枞和郑天生睡在我家。

第二天一早,急于赶回枞阳的于、郑二人在离开船仅十五分钟之际才醒过来。我们一路气喘吁吁地向码头狂奔……黑暗中,他们上船不久,汽笛就长鸣了。我似乎听到了船离开岸时碰击浪花的响声和马达的轰鸣声。

我回家又睡倒了,中午 11 点起来,家中的炉子灭了。母亲出差,父亲在三十里外总铺学习班(地区党校)。我吃不上饭,临时泡了芝麻粉吃了,匆匆赶到织带厂,已迟到十分钟。

这天是学工的最后一天,本来 10 月 26 日结束,延期三天,29 日结束。朱师傅见到我,热情地打招呼:"学生同志,来啦!"

织带厂下午安排了一个老工人给我们做了忆苦思甜的报告,作为学工活动的压轴戏。老工人饱经风霜,是一个吃过泥巴、野草、树皮的老龄妇女。她沉痛地叙述了自己的悲惨遭遇,以自己的亲身经历批判了"剥削有功"论,使我们受到了一次深刻的教育。

我因为早上起来早,中午没有睡,开会听报告时哈欠不断。会议结束,我和车间四个老师傅话别。朱师傅的脸色仍红通通的,赤裸上身,笑着说:"学生同志,以后来玩啊!"

7. 体育测验

1973 年 11 月 7 日,星期三,上午体育课测验两百米赛跑,及格为三十二秒,我勉强跑及格。我平常喜欢打球,如篮球、乒乓球,跑这么慢,实在不应该。体育老师说,过几天测验一千五百米。

11 月 21 日,星期三,上午体育课测验一千五百米赛跑,及格为五分三十秒。华庆生、李强跑了五分五十八秒,我与杨健同学跑了六分钟。包括华庆生、李强在内,没有一个人跑及格。我的测验成绩虽然不理想,但跑了六分钟还是满意的。

8. 三好学生

1973 年 12 月,安庆市第六中学给我颁发了一张三好学生的奖状。这一年 2 月,我在枞阳中学,因殷老师的提携,也得到了一张 1972 年度的三好学生的奖状。我一生得了两张三好学生的奖状,都是在高一,而且都在同一年(一个年头,一个年尾)。1973 年,是我愉快的一年。

1973 年在安庆六中被评为三好学生

除了我,班长张宪也得了三好学生奖状。张宪个子不高,但长得结实,弹跳好,是校排球队队长,体育非常好。一次参加五千米比赛后,一个同学往他身上泼凉水,泼得他浑身湿透。完了,他笑着说:"刁猴,泼得还真舒服。"

评了三好学生后，班主任曹建能老师要我写张宪的材料，到全校交流。

那天是端午节，我去了张宪家。他拿了刚买的绿豆糕招待我，但关于三好学生的材料，他说："你想怎么写就怎么写。"

这是我第一次写材料，因没有经验，也没有素材，写得很不理想。曹老师是数学老师，虽然不满意，但只好如此。

大学毕业后，我见到过一次曹老师。他拉了一个堆满东西的板车，自坡上往下走，因为东西多，不能止步，样子虽然不狼狈，至少不是很从容。我们目光相遇，我立刻感受到了他的熟悉的亲切的眼神。我与曹老师反向而行，一边继续走一边想，他此时这个样子，一定是不希望见到学生的。

这是我毕业后唯一的一次遇到曹老师，后来我想，自己的行为是失礼的。作为弟子，无论如何，都应该走回去，等待先生下坡后止步。或许，先生会回头呢？至于先生是否回头，那就是另外一回事了。倘若先生走下坡，停下板车，回头没有见到我的身影，该是多么难受啊！

再后来，听说曹老师去世了。他喜欢打麻将，喜欢抽烟，冬天坐在火桶里，一边抽烟，一边看书，而很少运动。

我的脚步与思维存在一个时间差，在路上遇到熟人，常常不能及时控制自己的脚步，忘记与熟人打招呼。等我意识到应该打招呼时，熟人已走了过去，这样慢一拍或几拍的事发生过很多次。

我一生少得人缘，有时候莫名其妙地得罪人，究其原因，或许归咎于自己的迟钝。偶尔，也有人理解我的迟钝。他们会主动地叫住已经走过去的我，并怪我不停下脚步。这个时候，我总是很高兴。

9. 见到了全国劳动模范龙冬花

1974 年春天，我在六中读高二第一学期，学校接连停课两天，写大批判稿。学校给每个同学发了一张纸,规定交一篇"批林批孔"的文章。我和华庆生在头一天晚上誊好稿子,纸是在母亲单位章阿姨处拿的。因为大笔字不好看,第二天重新誊写。

2月23日,星期六,下雪了。这天真是意外地兴奋,很幸运地见到了曾经见到毛主席十三次的全国劳动模范龙冬花同志。

当时,龙冬花任安徽省妇联副主任。我放学回家时,龙冬花正坐在我家小客厅里喝茶,和我母亲聊天。我一进家门,母亲就向我介绍,这是全国劳动模范龙冬花阿姨。我肃然起敬,喊了一声:"龙阿姨好!"

龙冬花比我母亲大六岁,母亲1935年出生,其时三十九岁;龙冬花1929年出生,其时四十五岁,穿了棉衣,样子憨厚。20世纪50年代初,长江大堤决口,龙冬花以身堵口的事迹,家喻户晓。1956年2月7日,毛主席在怀仁堂接见二届二次全国政协会议全体委员时,同以特邀代表身份出席会议的龙冬花握了手。龙冬花受全国农村政协委员的委托向毛主席敬酒,毛主席站起来与龙冬花握手,风趣地说:"你多喝点,我少喝点好吗?"在场的摄影记者按下了快门,这一张她给毛主席敬酒的照片曾刊载于全国各地报刊上,发行到千家万户。

见了我,龙冬花笑嘻嘻地和我说了几句话,然后,我就到自己的房间去看书了。从她对我说的几句话中,我觉得她很谦逊。吃过午饭,我和同学王维俊、华庆生打台球去了,打台球输多赢少,但心里异常高兴。

尽管母亲和龙冬花经常打交道,我见她就这一次。许多年后,我一直不忘记龙冬花笑嘻嘻、穿了棉袄的样子。

10. 读《增广贤文》

1974年春天,高二第一学期,我受在枞阳县广播站任编辑的唐礼忠先生的影响,读了明代编辑的儿童启蒙书籍《增广贤文》。该书中许多话是前人的经验,当时随手记了几条,现在看了,仍值得玩味。

如"易涨易退山溪水,易反易复小人心",小时读之,没有多想。近岁住鹅公山下,大龙山下大雨,门前的小溪立即满流;遇到天晴,小溪的水很快减少;到了冬天,小溪干枯。古人用此种自然现象比小人心,易反复,颇有损溪水之雅美,但形容小人性格不定,如同溪水易涨易落一样,是形象鲜明的。估计最初说此话的古人,长期生活在溪水之滨。

又如"饶人不是痴汉,痴汉不会饶人",此话是要人宽容,得理也要饶人。吵架的人,总从自己的角度出发,以为自己有理,故为了真理而战斗。此话告诉我们,真正的高人是不战斗的,只有痴人才战斗,因为痴人不愿意"饶人"。我十七岁时抄录此话,但做得并不好,因为一生时有不"饶人"的事情发生。六尺巷的故事,是"饶人"的经典,母亲在她的笔记本上抄录了张英"让他三尺又何妨"的诗。母亲一辈子让人,我看过她生闷气,从来没有看她吵过架,甚至没有与父亲红过一次脸。因为怨气积压在心,母亲五十岁就去世了,这或许是"饶人"的代价。

"世上不见今时月,今月曾照古时人",此句出自李白的《把酒问月》。一天晚上,我与唐礼忠先生月夜散步,唐先生便吟此两句。此后,岁月蹉跎,我始终不忘,每见夜月,想到古人已去,而明月高悬,便想到此诗句及其蕴含的千古不易的道理。

"儿孙自有儿孙福,莫为儿孙作马牛",此句传说是神话人物铁拐李留下来的,当时抄录,不了解其中的甘苦。也许铁拐李曾是有家庭的人,且遇到了家庭的矛盾,但他后来以自己的方式处理了与儿孙的关系,一个人离开,与七位神仙一起,成了八仙之一。2014年,我初做了外祖父,体会到带外孙子很累。铁拐李的话,被选入"贤言",说明得到许多人的赞成。可另一方面,为儿孙做"马牛",苦中有乐,孙辈天真可爱,福在其中矣!

11. 买米

1974年春天,代替司马娟教授语文的董老师布置了本学期的第一篇作文。也不知道是题目太难的缘故,还是换了一个新的老师,我觉得应该写好一些,但越想写好,越觉得不好写。

桐城派代表人物方苞的哥哥方百川认为,好的文章是到了非写不可的时候才下笔。方苞的父亲方逸巢认为,好的诗是有个性的,不看作者而知道作者是谁,这样的诗才是好诗。我在高中阶段,写文章是"硬"写,苦思冥想,自然是写不好。

4月16日一早,母亲去合肥出差了。7点之后,我爬了起来,父亲已蒸好馒头。吃罢早饭,我洗了碗,骑自行车出门买米。

粮站来了出口转内销的大米,确实很白,本想空闲之时来买,又怕买不着,干脆排队买了。人很多,我先让余一华同学把我的书包带到学校去,想买好米就去上学。好在我用的是粮票买米,在同学郭成科的好心建议下,我便跑到日夜商店旁的一家米店买米,这里排队的人果然少得多。一问,这里已卖了不少时候了。又不想装粳米的包小了,无法,我只得先把一部分大米背回来,骑自行车再走一遭。两趟一跑,回家已是汗水淋漓,上午的时间也过去了,连父亲临走时叫我送给于生父亲于文杰先生("文革"前任枞阳县委书记)的材料也耽误送了。父亲单位在二十五里外的总铺,一周回家一次。

下午正在睡觉,小华子来喊打篮球。3点钟华庆生去新光影院看《战洪图》,我便去买小白菜,不想在地委会门前遇到喜欢打架的某同学,被借去一毛钱,不巧哉!

听余一华讲,下午只三个同学去上课,我心中为自己没空跑一趟庆幸不已。

晚上，家中就我一个人。窗外夜深人静，寥寥几声狗叫之后，更是一片幽静。

隔两天，因为谷雨将至，一下午下雨，中午睡觉，被大雨惊醒。下午，母亲单位的方俊华阿姨来说，你妈妈明天回来。

听说妈妈第二天回家，我晚上一个人吃了三碗饭。

12. 皖江大剧院烧了

1974年5月10日，我给在望江杨湾的舅奶奶写了一封信，之前已经三个月没有去信了。舅奶奶在我们家搬到安庆后不久，因为要带孙子，跟儿子、儿媳妇一起过了。

舅奶奶离开我们家后，母亲的家务活负担加重了。每天中午下班，母亲不能休息，要烧饭，这或许是她早离世的原因之一。许多年后，我才把这两件事情联系在一起，内心很懊悔，为什么自己当时没有烧饭的意识呢？

5月22日，我花三元钱托人买了一千两百斤煤，华庆生、余一华同学帮我下煤。到安庆后，我家改烧蜂窝煤，每次买煤球都少不了请华庆生帮忙。

第二天晚上，夜里12点以后，我已经入睡，突然听到姐姐的讲话声，接着依稀听到一阵刺耳的喇叭声。啊？这不是警报吗？接着，就听到母亲和邻居说话的声音。母亲和邻居说什么？我因为昏昏欲睡，什么都不清楚。

5月24日，华庆生告诉我，昨天夜里，皖江大剧院烧掉了！啊？我吃了一惊。

上午9点，在华庆生的一再催促下，我们出门去看火烧后的皖江大剧院残迹。刚换上新皮座椅的大剧院只剩下钢筋架，舞台只剩了扮装室。刚演出《平原作战》的黄梅剧团的舞台道具也被烧了，损失数百万元。

皖江大剧院几经变迁，如今早已成了娱乐场所。

隔日上午,我们一家去菱湖公园照相,一共照了四张。附近有一辆摩托车,我穿着一件黄军装,坐在上面,装模作样地拍摄了一张。至今,我从来没有骑过摩托车。在菱湖假山上,我和父母照了一张合影。

我很少单独与父母合影,这是唯一的一张。

1974年5月26日,作者与父母在菱湖公园合影

5月30日至6月1日,安庆六中期中考试。因为"批林批孔",我们好久没有上课。考试前,听余一华同学说,学校可能让大家把试卷带回家做。听了此话,我更不愿意复习了。班长张宪刚从合肥、南京、马鞍山、芜湖打了一圈排球赛回安庆,晚上来玩,主要是谈考试的情况。

晚上,窗外凉风习习,树叶哗哗作响。这是一个清爽凉快的夜晚,当人的思想和自然协调时,是多么轻松啊!或许,这是因为不举行正式考试吧。

6月3日至5日,小裁缝朱师傅到我们家做衣服,外祖母也自小姨家过来住几天。因为几件衣服没有做完,最后一晚,朱师傅点了一支一百瓦的大灯泡加班。他的工钱一共四元,其中加班费一元。

呵呵,这样的物价,如同隔世。

13. 匍匐的鸽子

1974 年 6 月 20 日,在地委党校工作的房礼应叔叔冒雨自枞阳来,带了两只红色的鸽子给我。两年前,我在枞阳曾经养了两只瓦灰鸽子,两年过去了,房叔叔的礼物让红光街 79 号活跃了起来。我欢天喜地,围着鸽子转。可快一天了,到晚上,它们还在绝食。没有办法,我只好先睡了。

第二天,我发现鸽子不吃的原因很简单:原来,它们太小,还不会自己吃。

夏天,高二第一学期结束前,每个人要写一份自我鉴定。我写道:"政治表现,参加了 1—2 次大会,写了'批林批孔'的文章,参加学校劳动值日,参加两个星期的学工;学习方面,上课不缺席,按时交作业;体育方面,锻炼身体的时间最长,效果一般。"

7 月 2 日早晨,鸽子在走廊上溜达。我因为要出门,赶鸽子回家,它们不听话,一振翅膀,飞到西面话剧团剧场的屋顶上去了。我无计可施,眼巴巴地望着它们匍匐在屋顶上,一直不动。

五六个小时过去了,下午,我怎么唤它们,它们都没有一点反应,只是面朝着东边我家的方向。傍晚,已经过去七八个小时,它们不吃不喝,匍匐在屋顶上。

夕阳即将落下,正当我眼睛盯着鸽子,担心它们晚上怎么办的时候,奇怪的事情发生了:话剧团里的一个人在另外两个人的帮助下,依靠梯子爬上了屋顶,并抓到了一动不动的鸽子。显然是话剧团这几个演职员用小口径步枪将鸽子打伤,然后再来捕捉的。我在他们自梯子走下屋顶的一瞬间,堵住他们,告诉他们,鸽子是我的。他们三人大约知道理亏,没有作声,把鸽子交给了我。

晚上,在昏黄的灯光下,我见鸽子受伤严重,血迹斑斑,已救不活了,就把它们杀了,取出数颗小口径步枪子弹。我知道,在此地养鸽子已经不可能了。后来,我见戴名世写的文章,谈城市中的鸟雀没有乡下的鸟雀自由,因为它们会被人掏窝掏走小鸟或鸟蛋。见到戴名世的文章,我便想到这两只红鸽子的命运。

后来,我读方苞回忆其母亲的文章,其中说,母亲和他在南京家中附近的山上,喜欢情不自禁地北望。母亲去世后,方苞才意识到,自己被拘留在京城时,母亲平时思念儿子,习惯在山上朝北边望,以致她和儿子在这个地方游玩时,仍然不自觉地朝北方望,尽管此时儿子就在身边。见到这个故事,我就想到鸽子身负重伤后,朝我家的方向匍匐不动,与方苞母亲习惯向北望,情出如一。它们不能说话,只能以肢体语言告诉主人,它们是多么想飞回来!

许多年过去了,两只鸽子匍匐在屋顶上朝我家看的样子,常常浮现在我眼前。我很后悔,不该把它们杀了。其实,鸽子是通人性的,是有头脑的!它们临死前,知道它们的家,知道它们的归宿。

此后,我再也没有养鸽子。

14. 弄断了电线

1974 年 7 月 4 日,农历五月十五,暑假中的一个星期四,即鸽子被人打伤的隔日,我又摊上一件祸事。

这一天吃过晚饭后,我闲得无聊,和对门的邻居打起羽毛球。门前的红光街是一条老街,街面很窄,不过两三米,一不小心,我将羽毛球打到屋顶上去了。房屋陈旧,屋顶是清代的瓦,我扛来一个梯子,小心翼翼地拿了一根四五米长的竹竿去挑羽毛球。谁知道,屋檐边挂的许多电线十分陈旧,竹竿一碰,突然把一根有二十多年没有换的老电线碰断了。

只见电线断处,火花飞溅,火星乱蹦,炫人眼目。

此电线虽不是高压线,但有 220V 电压,足以电死人。一瞬间,我吓出一身冷汗,慌忙中,我顾不得危险,忙用手中的竹竿拦住电线,以自己身体为界限,拦住过路的行人。竹竿碰到电线处,火花直冒。

正是晚饭后,这事早已惊动四邻和行人。行人几乎都停下脚步,伸头看看发生了什么事。一下子,小小的两三米宽的门前马路挤了上百人。帮忙的人虽然少,但也有几位,特别是邻居方锡文和同学余一华。余一华同学寄住的亲戚家离我家距离有四五十米,听到人声沸腾,又见是我惹的祸子,赶忙跑过来帮忙。

有了方锡文、余一华的帮忙,我的心情顿时好了些。他们拦住行人,叫人绕过电线。断了的电线继续放出火花,却没有人离开,人越来越多了。

大约过了一刻钟,有两位懂电的邻居,用老虎钳将拖在地上有两三丈长的旧电线截断。这个断了的两三丈长的电线逐渐冷却,外皮无不腐烂。

一位好心的邻居给供电局打了电话,不久,修电线的来了,电工只草草地将老电线接了起来。直到这时,我的一颗心才放了下来,发现我刚才出了一身冷汗,现在感觉冷飕飕的,似生了一场大病。整个晚上,我还余悸未了。

门前的电线实在太旧了!而且,临街挂在屋檐下,如同蜘蛛网,防不胜防。万幸的是,弄断电线的一瞬间,我侥幸没让电打着自己。第二天上午出门,我看见三位电工正冒酷暑装新电线,心中颇喜。

此后,我再也没有在门前打羽毛球。

许多年过去了,我偶读当年日记,当时的情景历历在目。锡文、一华二人帮我渡过此难,此德不可忘!

15.《多雪的冬天》

1974 年 7 月 15 日至 28 日,我去南京待了半个月。这是我第一次去南京,也是我第一次走出安徽。哥哥离开南京栖霞山四十三分队,调动到南京市察哈尔路十六号团部,从事绘画创作。他在部队招待所给我安排了住宿,并给我买了饭菜票。

每天,我一个人坐公交车出门去玩。我买了一张南京地图,勾出中山陵、玄武湖、莫愁湖、南京长江大桥等风景名胜,每天跑一个两个地方,玩了一圈,然后回招待所打饭菜吃。招待所的菜很好吃,厨师是一个当兵的,歪戴着帽子,方方的脸膛。他一个人烧菜,一个人打菜。他虽然一脸严肃,但并不克扣饭菜。

我没有带任何证件,在长江大桥不能买票乘电梯下去。我请一位有证件的大人代我买了一张电梯票,使我得以到大桥下面参观。

这次去南京,我随身带了一本在安庆师范学校图书馆借的小说《多雪的冬天》。在军队招待所,哥哥见到了这本书,翻了翻,说:"我拿去看看。"

《多雪的冬天》是苏联作家伊凡·沙米亚金的作品,由上海新闻出版系统五七干校翻译组翻译,上海人民出版社 1972 年出版。

作家伊凡·沙米亚金 1921 年出生于苏联白俄罗斯农村一个护林员家庭。他在当地农村小学毕业之后便进入了中等技术学校,卫国战争爆发以后,他投笔从戎,战后回农村教书。他 1945 年发表第一篇短篇小说,后来便一发不可收拾,先后出版了中长篇小说多部,其中自传体中篇小说《夜幕中的闪光》获白俄罗斯国家奖,长篇小说《深流》获斯大林奖金。他曾当选为苏联作家协会理事、白俄罗斯作家协会第一副主席,还获得了白俄罗斯社会主义劳动英雄和人民作家称号。

《多雪的冬天》发表于苏联《小说月报》1971 年 5—6 期。这部小说反映了当时苏联人们共同关心的现实问题,很是发人深省。对于这本小说所揭示的意义,我在那个年龄显然不能看懂,因此没留下什么印象。

9 月 11 日,暑假结束后开学第二天,我给哥哥写了一封信。自南京回来,已经两个月了,一直没有去信。我在信中提醒他,《多雪的冬天》要还给图书馆了! 信写好后,我给母亲看,她要我加一句:"为什么不写信家来?"

16. 在园艺场做小工

1974 年 7 月 28 日,我自南京回到安庆。

次日,天气很热,楼下的小虎子爸爸看儿子穿了西装裤头,说:"这个天哪个穿许多?"说完回头,见我穿了西装裤头迎面走来。小虎子爸爸的脸色有点不自然,我心里想笑,忍忍没有笑出来。

回安庆后,我即去父亲单位所在地总铺园艺场做了半个月的小工,得工资十元九角,正好补去南京的来回路费。南京的路费,去时两元七角,四等舱,回来三元四角,三等舱,加上其他,共花九元。

总铺的气温比市区要低四五度。第一天摘梨子,我一个上午坐在梨树上,不花一分钱吃了四个梨子。梨子又大又脆,尤其是被蜂子啜过的梨子,因为受了伤,梨子皮呈橘红色,吃起来更甜。记得过去在枞阳县委大院,一个晚上坐在桃树上吃了不少桃子。但一口气吃四个梨子,此是第一次。

8 月 2 日,我和四五位小伙伴摘苹果。快收工时,大家都在说笑,放慢了工作节奏。一位二十岁的青年向园艺场的队长讨好,告状说:"看哪,他们都整个地站着!"

梨子摘完了,我们被安排削损坏了的梨子,将皮削下来。几天下来,我能拿一把小刀快速地削掉梨子皮,一刀下来,皮削得又薄又完整,中间不断。

17.《田中角荣传》

1974 年 8 月 13 日,我在园艺场做小工期间,遇到下雨不出工,花两天看完了《田中角荣传》。为配合中日建交和田中角荣首相访华,上海人民出版社 1972 年 8 月出版了该书。该书灰色封皮,内部发行,书名白色黑体,作者户川猪佐武。

该书谈到了田中学习用功及重视记忆:"田中的确是一个用功的人。草间校长说的这段话铭刻在他的心上:'一个人二十岁前所受到的教育,是百分之百记得的。那以后,记忆就不行了。过了四十岁,忘记的东西就比记住的东西多。'因此,他贪婪地学习。"(第 29 页)

我因小学二年级时跌破头,记性不好,故学习愚钝。直到后来,才摸索了一个笨办法,即将新的知识元素纳入自己习惯了的体系中,以某种方式凝固成自己知识构架的一部分。这个以"写"代"记"的方法,接近朱光潜的治学方法,这个方法的本质是以勤补拙。因此,我并不推崇学习依靠记忆的办法。

田中角荣早年和许多文艺青年一样,有自己的文学梦。我这个就要毕业且有文学梦的高中生,颇得同感。而且,他也喜欢随时记笔记。该书写道:"田中却有着文学青年等人所有的想法,乐于自己一个人写写什么东西。"(第 168 页)

一个有文学梦的青年,的确是什么都写的!因不成熟,方向不定,用力不专,故什么都写写。我在研究陈独秀之前,也是"一个人写写什么东西",这些东西,有日记、读书笔记、杂记、评论、小说和诗等。

田中角荣有许多好习惯,如喜欢书法、写杂文、唱歌、骑马、打高尔夫球、热爱劳动,他的一个长处是"和谁都合得来"(第 206 页)。

1972 年 9 月 29 日,在田中角荣首相的支持下,中日实现了建交。田中角荣尽管在日本遭到了右翼的强烈抨击,甚至逼他剖腹自杀,但在中国一时间成了家喻户晓的受尊敬的人物。他的爱好、性格等是他成为成功人士的因素,尤其是"和谁都合得来"最难得。

这一年年底,田中角荣下台,后因洛克希德事件被判刑,但同时,他又以高票当选日本众议院议员。

至今,我仍做不到"和谁都合得来"。我不知道,对那些将自己送进监狱的人,田中是否真的与他们都合得来?

18.《托尔斯泰评传》

1974 年 8 月 14 日,暑假期间,我读了贝奇柯夫的《托尔斯泰评传》,该书由人民文学出版社 1959 年出版,封面印托尔斯泰照片,书名繁体,自右往左横排。该书谈到了托尔斯泰写日记的习惯:"他把写日记这件事就看作是自己一项经常的、必须从事的文学工作。自我观察、分析周围事物,记录内心的心理过程,简扼地刻画周围人物,这就是早期的托尔斯泰正在形成中的写作艺术的一些最初的、还没有成熟的构成因素。"(第 18 页)

在此之前,我已经断断续续地在写日记。受托尔斯泰等人的影响,到大学以后,偶尔记一点日记;到党校工作后,时断时续;到大学教书后,才坚持天天写日记。可惜,我写的日记十分简单,像鲁迅的流水账。鲁迅、朱自清、钱玄同、胡适、吴宓,他们的日记由简单到详细。其中,最简单的是鲁迅,最详细的是吴宓。故文学史料的价值上,吴宓日记的内涵最丰富,不仅记下事情经过,还记下自己的好恶。

《托尔斯泰评传》中有一段话说:"托尔斯泰判定,任何认真的教育都只能从生活中,而不是从学校中得到。"(第 93 页)

托尔斯泰是一个自学成才的人,他说此话时,是取得成功之后。我在大学受到的教育,与我在工作后继续学习,特别是在写作实践中所得的,是完全不同的。当时接触托尔斯泰这段话,因知识储备不够,未完全理解。我在给学生上课时,曾叹息自己以前没有遇到好的教育平台。现在看来,不完全这样。身边没有好老师,完全可以通过好的书本(间接的老师)来弥补。

该书谈到了托尔斯泰和家人的关系:"1884年作家的日记中夹杂了许多有关他跟家人之间深刻不和的记载,家里人不了解他的看法,称他作疯子。"(第397页)

作家作为一个食人间烟火的人,与家人不和,是很正常的。但大多数人没有写日记的习惯,故外人不知道。托尔斯泰作为大作家,家庭生活是其了解人生的重要方面,他按照习惯写进日记,实际是消融自己不快乐情绪的一个方式。这样的日记,是了解托尔斯泰的极好材料。一个大作家,其思想及行为与家人产生差距,不和谐也极正常。但家人的痛苦和托尔斯泰本人的痛苦比起来,要少多了。

后来我写桐城派代表人物朱书、戴名世、方苞、刘大櫆、姚鼐等人,知道他们的家庭都不幸福,婚姻都不美满。再后来,我为孔子写传,发现孔子也不幸福,自己离婚,儿子离婚。可见,一个从事文学创作的人,一个有思想的人,道路与心情不顺,往往要家庭做出相应的牺牲或付出。

托尔斯泰还谈到,写别人的故事比写自己的故事难。他用下面的原因来加以解释,那就是,作品的情节并不是有机地产生于他的创作意识中,而是由另外一个人讲述给他听的。"故事不是产生在我的心里,因此就显得棘手。"(第496页)

读《托尔斯泰评传》时,我并没有了解其中的内涵。三四十年后,我因从事人物传记的写作,才以自己的方式亲历了托尔斯泰的尴尬。

8月16日,我已自园艺场回到家中。余一华同学来了。本以为他回石台县乡下去过暑假,想不到他一直在市里做小工,而且,已经不声不响地赚了四五十元。呵呵,比我赚得多多了。我问他,赚这么多钱做什么? 他说,准备做衣服,买些日用品。

19.《蓬皮杜》

从 1974 年 8 月 17 日开始,我断断续续地读了皮埃尔·鲁阿内写的《蓬皮杜》一书。该书由上海人民出版社 1973 年 6 月出版,九角六分钱一本。

法国总统蓬皮杜不喜欢别人失信,"一个人一旦对他失信,他心目中就再也没有这个人了"。"这是日益增长的一种危险倾向,把所有的矛盾和一次失信混淆起来了。"不喜欢他的人这样说。(第 14 页)

在处理人际关系上,我曾经也有与蓬皮杜类似的心理。后来,我也听到了"不喜欢他的人"的观点,即不要以一次失信去衡量一个人。但一个人屡屡失信,屡屡不靠谱,自然不可深交。在处人上,我有点类似蓬皮杜,结果是交友不多,宁缺毋滥。

我在枞阳生活了十余年,该地民风颇傲,倘若一次得罪,常常是永远得罪,一语得罪,常常是终生得罪。这里人骨头很硬,轻易不求人。左光斗、方以智、方苞、吴越、朱光潜、黄镇、章伯钧等,血液里都有这样的风骨。故枞阳人做大官不易! 能做大官者,必是遇到胸襟宽广、能容忍其傲的贵人,或者,其傲被他的智慧的光芒遮蔽了。

该书谈到蓬皮杜的说话特点:"他说话也有一点口吃,但不明显,所以不但没有不便之处,反而成了他的一种说话风格。他还有一种喜欢用舌头舔嘴的习惯。"(第 22 页)

我在枞阳中学高中一年级的语文老师上课有舔嘴的习惯,这个老师或许自己都没有注意到。我在大学遇到金隆德教授,敏于思而讷于言。他的说话风格和蓬皮杜相似。因说话常有小的停顿,与思维的节奏契合,形成了金老师上课的独特风格,很方便学生记上课笔记。

二十多年后,我在写作《黄镇传》,看到蓬皮杜宴请即将离任的驻法大使黄镇时,我便想到少年时代曾经看过的《蓬皮杜》一书。

暑假结束前,我去桐城待了几天。

8月29日在桐城电影院看了《侦察兵》,9月2日在桐城电影院看《杜鹃山》。自桐城回安庆乘的是卡车,一路晒了两个小时的太阳。自高花亭下车走回家,因天气酷热,汗水湿透衣服。

20.《列宁生平事业简史》

1974年9月,在高二第二学期的第一个月,我看了三场电影:《杜鹃山》《南征北战》和《地雷战》。其中《地雷战》是9月30日晚,与外祖父一起在胜利剧院看的。

10月开始,为治疗鼻炎,我每天吃两次苍耳子。医生开了满满两瓶,一直吃到11月12日。小时在枞阳,舅奶奶就煎苍耳子给我喝。我一闻,就说:"啊呀! 一股青气!"多年后,小时的邻居王鲁安还记得我喝苍耳子时说的话。

10月13日至23日,我陆续读《列宁生平事业简史》,该书由联共中央附设马恩列学院编。列宁小时读书很聪明,也喜欢读名人传记。该书说:"他中学毕业时,已很通晓拉丁文、希腊文、法文和德文。同时又很通晓历史和文学。他所特别重视的,是以具有刚强坚毅品性的人物为主人翁的文艺作品。"(第2页)

列宁二十岁时,花了一年时间,自学了一个大学生四年才能完成的考律师所必需的全部课程。该书说:

　　二十岁的列宁必须在短短的一年中就把全部四年大学课程独自研究完毕。此外在递陈考试委员会的请求书中又应付上一篇在家里作成的刑法论文。在考试委员会中应考时,须对所提出的问题作书面回答,然后又须考试罗马法制的教条和历史、民法和民事诉讼程序、商法和商业诉讼程序、刑法和刑事诉讼程序、俄国法制史、教会法、国家法、国际法、警察法、政治经济学、统计学、财政法、法学大全以及法权哲学史。为应付所有这一切,必须认真攻习巨量的专门书籍。(第 13 页)

　　年轻的列宁用一年时间自学了一个律师必须经过四年大学学习才能完成的课程,给我印象极深。他一边刻苦学习,一边锻炼身体,在当时我所敬仰的人中,无人出其右。

　　列宁在革命的间隙,阅读了大量的哲学著作,撰写了《哲学笔记》。该书写道:"他于 1914 至 1915 年住在伯恩的时候,从黑格尔著作《逻辑学》《历史哲学》以及其他哲学家(亚里士多德、费尔巴哈)著作中做了很多的摘录,这些摘录的评语就构成了列宁有名的《哲学笔记》。"(第 189 页)

　　1914 年,列宁已经四十四岁,很多人在这个年龄已不喜欢读书了。但黑格尔等人深奥的哲学著作,不到这个年龄,难以领悟。列宁坚持不懈地读书、写作,是他成功的原因之一。

　　读书时做摘录,并加以评论,是列宁喜欢用的方法,并成为他著书立说的一个手段。中国人注经的传统,与列宁的方法类似。但中国古人注经,往往要旁征博引,而列宁主要是个人的发挥。

　　列宁的发挥不是无凭无据的。该书谈到列宁总是先阅读、研究大量的历史文献,然后得出自己的结论:"他的每个原理和综合、每个结论和估计,都是以研究巨量具体材料为坚固基础而作出的。"(第 191 页)事实上,列宁的理论境界和思维水平,是他长期研究和实践的水到渠成的结果。

四十多年前,作为一个高中生,我很难领会一本名人传记中更多的东西。这些走马观花的杂记表明,我当时已开始喜欢读一些名人传记了。

21. 车尔尼雪夫斯基论文学

1974年10月,我看了电影《杂技》《海岸风雷》《平原作战》。

10月22日,农历九月初八,星期二,外祖母过六十岁生日。外祖母1915年农历九月初八生于桐城。这一年农历九月,正是陈独秀在上海创办《青年杂志》的时间。呵呵,外祖母的出生赶上了新时代的启蒙时期。这天,还在病假中的母亲把外祖母自高井头小姨家接过来过了一天。

三天后,安庆六中补发了学生证。因为没有相片,我临时去红旗照相馆照了一张。华庆生没有现成的照片,把此前送给我的一张要了去。

10月30日,读《车尔尼雪夫斯基》(中卷)。车尔尼雪夫斯基是俄国资产阶级民主革命家,又是文学家和美学家,他曾被沙皇流放到西伯利亚,是一个既有文化又有传奇故事的人。他有许多观念启发人的思想,给我留下了很深的印象。

谈到作品的意义,车尔尼雪夫斯基说:"在艺术作品中,除了个别的人物以外,还有共同的思想,作品的性质就取决于这种思想(而并非取决于个别的人物)。"

车尔尼雪夫斯基的话,说出了文章和著作的一般意义的重要性。但我们在文章或著作中突出个体的时候,作品往往因强调个体而失去读者的共鸣。一个人物的传记之所以获得许多读者,不是因为该书主人翁的个体性,而是该主人翁的思想和生活的一般意义。

车尔尼雪夫斯基在评论普希金写小说的经验时,说:

在脑子里阐明长篇小说或者戏剧的基本思想,深入那些通过本身行动来阐明这种思想的人物性格的本质,考虑人物的处境、情节的发展——这才是重要的。假使诗人现在能够在这方面花几个钟头,那么过了一个或者两个月,过了一年——当思考关于已经构思好的创作这个充满灵感的一刹那终于来临的时候,这些不长的时间就能给他的创作带来许多好处,比整整一个月废寝忘食地忙于修饰已经变成白纸黑字的作品还要多。

这些创作经验,需要在一定的写作实践基础上去领会。一个长期存在头脑中的题目,或胸有成竹的题目,因为烂熟于心,写出来往往是一气呵成的。遗憾的是,迄今为止,我一直没有往小说创作方向走,只是在少数论文和传记的写作中,佐证了车尔尼雪夫斯基总结的普希金的创作经验。

车尔尼雪夫斯基的书我后来又读了几种,1975 年 4 月 13 日,读了其长篇小说《怎么办》。他是我崇拜的俄国作家之一,与高尔基不分上下。

22. 期中考试

1974 年 11 月 1 日,学校召开"革命纪律教育大会",市各校都有代表参加。晚上在华庆生、徐争鸣的帮助下,我买了 600 斤煤,借了两辆板车拉回来。次日,星期六,班上开会讨论昨天的大会,并做了批判发言。下午我准备去卫校打篮球,却吃了闭门羹,还耽误了一场电影《毛主席接见马科斯夫人》。

11 月 7 日,星期四,六中高中教研组组长黄华康老师宣布期中考试方案,下周四至周六(11 月 14—16 日)三天考试,考试结束后学工。

隔日,星期六,早上 6 点左右,舅奶奶自望江乘小轮来了。原来,母亲 11

月5日和妇联会方俊华阿姨去望江开会,打电话要大母舅去县城。大母舅在杨湾闸(望江县棉花原种厂)工作,离县城三十里路。因为无车船,大母舅步行到县城。母亲说,要去新马桥五七干校学习,希望舅奶奶去安庆照顾我。表姐说话,表弟当然是答应。舅奶奶昨天离开杨湾闸,今天到安庆。见到她瘦弱的身体,我非常难过。我决定衣服自己洗,自己烧茶水、洗碗等,自己尽量多做一点。

这天晚上,我和外祖父到新光影院看电影《原形毕露》。

期中考试结束后,我的政治成绩为乙。我颇不满意,向政治老师吴金万提出看一下卷子,吴老师问我叫什么名字。我事后颇懊悔,因为这会让老师以为,我不相信他改的成绩。

23. 征兵

1974年11月23日,征兵工作开始。我因年龄差三个月零五天才到十八周岁,没有资格报名。下午开征兵动员班会,班主任曹建能老师临时抓我做记录,字写得乱七八糟。这次征兵,全校九个男生名额、一个女生名额。其中,我所在的高二(2)班男生四名。

第二天,我给在南京栖霞山南字705部队43分队服役的哥哥写了一封回信。他面临入党前的家庭社会关系的调查,因父母是干部,问我有没有关于填写成分的中央文件。我告诉他,没有见到这样的中央文件。

过了几天,班会讨论征兵名单,我推荐了王维俊、张宪、吴自红。下午学校举行秋季田径运动会,同时结束一周的学工劳动。

12月4日,星期三,参军的同学下午体检,我们不参军的同学沾光,不上课。我和华庆生、徐争鸣打了一下午篮球。

同学李强提醒我说,高一(1)班有人想抢我的军帽,劝我不要戴,而且,杨建因此也不戴军帽了。我感激他，并接受了他的劝告。

12月13日晚上，我拿了一本鲁迅的杂文《这个与那个》看，似乎比以前好懂了点。看样子，未必二十岁以前不能读鲁迅的书。

鲁迅先生自己说，二十岁以下的年轻人，看他的文章是不适合的。我十七岁，属于不适合看他文章的年龄。第一次对鲁迅杂文感兴趣，是去年殷芳义老师向我借《鲁迅杂文书信选》。我想，殷老师因为文化水平高，读鲁迅的书自然有许多快乐，不像我，猪八戒吃人参果，囫囵吞枣，不识滋味。

事实上，我真正读懂鲁迅，是在20世纪90年代写了第一本陈独秀的传记以后。

12月17日，星期二，凌遵华、王维俊、吴云祥、姚建林四人接到了入伍通知书。同学徐传生当了特种兵，下午换衣服，明天就走。第二天，学校贴出光荣榜，公布了十个入伍的同学名单。

隔日，华庆生因为家里来人，来我家借宿。

12月19日夜12点，特种兵乘船去南京转车，然后去北京。兵种为技术兵，在西藏保护原子弹。其他同学是去湖南的普通兵，次日上午换军装，隔日出发。我送了王维俊一张照片。姚建林在一旁，也要去了一张，下午，我去他家，要了一张他的照片。

下午与华庆生、余一华、徐争鸣打了一会儿篮球，然后去各位入伍同学家转转，与他们道别。之后，我们又去工人之家打乒乓球，回家已过了吃晚饭的时间。

隔日，因初三一个同学检查身体未过关，同学王付连补了上去。晚上去了王付连家看他，吃了两颗喜糖。新兵当夜走，同学们都到我家对面的老工商联送行。同学们相互握手，依依惜别。

王维俊到部队后，把给我的信夹在给张宪的信里了。我在收到信的当天，给他写了回信。他的部队先在湖南省岳阳县城陵矶，不久，移到湖南省临湘县,又过了几个月,去了四川省万源县。王维俊退役后,我们见过几次面。徐传生同学已于 20 世纪 90 年代患肠癌去世。王付连同学,我与他曾在一家同学开的卡拉 OK 厅偶然相遇。其他几位同学,至今一直没有见面。

24. 读《沉沦》

1974 年 12 月 19 日晚上,我无意中翻出一本《郁达夫选集》。郁达夫是一个倾向革命的小资产阶级知识分子,他的作品有感伤、颓废的色彩,但他的文笔干净,没有废话。第一篇小说《沉沦》,写的就是郁达夫自己。

《沉沦》的主人公"他",出生在一个典型的中国传统家庭,在四处求学中接受了开放的进步思想。"他"既有传统中国文人的气质,又有一些自由与叛逆的思想。在当时的社会环境下,他的自由思想被压抑。当他离开 W 学校,蛰居在小小的书斋里时,内心压抑,产生了"忧郁症的根苗"。留学后忧郁症更加严重。在异国他乡(日本),饱受"性的苦闷"与"外族冷漠歧视"的"他",渴望真挚的爱情。他开始堕落,窥视浴女,到妓院寻欢,最终不能自拔,让"他"更加苦闷。他变得穷困潦倒。最终,"他"投海自尽。

结尾自然不是郁达夫本人,他通过让"他"自杀,自己从中解脱。

郁达夫直接、大胆地解剖自己,是我以前没有读到的,这也是人们把郁达夫的小说视为颓废小说的原因吧!他的文学才华,因内容上的反传统而被投上阴影。显然,这本书在当时,是一本大"毒草"。

第二天,我写了读书笔记:"我曾听说过药店里也有毒草卖。譬如种牛痘,就是以毒攻毒的。但凡受了种牛痘好处的人,是要感谢这种含毒的药性的。"

此话在那个时代,似乎是想给郁达夫的书说点好话。因不研究郁达夫,我至今也没有走进他的生活。

值得一提的是,郁达夫三次来安庆教书,并成全了一段恋爱。他与安庆的一位恋人的第一次接吻,据他自己的小说,就是在上振风塔的楼梯过道中。这个振风塔,凡是安庆人,或者到过安庆的名流,大约都上去过。而且,许多名人留下了故事和诗文。

25.《在人间》

1974 年 12 月 23 日,星期天,我起床很晚。我问舅奶奶几点,舅奶奶已经会看钟,说,9 点半差 5 分。我下午去图书馆,还了高尔基的《在人间》。

《在人间》是高尔基自传体小说三部曲中的第二部,小说描写了主人公阿廖沙(高尔基的乳名)1871 年到 1884 年这十三年的生活。为了生活,他与外祖母摘野果出去卖,当过绘图师的学徒,在一艘船上当过洗碗工,当过圣像作坊徒工。这个阶段,他阅读大量书籍,决心"要做一个坚强的人,不要为环境所屈服",为此,他离开家乡奔赴喀山。

《在人间》不仅是高尔基个人童年、少年的生活史,也从一个侧面反映了苏联的一个时代。阿廖沙的外祖父卡希林一家的破产,反映了俄国工业资本主义成长引起的小资产阶级手工业瓦解的过程。亚美尼亚作家希尔凡扎杰甚至认为,这部小说具有全人类的意义。就高尔基作品的世界意义而言,此话并不过分。

我在安庆市图书馆花了六个下午看完这本书。语文老师一直强调,要读古今中外名家的名著,故我读了此书。或许与自己的理解力有关,所得与作者的名气并不成正比。但与作者的《童年》比,当时觉得此书文字耐嚼,语言简练,内容丰富新鲜。因为好久没有读一本好书,故这本书稍稍填补了我近一段时间的空虚。但因为不研究高尔基和苏联文学,我对他的思想和创作有隔膜。人生苦短,此生大约没有机缘去研究高尔基及苏俄的文学了!

天气很冷,自图书馆出来,因为嘴唇破了,我在摊子上买了一个梨子,边走边啃。我明天准备去上课,听徐争鸣说,他已在做小工了。

26. 告我一年又来到

1974年12月24日晚,母亲在淮北的寒冷天气中,在安徽北部的新马桥五七干校二队三组的宿舍,给哥哥写了一封信。她的情绪很好,开头说:"我们学习、劳动,已在干校过了一个多月了。转眼今年又快要过去了,新的战斗的跃进的七五年又要来到了。"

母亲希望哥哥积极追求进步,说:"希望你抓紧时间,多学习,工作要细致,要积极主动。年轻人要腿勤、嘴勤、手勤。"

大约哥哥信中谈到我毕业后的去向,母亲在信中说:"朱洪这学期高中毕业,是到农村,还是怎么落实,以后回去再看情况来定。"

12月27日,星期五,班上推荐新团员十人,我推荐了华庆生和徐争鸣,结果因为李同学与沈同学的争论而草草收场。回家包饺子,我6点吃了饺子。华庆生去乡下了,我与徐争鸣看了《侦察兵》电影。

12月30日,星期一,学校给毕业班安排三周专业课实习,代替毕业考试,内容为医学、兽医、机电、无线电等。1975年1月2日到18日。我和华庆生、徐争鸣相约实习无线电。

次日下午,我与华庆生、徐争鸣三人去安庆六中教物理的董老师处。他说,实习无线电的人不多,需要把书温习一下。自董老师处出来,我去图书馆借了《列宁的青年时代》。

1975年元旦,星期三,学校放假。我一天都稀里糊涂地度过,晚饭后在走廊上散步。到安庆两年了,似无进步,每天都在混日子,百般无聊,作了一首七言打油诗:

1975年1月,母亲(二排左一)与徐渊(二排左二)、施惠如(前排左二)等在新马桥干校合影

晚对空窗自解嘲,火光照影吓一跳。

谁家元夜放爆竹? 告我一年又来到。

12月,我无所事事,看了好几场电影,《闪闪的红星》《南征北战》《五七干校生气勃勃》《钢铁巨人》《一个护士的故事》《邓小平副总理率领我国代表团出席联大特别会议》《侦察兵》等。

27. 高中毕业

1975年1月2日,大母舅来信,想让舅奶奶回望江去带孙子。父亲嘱咐我写一封回信,让大母舅来接舅奶奶。舅奶奶怕影响大母舅工作,执意不要他来接。舅奶奶在我们家待了十几年,自我一出生就来了,我们家已经离不开她,她也舍不得离开。后来她因为带孙子,不得不去望江。这次母亲去新马桥学习,再一次把舅奶奶请来。舅奶奶这时左右为难,一边是儿孙亲情,一边是与我们一家人十几年的感情。我给大母舅去信说,或按舅奶奶意思她自己回去,或按父亲的意思,请他来接,由他自己定。

我见舅奶奶近来因要回望江,思想负担加重,身体较弱,每次回家,我都主动多讲话,多做事情,以减轻老人的负担。

外祖母听说舅奶奶准备回杨湾,想留她多待几天,帮小姨家纳几双鞋底。舅奶奶像一个老黄牛,一辈子纳了许多鞋底。我小时在枞阳,常帮舅奶奶搓纳鞋的细麻。

次日,星期五,我们去无线电厂实习,无事可干,接待的同志叫我们星期一去看看。董老师说,明天上午给我们复习一下文化课。对于这次实习,我有一种茫然的感觉。

1月6日,星期一,我们再一次去无线电厂,仍无事可干,董老师叫我们几个人次日去学校看情况。我下午和徐争鸣、华庆生到工人之家去玩,称体重一百二十四斤,比华庆生、徐争鸣轻。我身体弱,在冷风中,有弱不禁风的感觉。

1月10日,星期五,我们跑了五六里路,去东风人民公社广播站实习。这次,我们坐在靠椅上,看了扩音机设备,我帮大伙买了饭菜票,但没有用上,食堂没有东西卖,我们只好饿肚子顶风回来。

第二天,我们再次去东风人民公社广播站学习喇叭、话筒、变压器、扩音器,下午3点回家,收获不错。华庆生、徐争鸣以及班上五个女生被批准入团,发了志愿书,华庆生要我做介绍人,徐争鸣请张宪做介绍人。这是我第二次做入团介绍人,去年为吴旭东同学做了入团介绍人。我在入团介绍人意见一栏,写希望华子"继续努力,谦虚谨慎,为社会主义建设事业做出贡献"。

1 月 13 日,我们上午去东风广播站,看了一下大队转播站,吃过午饭,我们和毕师傅道别。这次实习就告一段落了。

实习课比预定的时间提前结束,虽然说是三个星期,实际是三天半。不知道别人怎样,我自己是一无所获。

高中毕业前,每个人写一份自我鉴定,我写了几句多余的话:"追道宿昔事,切切心相于。"(王绩的诗)"不能真心地领得苦痛,也便难有新生的希望。"(鲁迅语)

毕业前夕,我拎了一只篮子,自外祖母家往红光街家中走。在东围墙北路口,遇到一班女同学。我们平常无语,这次依旧如同路人。

走过去四五十米,猛听到女同学笑声。回头一看,原来一个女同学和其他女同学分手,跟我后面不远,其他女同学正拿她和我开玩笑。这位女同学笑着大声反驳她们,那意思,她和我不可能存在那种关系。

那笑声,包含了对我拎篮子的样子的嘲讽。

十二年的学习,就在这样的奚落声中画上了句号。

1973、1974 年在安庆六中读高中两年,上课不正常,学习无所得,浪费了极好的时光。另一方面,司马娟老师褒奖我的作文,让我做语文课代表;曹建能老师给我一次当三好学生的机会,是我难以忘怀的。而与华庆生同学结识,终生为友,是我在六中读书的最大收获。高一开始,写点日记;高二开始,读一些人物传记。这些习惯的养成,为我后来走上写作道路做了一点铺垫。

对于今后的路怎么走,我十分迷茫。不知不觉,我就稀里糊涂地走到了人生的第一个三岔路口。

第六章　留城待业

（1975.1—1976.9）

1.陈定一先生

1975 年 1 月 14 日,星期二,多云,陈定一先生中午被人推着轮椅来到红光街 79 号我的家中。见父母不在家,老人坐在轮椅中和我聊了一会儿,其中说及姚一飞先生。姚先生曾任枞阳县委办公室主任,是我家在洗墨池的邻居。说到桐城家乡,陈老绘声绘色地念了一首诗。可惜我文化太浅,不知道他念的是谁的诗,也没有听清楚念的是什么句子。陈老的平易近人,令人难以忘怀。

陈定一先生是老红军,据《桐城县志》介绍,他 1898 年出生,1981 年去世,肖店人。1934 年秋,他从上海回桐城,寻找中共桐城地方组织,积极从事革命活动。1935 年 4 月,因曹岗大地主张德馨告密,被捕入狱。一年后,经组织营救出狱。1938 年 4 月加入中国共产党。同年 7 月,任中共桐城工委书记。1939 年年初任桐城县委书记,后加入新四军江北纵队,任新四军江北纵队淮南总队政委。解放战争时期,曾任县委书记、地委副书记。

我当时不知道陈先生是老红军,只知道他是老干部、老革命。老人头发花白,面目慈祥,我送他到街上,同他告别时,隐隐约约地感觉到,自己是在和一个历史人物说话。

这一天下午,妇联会章阿姨来说,母亲明天回来,叫我去接。母亲 1974 年 11 月中旬至 1975 年 1 月 14 日,在安徽省新马桥五七干校二组三分队学习了两个月。当时与母亲一起学习的有施惠如女士。

2. 读《马克思传》

1975 年 1 月 18 日,我给哥哥写了一封信,告诉他,刚自新马桥学习回来的母亲,明天将去砀山出席安徽省妇联会议,来回十天。后来因为四届人大,妇联会议推迟了。

第二天,我在家中读弗·梅林写的《马克思传》。对于我来说,这本书读起来并不轻松,因为作者写马克思,必然要写他的思想和事业。我读该书有一个明显的感受,就是读者的水平如果低于作者,他一方面是该书的受益者;另一方面,他必然不能完全消化这本书的全部内容,这是作者与读者的差距所决定的。

第三天中午,我在写读书笔记时,谈到自己对传记感兴趣:

> 我一直对传记感兴趣,一开始没有什么实在的理由,环境使我渐渐地接近这一类书,并使我被吸引。因为这类书适合我的欣赏水平——一个智力还在发展阶段上的年轻人,手上放着不需要动脑筋就能舒服地享受着历史故事、伟人奇闻的书。

"环境",指父母在单位帮我借阅了不少传记作品。

这段话,简单地说,是看到了传记的寓教于乐作用,读起来让人轻松愉快,且增长知识。另一方面,这段话需要修改。因为我喜欢传记,并不仅仅局限在青年阶段。随着年龄增加及自己撰写的传记增多,我对传记的喜欢有增无减。但这段话十分有趣，似乎无意中为我后来从事传记创作埋下了一个伏笔。

但我读《马克思传》，所得微乎其微。后来上大学虽学的是马克思主义哲学，但蜻蜓点水，谈不上研究。至今，我只是学了点皮毛。2005年初秋，我去特里尔马克思故居参观，突然萌生了写一写马克思的冲动。然而，这个冲动很快就消失了，虽然这个念头后来又几次重新出来过。毕竟，写马克思是一个很大的工程，没有五年十年不能竣工，而手上的杂事又让我不能分身，故在犹豫之中。

除《马克思传》，1月我还读了《鲁迅杂文书信选》、《阿尔布里亚小说集》、《宇宙之谜》(恩斯特·海克尔)、《铁流》(绥拉菲靡维奇)等。

3. 除夕的团聚

1975年1月21日到学校，学校发一式两份鉴定表，作为档案保存。此时，我在考虑是否下放。

1月25日，学校举行上山下乡汇报团讲话，胡主任传达文件，因为风大，我没有听清楚内容。听说徐争鸣的入团没有被批准，因家庭关系复杂。学校安排写决心书，我们推荐华庆生执笔。当天，我给舅奶奶买了去杨湾的船票。

舅奶奶这次在安庆待了两个多月，望江几次来信催她回去带孙子。老人本打算1月22日回望江杨湾，因没有买到船票，推迟了两天。后来因灌猪肠，又把舅奶奶留了几天。1月28日，舅奶奶回望江。

1月29日，母亲去了怀宁县，父亲去了总铺，我一个人在家，因为炒菜时菜油放多了，晚上睡觉昏昏沉沉。学校已经无事，只等通知。下放地点由父母联系，许多同学已经联系到了下放地点。我每天写大字，与华庆生等打球，写读书笔记，在日记中记下零零碎碎的事情。

父亲问我，可愿意跟地委党校杨师傅后面学开车子，当一名驾驶员？我毫不犹豫地拒绝了。我对做一名司机,从来没有想过。

1月,我和华庆生、徐争鸣看了七场电影:《南征北战》《国庆颂》《渡江侦察记》《无影灯下颂银针》《一副保险带》《爆炸》《科学技术:优选法、自动线》。

2月5日,哥哥自南京部队回来了。

去年11月18日,父亲给他去信,希望他回来过春节,但部队的探亲假不好请。今年元月中旬,父亲给哥哥的指导员刘国发写信,大意是,外祖父年龄大了,想外孙子回来过年;弟弟高中毕业,要下放;母亲在外地学习,回来过年后,明年还要下去蹲点一年。故连队特批哥哥半个月假。哥哥这次回来,给我带了一根新军用皮带、一双新凉鞋和三本日记本。我给表弟黄静、同学余一华各一本日记本。余一华即将回原籍石台乡下,我顺便把杨师傅给我的水笔也送给了他。

当晚,我陪哥哥去人民剧院看黄梅戏《向阳商店》。

2月6日,我与华庆生、徐争鸣与余一华照了一张照片作为分别留念。然后,我们去江边的向阳饭店吃了一顿水饺,结束了告别仪式。

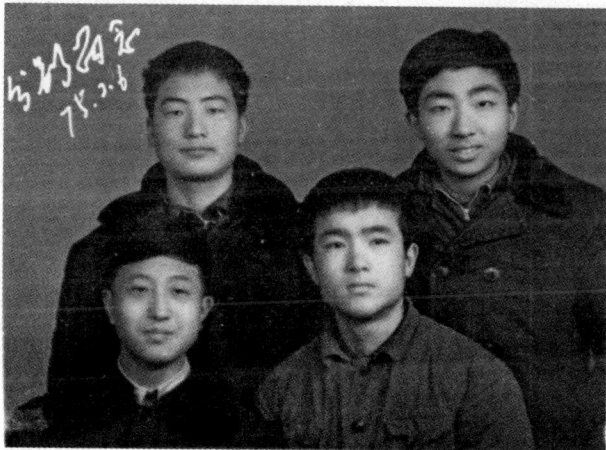

1975年2月6日,作者(后排左)、徐争鸣、余一华(前排左)、华庆生高中毕业时合影

2月7日一大早，余一华就来了，送给我一本日记本，并说他明天早晨就回家了。他在安庆读书，是在一位亲戚家住的。

次日，外祖父自桐城来了。他本来不打算来安庆，因为"过不惯"。但哥哥回来了，所以他还是来了安庆，并带来十斤桐城特产丰糕。

2月10日，除夕，星期一，晚上我和华庆生、徐争鸣以及华子的邻居洪坤打扑克，从晚上10点打到次日早晨5点，5点25分回家睡觉。中午12点起床，下午在红旗照相馆拍全家福，外祖父另外照了一张单人照。

1975年2月10日建国探亲合影：前排左起外祖母、艳玲、外祖父，第二排左起母亲、父亲，第三排左起黄静、建国、作者

2月15日，正月初五，刚被安排在霍邱叶集平岗尧冲小学任代课老师的姐姐，午后与一位下放女学生自霍邱来了。此前，父亲寄三十三元给她，叫她今年不要跑了。

傍晚，舅奶奶自望江来了。舅奶奶在安庆待了两个月，1月28日才回到杨湾闸,听说哥哥自部队回来探亲,仍然说服了儿子和媳妇,到安庆来住十天,足见舅奶奶跟我们的感情很深。老人自杨湾闸走了三十里河埂,然后从华阳坐轮船来的。老人跟我们生活了十六年,1974年第一次没有和我们一起过春节,今年是第二次没有和我们一起过春节。

舅奶奶带了一只鸡,来后就忙着杀鸡。见到舅奶奶来,我们一家人都高兴。——哈佛大学一项研究成果说,小时候受到亲情关爱的人,幸福指数很高。我小时候受舅奶奶的关爱最多,其次是母爱,故舅奶奶来,我的心情最愉悦。

这一年除夕前后,在南京的哥哥、在霍邱的姐姐、在望江的舅奶奶、在桐城的外祖父,全部集聚安庆,这是我们家自1970年哥哥当兵以后,第一次团聚。

4. 母亲与陈永贵的合影

1975年2月16日,舅奶奶炒花生米时,锅烂了一个孔。外祖父要去桐城卖杂货,乐呵呵地说:"我回桐城买一个新的。"

下午,我送外祖父去桐城。春节人多,外祖父没有搭上车。回来时,我们经小姨家,请小姨夫给外祖父买一张明天早晨7点半的车票。

第二天,我给哥哥买了一张东方红3号的四等舱船票。哥哥昨天收到部队自栖霞山拍来的电报,嘱他回去创作画。哥哥的战友、今年退伍的李明自望江来看望哥哥,晚上就住在我们家。凌晨2点,我与李明一起送哥哥上大轮。回家已近4点,睡到8点。

母亲这天乘早晨6点的车经合肥、涡阳去砀山,出席省妇联全委扩大会议,时间十天。舅奶奶因此多待几天,等妈妈回来再走。

在砀山全省妇联会议上,陈永贵副总理接见会议代表,并与大家合影留念。陈永贵这一年六十岁,他在当年1月刚召开的四届全国人大一次会议上,被任命为国务院副总理。四届人大会议一结束,陈永贵就马不停蹄到了砀山县。

安徽省委书记兼省革委会第一副主任宋珮璋陪同陈永贵副总理接见会议代表,并与大家合影。陈永贵副总理在头上围了一个白毛巾,依旧保持着一个农民的形象。宋珮璋书记戴了一顶棉军帽,照相时喜笑颜开。母亲在第三排左起第三,神情很愉快。地区妇联会主任曹玉琴阿姨在第二排左一,她的颈子上围了一个围脖。相片上写着二十二个字:陈永贵同志接见省妇联常委扩大会议全体同志合影。

宋珮璋(1919—1989年),河北临城人。1955年9月被授予上校军衔,1960年晋升为大校军衔,曾荣获二级独立自由勋章、二级解放勋章。1988年

1975年2月,母亲(三排左三)出席省妇联常委扩大会议,与陈永贵(二排左九)、宋珮璋(二排左八)等领导合影

160

7月被中央军委授予中国人民解放军二级红星功勋荣誉章。

5.姐姐：只怪我自己

1975年2月20日早晨,我送姐姐和外甥张涛回霍邱。

姐姐代课的尧冲小学坐落在霍邱叶集平岗尧岭头东北边的一道山冲——尧冲。这里丘陵起伏,荒岗薄岭,人烟稀少,除了一条六(安)叶(集)土公路经过此地外,其余都是羊肠小道,交通极不方便。

这次姐姐正月初五来家,见大家热情接待当兵许多年第一次回家的哥哥,自己有被冷落的感觉。"文革"中,姐姐下放到枞阳长风,没有征求父母意见,嫁给了一位当兵的,违背了招工政策,一直留在农村。父母对她是恨其不争气,哀其不听话。

回霍邱后,姐姐给哥哥写了一封信。这次回安庆家中,她见到了自部队回家过春节的建国,本想畅谈一下,不料建国接到电报后提前回部队了。姐姐认为,自己因在农村,在家中受到了冷落,这是不应该的。她在信中写道:

> 我觉得农村是苦的,和城市对比,是有些差距的。但这只是目前,以后农村是大有作为的。有不少的知识青年都在农村安家落户了。就拿六安地区来讲,有个上海知识青年肖征,出生在一个老革命家庭中,父母都是老红军,就这唯一的一个女儿响应主席的号召来到金寨县接受再教育。1972年和当地的一个普通的农民结了婚安家落户了,不过也是经过一段曲折道路过来的。开始亲戚家人也讲,地方一直到六安地委都不同意,最后她写信给她父母,做他们的思想工作,最后父母也同意了。李德生亲自批(字)的,并号召知识青年向她学习,并叫她到六安各地区作报告。我的情况虽然和她不同,是有些过早,但事到如今,只有在农村好

好干。现在组织叫我教书,我就要把此项工作做好,尽我最大的努力,培养好红色的接班人,将来更好地建设社会主义新农村。

谈到自己此次正月回家被冷落,她写道:

> 我谁也不怪,只怪我自己。但我更恨"孔老二"流毒太深,他们是一贯看不起农村,说农民是小人。这流毒多多少少感染了我们的上一辈。在他们的头脑里,多少看不起农村,觉得在农村是没有出息的。所以,对我就产生了一些看法。唉,事情过去了,也不提了。

父母并没有瞧不起农村,他们在 20 世纪 60 年代自安庆下放到麒麟,干了好几年。姐姐认为长辈瞧不起农村,是冤枉了父母。不到十年,时事发生巨变,下放知青回城潮流起来后,姐姐慢慢地体会到父母的话是对的。

6. 一轮明月眼中来

1975 年 2 月 21 日,我与哥哥的战友李明及其朋友到菱湖公园照相,照了一张穿军装的单人像。拿去洗了三张,洗出来后,虽样子老成,倒还喜欢。

次日,李明乘小轮回望江。他是个爽快的人,颇像《水浒传》里的好汉。不久,他因去枞阳,路过安庆见了我一面。此后,我们再未见面,至今已四十多年。

2 月 25 日,舅奶奶回望江了。

隔日,晚上 9 点,我的脑袋昏昏沉沉,信步走到门前走廊。东墙屋后,出现耀眼的亮光,不知道是什么光。我轻轻跳起,方见一轮圆月,赫然心喜,原来是正月十七日的大月亮。我随口吟了四句:

　　　　不躲云霄躲屋拐，谁将宝珠藏高台？

　　　　如猿轻蹦回头望，一轮明月眼中来。

　　2 月底，我把以前用毛笔画的一幅大胡子列夫·托尔斯泰的画，重新加工后，挂在墙上。因为是自己画的，颇有点小成就感。——四十多年后，华庆生还记得我当年挂在墙壁上的这幅画！

　　2 月 4 日，与华庆生在胜利剧院看了《白蚁、针刺麻醉、骨骼新疗法》。2 月 14 日一个人在胜利剧院看了《渡江侦察记》。2 月 20 日与李明在人民剧院看了"蒙城杂技团慰问演出"。蒙城是父亲的家乡，想不到该县的杂技团来安庆演出了。

7. 留城

　　1975 年 3 月 2 日，星期天，多云。我上午与徐争鸣去六中，参加应届毕业生的学习班。站在冷冰冰的操场上，我们听了一个小时的文件传达，每个人拿到一张下放登记表。我帮已经回农村的余一华和去六安走亲戚的华庆生代领了登记表。会议结束后，我把华庆生的登记表送到了他家。余一华没有留下地址，何况他已经回农村了，其登记表成了废纸一张。

　　上午的文件有一点出我的意外，说参军不能算是父母身边无一人。我心里想，这下也好，我下放无商量。姐姐曾说我还好，不需要下放，现在，我也需要下放了。

　　第二天，我和徐争鸣送填好的登记表去学校，董老师问了我的情况。他说，哥哥当兵，可以考虑父母身边留一人的政策，但需要本人提出申请。

　　母亲对于我的下放，也左右为难。她说，桐城翻身大队在城关镇附近，也可以去林场，叫我自己考虑。我想，去桐城，离在桐城百货公司看大门的外祖父很近。但五天后，母亲做主，替我填写了留城。她内心里，还是希望留我在她身边。

3月8日，星期六，上午在小雨霏霏的街上遇到司马娟老师。我们站着聊天，她问我做何打算，我说还没有确定，顺其自然。她说她去买影票，这是她的兴趣。高一时，我颇得司马老师的器重，她激励了我的文学热情。

华庆生在六安待了半个月，回来后拉我和徐争鸣去搬运公司小礼堂看了一场阿尔巴尼亚彩色舞剧《山姑娘》。徐争鸣不喜欢，中途离开了，我和华庆生坚持看完了。该剧艺术性很强，但曲高和寡，叫人看得昏昏欲睡。

8. 外祖母：什么"铁码""铁梅"的

1975年3月15日，父亲的表姐带了女儿自枞阳来，我们喊她姑妈。中午吃午饭时，姑妈讲，若不是我在家，她早待不住了。

外祖母和表弟黄静来玩，一起吃饭。外祖母笑嘻嘻地问："为什么呢?"

姑妈说："亲根嘛!"

我夹了一颗白菜帮子，笑着说："呐! 青根!"

吃过午饭，稍事休息，外祖母、姑妈和表姐、表弟四人打扑克。

安庆人习惯把老K叫老奶奶，表弟和表姐一家，抢分数，姑妈与外祖母一人出了一张老K，表弟十四五岁，没有拿到K，遗憾地说："哎，两个老奶奶下来了。"

我在一旁听了，哈哈大笑。

隔日，枞阳的陈叔叔来了，大家包饺子吃。外祖母这天很高兴，指着墙壁上贴的李玉和的相片，学着他的腔调，对姑妈说："什么'铁码''铁梅'的，我不知那东西!"外祖母喜欢看戏，逢戏就看。

陈叔叔禁不住哈哈大笑,饺子皮掉到地上。

外祖母自己也笑,问:"我讲错了啊?"

陈叔叔自地上捡起饺子皮,说:"对,对!你老人家哪里会说错!"他伸出自己手上的饺子皮说,"你们看,我的饺子皮打不碎!"

表姐的茶杯放在身边,笑得碰倒了茶杯,把水洒到姑妈的鞋上。姑妈一边用手把鞋上的水往下抹,一边说:"我要是鞋放在那里,那就一滴不漏。"

大家哈哈大笑。

外祖母的眼泪笑了出来,边笑边擦眼睛说:"我的鞋……呵呵……一滴不漏!"

过了几天,楼下的王姨问姑妈:"你蹲雄了吧?"

安庆话,"雄"是"习惯"的意思。

9. 江鸥

1975年3月24日,我到六中领高中毕业证书,标志着高中生活彻底结束。作为庆祝,我下午约华庆生、徐争鸣去菱湖公园转一圈。

次日中午,刚下班的母亲埋怨我:"百呼不应,什么事情都不干!"

我赶忙拿了扫帚扫地,由于用力大,且心不在焉,差一点碰到了正在掐菜的妈妈的头。

"啊!幸亏没有碰到。不然,少不了火上浇油。"我心里嘀咕。

下午,我到华子家去玩,一边走一边嚼山芋角。到了三岔路口,见徐争鸣的邻居、女同学 L 与弟弟在抬水,我因自己的吃相难看,索性绕远一个三岔路口。我正把一个山芋角塞进嘴里,咬得咯吱咯吱响时,不想碰到另外一个女同学沈宗文。好比曹操大败赤壁,刚逃脱猛张飞,又遇关云长。唉!早知如此,何必绕路?

月底,枞阳老洲的孙玉蓉阿姨来玩。我和她下了五盘象棋,输得一败涂地。她说,老洲一个青年叫张成钧,十九岁进了复旦大学,今年二十四岁,在《文汇报》当记者。他以前曾写过三十多篇稿子,没有被刊登,而现在,他几乎每写一篇,都能刊登。他过去写小说,现在写散文、诗歌,曾写散文《江鸥》,以笔名"文钧"发表。张成钧父亲患食道癌去世,自己是独子。他在农村就开始写文章,是凭一己之力闯出来的。

孙姨见我感兴趣,说:"你不仅要多看,还要多写。"

孙姨的话是对的,我爱好文学,看得多,却不尝试创作,属于纸上谈兵。后来,我每到江边玩,见江鸥翱翔,就想起孙阿姨讲的这个在《文汇报》当记者的青年人。他的工作和生活,一时成了我的梦想。

3月31日,我读《盖达尔选集》。作者于1941年10月26日被德军机关枪打中而牺牲,年仅三十七岁,给我留下深刻的印象。该书第473页说:"盖达尔的朋友、作家弗拉叶尔曼在回忆录中说,对于作家,脑子里有时候一下子迸发出来的一点点回忆,就够写成一整本小说了……"

因为读《盖达尔选集》,我的潜意识中做一名作家的愿望更强烈了。

除了读《盖达尔选集》,我3月还读了《鲁迅谈创作》、《战争年代的总参谋部(下)》(谢·马·什捷缅科)、《怎么办》(车尔尼雪夫斯基)。

3月,我看了六场电影(戏):《送货路上》(湖南花鼓戏)、《山姑娘》(阿尔巴尼亚彩色舞剧)、《第七届亚运会》、《瑶山春》(京剧)、《昔阳农业气象新、孩子们的节日、带响的弓箭》、《创业》。

10. 江边舟

1975年4月1日上午,我听楼下的王姨(朱师傅的妻子)问戴姨(刘科长的妻子):"你家有'被子'吗?"

戴姨说:"没有!"

王姨又说:"这小丫头,不知从哪里钻来,头上搞了虱子!我家也没有'被子'。"

我很诧异,本来准备下楼,却迟疑了。我家有被子,若问我借被子,不好不借。但她家丫头搞了虱子,借也不是,不借也不是!

过了片刻,我偶然走到门前的走廊上,见王姨正往女儿头发上浇煤油,旁边放了篦子,我这才知道,安庆话的"被子",原来是篦子。

呵呵,瞎猜一气!

这时,楼下李老师(安庆地区人事局周刚科长的妻子)的母亲喊外孙女儿:"快去,把你哥哥的袜子捡起来。"

"我不去。"外孙女五六岁,声音娇滴滴的,"好,我就去!我帮你这个小老奶奶捡袜子!"依旧是娇滴滴的声音。

呵呵,我禁不住一个人在楼上笑了起来。

中午,脸色苍白的周姨(方溪先生的妻子)捂着被扎伤的手指,向邻居说:"流了许多血,跑到医院,血从这边手指漫出来了,一瓶云南白药都止不住血,还缝了针。"

周姨的小儿子叫小五子,七八岁,好奇地问她:"妈妈,缝了几针哪?"

周姨伸手刮了一下小五子的鼻子,大声喝道:"就是你这个鬼东西,喊半天不见影子,把我气慌了……"

小五子满脸委屈,慌忙退到一边。

下午,我和华庆生去江边散步。

深春的阳光,温馨暖人。徐徐清风吹来,柏油马路上裂开了一道道皱纹,散发出浓浓的柏油味。

华庆生正在考虑下乡的地点,说:"听说有一个江心洲。"

我说:"什么江心舟?"

远处江中心,片片白帆东去西来。华庆生的话,让我想到了"江心舟"。多么诗情画意的联想啊!那些敢于上山下乡的同学勇于到大风大浪中锻炼,不正如眼前的江心舟一样,乘风破浪,勇往直前吗?

"这儿还有不少舟呢!"华庆生顺着我的思路,说了一句。

华庆生无意中的一句话,打破了我的沉思。

长江北岸停泊着许多船,一艘小轮正生火待发,许多乘客鱼贯而入。

是啊,这些江边舟,何时挂帆远航呢?何时追赶上那些江心舟,并驾齐驱呢?

小轮发出启航的汽笛声,巨大的声响惊动了江边翱翔的江鸥,水边的浪花一层一层地拍击着江岸。我想,高中毕业窝在家中的自己,就是一只熄火江边的小舟,不知何时才能跟上时代的步伐。

11. 他不是我家人

1975年4月5日上午,一个买猪水的在院子里换猪水,把几分钱递给小五子。

哥哥小四子在一旁对买猪水的大喊:"喂,给我!他不是我家人!"

我在走廊上见到,哈哈大笑。

为了几分钱,弟弟也不认了。

太阳下山了。我把衣服收了进来并叠了起来。

我的一件黑色球衫摆在上面,我伸手去翻袖子。"啊呀!"我惊叫了一声,球衫已扔到几步外的地上。原来,我的手摸到了一个毛茸茸的带爪子的虫子。我仔细一看,出了一身冷汗:一个桃核大小的黑色的大蜂子,嗡嗡作响,在床上乱转。我赶忙找来一把钳子夹住,丢到窗外。

忙了一会儿,重新折黑球衫,带着余惊,我再次把手伸进袖子。嗡嗡嗡一阵乱响,叫我魂不附体,像惊弓之鸟,赶忙把衣服丢开。刹那间,另一只黑色的大蜂子夺路而去。

接下来,我小心翼翼地折衣服,先把衣服抹平,如同裁缝熨衣服。奇怪的是,为什么蜂子其他颜色的衣服不去,而专躲进黑色的衣服里呢?

隔壁的周姨正拿了一个脸盆进楼下的厨房。厨房门锁了,她大声地喊待在楼上的小五子:"把脸盆开开来! 好放进去!"

小五子问:"什么? 把脸盆开开来?"

周姨笑:"讲错了,把钥匙丢下来。"

4 月我读了五本书:《二十年目睹之怪现状》(吴趼人)、《普隆恰托夫经理的故事》(维·李巴托夫)、《青年近卫军》(法捷耶夫)、《古丽雅的道路》(叶列娜·伊林娜)、《马克思主义哲学原理》(苏联科学院研究所)。

4 月,我看了五场电影(戏):《上钢五厂理论队伍在成长》《杂技英豪》《地震》《国庆颂》《平原游击队》。

12. 去留不定

1975 年 5 月 7 日,我给哥哥写信,告诉他,在高中毕业三个月后,自己基本上是留了下来。留城的知青没有人管,估计下一步是领取留城的四种人的证明,然后去做临时工,别的就不清楚了。此信寄至南京栖霞山南字 705 部队 43 分队,不料哥哥已经去镇江的省军区政治部美术创作组从事美术创作了。哥哥本来是战士,因擅长绘画而被提拔为干部。

5 月 28 日,唐礼忠先生自枞阳来,我陪他一起去了学习班(地委党校)。我和他谈了希望读一些文学杂志,他答应回去后寄一些来。我问唐叔叔:"你为什么不进行文学创作?"他说:"谈何容易!"在此之前,自合肥下放到枞阳的杜叔叔对我说,搞文学创作,成功者不多。

唐叔叔个子高,走路很快,他一步抵我两步。其实,走路快与个子高没有关系。一位个子矮的同志,与我同行,走路如飞。说明走路快慢是一种精神状态,珍惜时间的人、事业心强的人、精神状态好的人、身体好的人,惜时如金,自然走路快。

唐礼忠随身带了一本《秘密使命》(埃·马·扎卡里亚),我抓紧看了。在学习班,我借了《战争年代的总参谋部(上)》(谢·马·什捷缅科)、《第三帝国的兴亡(一)》(威廉·夏伊勒),《第三帝国的兴亡(一)》尤其让我印象深刻。

6月3日,我下午到牌楼,乘枞阳拔茅山的小车子去了桐城。在桐城,睡觉没有蚊帐,蚊子很多。我想早点回安庆,但没有汽车,所以11日才回来。在桐城看了两场电影:《广阔的地平线》《鲜花盛开的村庄》。

自桐城回来,父母当着叶刚叔叔的面,和我交换今后去向的意见。几个月来,我们第一次坐下来认真地谈这个问题,结果是决定下放。我一方面感到快乐,因为可以和同学们一样,去农村锻炼。另一方面,又担心自己能否适应农村的生活。

端午节后的一天,于皖枞和其下放所在地义津公社白云大队的副队长上街办事,来坐了一会儿。听他讲,乡下蚊子三两一个。他说我在街上没有朋友,性格孤寂。我不否认,但我本性不是这样。我正在读《封神演义》,于皖枞说"没有用处",他的意思是读这些古书,对眼前的创作没有用处。他生活在农村,有许多生活经历,我没有生活经历,只能多读一点书,将来有了生活经历,可能就没有这么多的时间读书了。但于皖枞的话是有道理的,创作不能靠读书,而要有生活。

6月24日,郑天生父亲和我谈天,说:"你妈妈讲你有宏图大志。"上次,江丽华叔叔嘲笑我麻雀有鸿雁之志,现在,郑叔叔这么说,都叫我不安。但作为一个青年,有理想是应该的,无理想,即无所作为。有理想不等于追求名利,故没有什么丢人的。

因为寂寞,我很想7月就下放,因父亲没有去县里联系下放地点而作罢。显然,母亲内心并不希望我下放。但下放是时代风气,母亲不好明说。

5月,我没有看一场电影。6月,我看了七场电影:《广阔的地平线》《鲜花盛开的村庄》《观云测天:黄河古象》《延丰湖》《闪闪的红星》等。

13. 与朋友闹了别扭

1975年7月12日,街道贴出留城知青的名单,我的名字第一次被贴在大街上。我见了,有点无名恼火,因为我是打算下放的啊! 别人会不会讽刺我,这家伙假积极? 到底是下放,还是留城,我一时没有了主意。

华庆生兄弟三人,他是老大,按政策也要下放。这阶段,对于同学、熟人不断的下放,我心中越来越羡慕。

7月16日中午,我与华庆生下军棋时,因悔棋争了起来。整个下午,我像不能控制的机关枪,哒哒哒,把我对他的意见,一股脑儿说了出来。我主要以一些现象,说明他受了其邻居的影响,不够朋友,并解释自己未借书、吊环给他的原因。

听了我一番坦诚的话,华庆生有惊愕,有触动,一开始争论时的气愤消失了。他承认,我的话是他意想不到的。他说我的话对他将来处人处事有好处。他表示谢谢我的由衷之言。最后,我们两人对坐了差不多半个小时,默默无言。军棋摆在我们之间的桌子上,我们都知道,这个悔棋只是引起争吵的导火索。

房间里出奇地安静,我们没有站起来,继续僵坐。时间在一分一秒地走着,终于,华子说,今年一年,一无所得,也就今天增加了一点东西。他说,他现在才明白人生、朋友的含义,自己以前简单无识,他希望我们保持通信联系,互相帮助。——他已经决定去乡下插队,不久就要离开安庆了。

我解释,我这么做,是希望我们有不错的关系,当然没有断绝关系的必要。因为我的话题中心是说他不够朋友,这句话大大伤害了他的自尊心。他没有说不,也没有说是,只是默认了我的话。

下午5点多钟,他站起来说了一句和平常一样的话:"我走了!"

华庆生满腹心事地走了,在他将去面临一个陌生的环境的时候,我和他这个时候"交底",实在是不够朋友。

半年多来,因为在家等待得无聊,我莫名其妙地把心中的火发到了朋友身上。宣泄一下后,似乎感到了一阵子轻松。我希望自己是第一次,也是最后一次与朋友谈如此沉重的肺腑之言。

接下来的几天,我白天和邻居方锡文去江边游泳,晚上练习双杠。几天后,方锡文做小工去了,我不想一个人去游泳。而华庆生的影子,始终在我脑海里晃动。朋友、邻居一个个忙自己的事情去了,我特别希望自己也早日走上工作岗位。

南京长江大桥

1975年夏天,和母亲、哥哥游玩南京长江大桥

1975年夏天,我和母亲去南京,在哥哥的陪同下,游玩了雨花台、长江大桥。

6月和7月,我读了《封神演义》(许仲琳)、《第三帝国的兴亡(二)》(威廉·夏伊勒)、《一个人的道路》(聂维尔利)。

7月与华庆生一起看了六场电影(戏):《七二年游泳运动会》《为了新的一代》《艳阳天、毛主席会见金日成、莱奥·延得曼斯》《批林批孔特辑、毛主席会见金日成、莱奥·延得曼斯》《渡口、审椅子、红色娘子军(选场)》《热烈欢迎柬埔寨战友、西藏的江南(染印彩色)》。

8月,一个人看了三场电影(戏):《沂蒙颂》《三十二届乒乓球锦标赛》《火红的年代》。

14. 体验下放知青的生活

1975年9月看了五场电影(戏):《激战无名川》、《磐石湾》(京剧)、《红霞万朵》(黄梅戏)、《烽火少年》、《海霞》。其中,9月22日,与华庆生、于皖枞、代红兵陪殷芳义老师重看《磐石湾》。

9月29日,在于皖枞的陪伴下,我去了枞阳。街道贴出留城名单后,我下放的念头未断。母亲不好先拿出自己的意见影响我,说:"这样吧,你到枞阳农村看看,再做最后的决定。"

当天中午,我去枞阳广播站唐礼忠先生处,他桌子上有一本《古文观止》,我借了看。唐先生见我来了,临时上街买了一只鸡,用鸡汤下面给我吃。

第二天,我与于皖枞、郑天生在枞阳电影院看了一场电影。他的弟弟在县莲花湖,用小渔网捞了一碗虾子给我加餐。隔日,我与于皖枞一起去他所下放的义津公社白云大队,生活一个星期。

第一天早上,于皖枞炒了点自己带来的黄豆芽。中饭和晚餐虽有素菜,却没有油。因为没有菜吃,吃饭的时候,几个下放学生端了碗,到附近农民家蹭菜吃。农民虽然也没有什么菜,但比下放学生好多了。

晚上,大家在煤油灯下下棋。夜里,在窗边中间过道放一个粪桶,用来解手。粪桶解满了,并没有人及时倒掉。同学王忠义下放在临近生产队,偶尔来住一晚。后来谈起这事,他一提起来就摇头。

一天,于皖枞等下放学生被安排上山砍柴,我也去了。我很卖力地挥舞柴刀,那些手指般粗的木柴在我面前纷纷倒下,一会儿,我已经把那些老农民甩到身后了。我歇了下来,擦了擦汗水。副队长走了过来,用温和的口气说:"割慢些,不要图快!"

我正打算说:"没有什么!我不累。"副队长指了指我割的地方说:"挨地皮割,割到下面去些,割干净些!"

我看了看我割剩下的茬子足有六七寸长,上面倒着横七竖八的树枝,恍然大悟。原来,我割得马马虎虎,所以比别人快了。

住了几天,于皖枞看我不习惯,便带我到其他同学下放的地方转转。郑天生在义津杨湾公社小学教书,晚上拿猪油泡锅巴给我吃。隔壁是公社小学的校长,隔墙不到顶,校长闻到香味,在隔壁问:"你们在吃什么呀,这么香?"

第二天早晨,郑天生和我们一起赶集,买了一条鱼,这是我此行唯一一次吃鱼。义津隔壁村牛集方皋庄是方苞的祖籍,我当时不知道,不晓得就近探访。

晚上,我们去离小学不远的另外一个同学"老头子"(戴红兵的绰号)下放的地方。"老头子"见我们来了,拿了一篮子自己种的花生,炒给我们吃。这天晚上,我们吃了不少花生,味道很香,但谈了些什么,我一点也不记得了。

离开义津杨湾,我们去了同学周宜娟下放的会宫林场。周宜娟很客气,在她那里,居然吃了四菜一汤,汤是丝瓜鸡蛋汤,这是我此行第一次吃鸡蛋。四菜也主要是素菜,没有荤。但这一顿午饭,让我印象颇深。四十多年后,我和周宜娟谈到此事,她已经忘记了。

9月13日,我自乡下回到枞阳县城,将《古文观止》还给了唐礼忠先生。晚上在枞阳电影院看了一场《烽火少年》。

第二天回到安庆,母亲问我:"可想好了?"我说:"不下放了。"母亲笑了。

母亲让我自己选择,这个方法非常好。自己做主,意味着自己负责任。在人生三岔路口,母亲让我自己做主,说明母亲处理家事很民主。

这次到农村,我亲身体验了下放学生的生活环境,感受了煤油灯下墙壁影子的晃动和没有油的菜饭,夜晚,下放学生在煤油灯下无聊的争论以及下放学生与贫下中农的油是油、水是水的关系,把我脑子里对下放生活的理想化的东西,彻底击碎了。

15. "老方"是你喊的啊

1975 年 10 月下旬的一天,外祖母带表弟来玩。

中午吃饭时,母亲问表弟:"我炒的菱角好吃吗?"

表弟说:"比奶奶好吃!"

我纠正说:"比奶奶炒的好吃!"

母亲问外祖母:"叔叔(小姨夫)带回来的茶壶是什么样子?"

外祖母说:"和你一样!"

我笑:"和你买的一样!"

外祖母笑:"呵呵,我说错了哇?"

楼下的周科长正和四五岁的女儿小倩说话:"你出去哇,这不是你的家!"

小倩说:"我不出去,这是公家的家……我么事出去呢?你不晓得出去?"

周科长说:"我是你爸爸,你叫我到哪里去?"

小倩:"哪个要你做我爸爸呢?你不晓得不做我的爸爸?"

周科长说:"不做你的爸爸,那你去找个爸爸吗?"

说着,周科长自己哈哈大笑。我在楼上,也止不住笑了起来。

隔壁的小五子八九岁,放学回家,敲自己家的门:"开门啦!老方可在家?"

方溪叔叔开门:"老子给你一个爆栗!"他抬头见我站在走廊上,笑着说,"这个小家伙,一点都不懂事!'老方'是你喊的呀?"

我笑笑,小五子见我笑,也笑了起来。

10月,我看了五场电影(戏):《第二个春天》《热烈欢迎马科斯总统夫人访华》《广州杂技团访问新西兰、澳大利亚》《安庆石化厂会战指挥部欢迎晚会》《长城新曲》。

11月,我看了八场电影(戏):《人老心红捡煤渣》(淮剧)、《山村新人》(话剧)、《只争朝夕》(话剧)、《红峰岭上小店春早》(文工团黄梅戏队)、《时刻准备上战场——第三届全军体育运动会》、《第二个春天》(马山干休所露天电影)、《沙家浜》(粤剧)、《音乐·舞蹈》(景德镇市文工团)。

16. 第一次见老沈

1975年12月24日上午,我听到门砰地响了一下。

"谁?"我一惊,以为是华庆生来了。华庆生很老实,但有时候喜欢恶作剧,常常猝不及防地猛敲一下门。不久前的一个夜晚,华庆生、徐争鸣在我家谈天,突然有人敲门。华庆生说:"我去开。"他一边开门,一边鬼使神差、猛地大喝了一声:"兑!"不料这次敲门的是他的母亲,华庆生大喝一声,把他的母亲吓了一跳。过了一会儿,华庆生进来了,沉默不语。我问他:"是谁?"他说:"我妈妈。"我们哈哈大笑。

华庆生母亲从来不上我家,这是第一次,以致华庆生以为敲门的一定是我们的熟人,而不可能是他的母亲。

这会听到门砰地一响,我忙把书放好,出去开门,门口空空如也。不像是开玩笑,因为门口是走廊,下面是院子,无处可躲。四周静悄悄的,只有隔壁方叔叔家的门是开的。看来,敲门的人在这里。我走过去,碰巧小四子走出来。我问:"是你敲的门吧?"

小四子说:"没有啊!"

"那是谁敲门呢?"我心里嘀咕。走进他家的门,见一个户籍民警在查户口。我想,一定是他敲错了门。

"锡文呢?"我找了一个由头。

"不在家,上学去了。"小四子说。

我拿了靠在墙壁上锡文借我的二胡,说:"胡琴我拿去噢!"

不一会儿,门又响了一下。我立即去开门。门口依旧无人,再看周围,那个户籍民警正走下楼梯。他大概听到我开门的声音,说:"有人在家噢?"说着,他转身走了上来。

户籍民警姓沈,负责这个街道的治安。母亲正好在家,她与老沈聊了好一会儿,了解街道的情况。

第二天上午,我第一次去街道坐坐。

小李副主任坐在桌子旁整理照片,照片乱七八糟地摆了一桌子。小孩子毛弟四五岁,趴在桌子上玩,东碰碰,西摸摸。他爸爸是隔壁十三中学的姜校长,举手打了一下儿子。

姜校长走了后,小毛弟坐在椅子上哭。

街道王主任走了进来,说:"么事啊?啊?肚子痛哪?肚子痒?"

文书说:"他爸爸刚才打了他。"

王主任笑:"毛弟,你赶早别哭!你爸爸把你打死都照!"

毛弟说:"敢?敢打死,公安局抓他。"

王主任说:"不敢啦?他是你爸爸,你是他养的,么事不敢哪!"

毛弟说:"不!"

王主任说:"不是你爸爸养的,那是捡来的?"

毛弟说:"也不!"

王主任说:"那你是哪里来的哟?"

毛弟说:"我是我妈妈养的!"

大家听了,哈哈大笑。

文书说:"你们笑什么?毛弟说得对,是他妈妈养的嘛!"

12月,我看了七场电影(戏):《毛泽东主席接见黎笋、西哈努克亲王》《杜鹃花红映友情——北京京剧团杜鹃山剧组1974年10月访问阿尔及利亚》《蛇伤防治、蛇岛熊猫》《杂技——宣传队下乡联欢》《小螺号驯鹿》《热烈欢迎金日成主席》《战船台》。

17. 舅奶奶来了

1976年1月8日,周总理去世。1月12日,大家在红光街委会集体收看中央首长向周总理遗体告别电视转播。

1月24日(农历腊月二十四),舅奶奶自望江乘船,次日到安庆。大母舅、大舅娘希望舅奶奶在望江过春节,但舅奶奶说,已经两年没有和我们一起过春节了,执意来安庆。

当时,哥哥在江苏溧水县洪兰埠八四二部队四十二分队服役,春节前寄钱给舅奶奶。因舅奶奶去安庆过春节,大母舅正月初三给哥哥写信,说等舅奶奶回来将钱给老人。哥哥在部队钱不多,大母舅嘱以后不要寄了。信中,大母舅说:"听您父母讲,您光荣地加入了伟大、光荣的中国共产党,我们非常高兴。"

大母舅自小无父,做事谨小慎微,彬彬有礼。哥哥比他矮一辈,他信中仍然称"您"而不称"你",可见大母舅的朴实。

这次舅奶奶来,我们留老人住了几个月。3月8日,我陪舅奶奶在人民剧院看了一场京剧《孔雀岭》。

留城的生活很寂寞,时间很多。1 月,我看了五场电影(戏):《三妯娌》(朝鲜电影)、《向阳院的故事》、《碧海洪波》《码头风云》(话剧)、《决裂》。

除了看电影和戏,我花了大量的时间读书。1 月,我读了《匪巢覆敌记》《约翰逊传》;2 月,读了《基辛格》(马文·卡尔布、伯纳德·卡尔布)、《全心全意》(马尔采夫)。

18. "战犯"的儿子

1976 年 3 月 23 日,街道待业青年小张来玩。小张比我大八九岁,额头很高,高高个子,脸上总带笑容,是个慢性子。

我正在读《苦难的历程》(阿·托尔斯泰)、《列宁传》(普·凯尔任采夫)、《克莱拉·密里奇》(屠格列夫),小张对文学作品不感兴趣,据他自己说,他喜欢数学,对微积分颇感兴趣。

我问他:"你是为什么留城的?"

他说:"病残。"

原来,他是 1968 年初中毕业下放的,去年找人在医院开了一个精神分裂症证明,因此得以回城。

这时,老沈来坐。见到小张,他问:"现在不跟你爸爸吵了吧? 划清界限也不能靠吵嘛!"

小张听了,身体哆嗦了一下,脸色不自然,显然,他不希望让我知道他的家事。他说:"没有吵了! 他是看不见的人,吃饭送点饭。"

听了老沈的话,我突然明白小张的身世。他的父亲张某是国民党的一个团长,新中国成立前夕被逮捕,长期关押服刑。新中国成立后,我国分七次释放了全部在押战犯,最后一批(第七批)释放了国民党第十二兵团中将司令黄维等293人,其中包括张某。但释放时,张某已经双眼失明(患青光眼)。

现在,我恍然大悟,小张为什么说话轻言慢语,没有一点脾气,原来是出身不好。

第二天,我去街道坐。小李主任说,东区有一家人,父亲在台湾,20世纪30年代就参加了国民党,我们一直把他们当作"反属"。上次中央通知公安机关,把他们当烈属看待。

王主任问:"那是什么话?"

李主任说:"他父亲是地下党员,最近被国民党暗杀了。"

王主任说:"还有这样的事啊?"

文书问:"他们家人可知道?"

李主任说:"家里人哪里知道,也一直以为是国民党!连公安机关都不知道。"

文书说:"这样的人了不起!无名英雄!"

王主任说:"这下好了,至少家里人抬头了。"

李主任说:"嗯,听说儿子已经安排了工作!"

我心里想,可惜,小张没有这样的好事情了。

因为病残,小张一直没有正式的工作。

19. 比之有愧

1976年4月上旬的一天,我突然收到一封寄自"东至县良田公社郑村大队林场"的信,心中想,这是谁呢? 莫不是华子? 华子去年7月16日和我下象棋,我们发生了口角。后来他与我虽然仍然有接触,但不像从前天天见面了。他下放到东至后的情况,我一无所知。拆开信一看,果然是华庆生的信。

信中,华庆生谈了自己下放后的情况,特别回顾了我们的友谊及其受挫折的原因。他说，每次见到一起下放的知青接到同学的信，见到他们喜悦的样子，就很失落。他希望我们相互谅解，恢复友谊。

当天，我给他回了一封信，对于自己在处理朋友关系上的偏激、心胸狭窄等表示歉意。我在信上说：

> 我不能对于你的长处无动于衷，在离别的数月之余，尤其如此。当你热忱地帮我拉煤的情景映现在我的脑海之际时，愧心油然而生。你的勤奋读书也给了我极大的影响，对自己的爱好付出如此的努力，就表明你绝不是平庸之辈。……你的友好举动使我比之有愧，望尘莫及。在我的坐井观天的思想里，我们只能"永别"了。

在处理朋友关系的问题上，我是一个弱者，庆生的心胸比我宽。他在我们闹别扭后，主动从乡下给我写信，使我很感动。从此，我们和好如初，友谊甚至比过去更牢不可破。因为我们经历了风雨，更加成熟了。我们的友情维持到今天，已近半个世纪，很感谢他的那一封续交信。许多年后，我借阅当年我给他的信时，他自己重新读了一遍，说："读了很感动！"

20. 参加十万人游行

1976年4月8日，我给街道写稿子，夜里12点，还有三页没有誊好。我原计划抄好再睡觉，但实在累了，决定打破计划，明天抄吧。

隔日，星期六，早晨5点，我赶到街道，参加全市十万人游行。

西区（后为大观区）组成一个方阵，我们跟在"红光街道"红旗后面，参加了十万人的游行。游行队伍在人民路和菱湖南路走了一圈，即告结束。

晚上，我在派出所打乒乓球，到11点多才到家。这天晚上，街道抽留城青年贴标语,我因打球没有参加,后来被说成我不参加向阳院活动。

4月14日,星期三,户籍民警老沈约我第二天骑车到乡下一趟。我把车子擦了一下。在城里住久了,到乡下是一件愉快的事。春天的农村,微风扑面,刚催芽的绿树叶、飘絮的杨柳,一定会给我全新的一天。

第二天,我们骑车去白泽湖调查张玉泉诈骗二百五十元瓦钱一案。白泽湖在城东十来里,一路并没有自己昨天想象的那么快乐,郊区的土路坎坷不平,尘埃飞扬,冲淡了农村的风光。幸亏吃了迎江寺的锅贴饺,加上老沈的一路谈天说地,弥补了风景的不足。

21. 懊悔留城

1976年4月22日,星期四,暴风雨。这一天,我给华庆生写了一封回信。近日,我两次收到华庆生的信。我们的友谊经过挫折,又枯木逢春了。上次去信,末尾言之不慎,说不要急着写回信,华子因此回信迟了不少天。

信中,他羡慕我留城,可以自由地读书。4月,我正在读《他们为祖国而战》(肖洛霍夫)、《青年近卫军(上、下册)》(法捷耶夫)。但我羡慕他下放在农村,可以得到真实的锻炼。我写道:

> 从理性认识到实践的飞跃,从学校走向社会,在你已成现实。你的志向与环境的统一,会给你精神物质双丰收,使你悠然得志。"一个伟大的人必须有一个伟大的环境",我衷心地希望你最切实地利用这难得的课堂,以了夙愿。至于我的街道嘛,我只能含苦无言。它给我的东西和我在家里的东西,是$1=1,0=0$。生活专爱嘲弄无稽之人,真悔不该冒昧地留城。

但华庆生在信中感叹,他在林业上虽然获得了一点感性的知识,但在学习上一无所获。他的话,或许是对的。

第二天,街道要求我们早上5点集合,去西门外的沙漠洲参加劳动,消灭吸血虫。我6点15分起来,赶到西门沙漠洲垒埂,因为人多,一个小时即完成任务。——沙漠洲,又称沙帽洲、杉木洲,地处安庆城西江畔,东起石化码头,西至皖河口,属西区。该洲原本是皖河入江处的一片江湾,1929年,国民党曾在这里的江面设水上机场。

晚上7点半至9点,街道团小组成员到我家,讨论下一步的活动计划。本来安排我写个材料给街道,因没有讨论出名堂,我准备不写计划,明天口头汇报一下,看看其他组怎么活动。

4月25日,星期天,晚上11点,我写日记道:"曹操说,回首昔日所行,无悔于今。尼古拉·奥斯特洛夫斯基也说,真正的生活是在回忆往事的时候,没有懊丧之处。"想提高自己的写作水平而找不到办法,是我这个时期的基本状态。

22. 特别任务

1976年夏日的一天上午,街道小李主任和户籍民警老沈谈起计划生育工作,说:"今年怀孕指标八个,怕要超标,怎么办?你可有什么办法?这可是户籍民警的工作啊!"

老沈问:"现在有多少怀孕妇女?"

李主任:"现在已经知道十一人怀孕,在年底临产。如果加上没有发现的,有三个人以上,要做人流手术。"

老沈说:"你通知大家来街道,我来说几句。"

下午,街道通知全部怀孕妇女到街道开会。小李主任主持会议,老沈讲话。天气很热,只穿了一件老头衫的老沈说:"计划生育是国策,一个不少,两个正好! 违反计划生育原则的,一律不上户口、不调级,少则罚款两百元,多则罚款五百元。是党员家属,要联系单位追究责任。"最后,老沈宣布,愿意做人流手术的,到小李主任处登记。

会场上没有留下一个人,只听到骂骂咧咧的声音。其中,一个陪同媳妇来的老太婆骂得最凶。

晚上回家,有人敲老沈家的门,打开门一看,原来是哑巴! 哑巴的老婆怀孕了,他不想老婆做人流,递给老沈一个红包,里面是一百元钱。老沈和他比画,把红包推了回去。哑巴啊啊啊地比画半天,老沈知道,要哑巴老婆做人流是不可能了。

老沈接受任务时,信誓旦旦,认为做怀孕妇女的工作很容易,不上户口就可以吓住一些人,不料事情复杂得多。比起抓坏人,计划生育工作难多了。

老沈长期破案,作息无序,肝、胃都不好。他的皮肤黄,眼睛不大,但很有精神,因为戴了大檐帽,显得精神抖擞。和他并肩走在街上,"四类分子"远远避开,各行各业的人纷纷向老沈点头。老沈呢,一边弹烟,一边喜笑颜开地哼啊哈的,与路人点头,脚步并不停,似乎自己很忙。整个街道,几乎没有人不认识老沈,一些人会放下手中的活,专等着和老沈打了招呼,再继续干活。我和他比肩而行,似乎也沾了光,莫名其妙地跟他一起快乐!

老沈喜欢喊我做他的"尾巴",除了写批判小分队的稿件,做审讯记录,闲时还陪他下棋,大战半天。他的象棋水平实在不高明,如果截了他的马、炮,他会讲:"哎哎,没有看到。"把我摆在桌子上的马啊炮啊重新拿回去,棋复原位。我因年龄小,嘴上说"下棋不悔",最后总依了他。故一盘棋下来,要花不少时间。每到此时,他的权威就消失殆尽。如果在我家下棋,到了中午吃饭的时候,母亲一般切点咸肉,炒几个菜,留老沈吃饭。老沈不喝酒,但喜欢吃咸肉、香肠。

23. 写批判小分队的稿子

1976年5月4日,星期二,五四青年节,我去看电影《年青的一代》,在我为达式常演出的林育生的形象感动得流泪的时候,街道因为找不到我,临时召开了一个撰写批判稿子的会议。

原来,这一天傍晚,户籍民警老沈和街道王主任商量,把一个因犯盗窃罪被拘留的户籍在本街道的搬运公司的工人张某的材料整理一下,在其所在单位批斗。

晚上,老沈把留城知青小苏、小姚、小邱以及女知青小王喊到一起,叫大家主动承担写作任务。我因已坐到电影院,没有接到通知。大家你推我让,没有人接受任务,最后,老沈来了个平均分配,叫大家一人写一段。我人在电影院,分了一个开头部分,女知青小王分到了一个结尾。

第二天早上,我睡在床上,小邱、小姚来了,满脸请人帮忙的样子。房间里就摆了一张椅子,他们一个坐着,一个站着。原来,昨天晚上一散会,二人就约好今天早晨来找我帮忙。

小姚说:"没有写过,小朱,你代我们写吧?"

小邱说:"做别的事我们行,写文章,我们不是这个料。"

慢慢地,我听懂了。他们来的意思,是请我把他们该写的部分代写了。

我说:"再说吧!因为我以前也没有写过什么批判小分队的稿子,不知道自己能不能写。何况,整个事情,我还不知道怎么回事呢!"

他们听我的口气不像是拒绝,很高兴地走了。

吃过早饭,我去了街道。老沈正在街道吃大饼包油条,喜气洋洋地说:"你写开头,小王写结尾,其他三个人写中间。这叫龙头凤尾水蛇腰!"

小苏、小邱、小姚都是熟人,唯独"小王"我是第一次听说。

说着,老沈带我到了小苏家。小苏个子比我高,长得很英俊,正愁眉不展,也希望我把他的部分代写了。令我高兴的是,他愿意帮助我誊写。我说:"试试吧!"因为我仍然没有把握。

于是,我在老沈处拿了张某的案卷材料,开始动笔写。小苏在一旁,我写一页,他抄一页。小苏的父辈在印刷厂工作,自己写了一手好楷体,把我的螃蟹爬的字一个个抄写工整,效率很高。

老沈提供的审讯材料非常多,写起来并不困难。到了夜里,我的肚子饿了,小苏陪公子读书也累,自告奋勇,一个人骑自行车到江边向阳饭店买来锅贴饺,并不断地帮我倒茶倒水。向阳饭店在安庆码头附近,是安庆唯一的一家晚上做锅贴饺的饭店。全城各个单位值夜班,没有不到这里买锅贴饺的。因此,买锅贴饺一般要排队半小时至一小时。这家锅贴饺不仅做得大,而且壳子煎得黄,肉香,我至今难忘。

到了半夜,我不仅写了自己的开头,写了小苏的部分,还写了小姚和小邱该写的部分。呵呵,几乎把除了结尾的各部分,全部写好了。

作者(左)与苏子承合影

如果再熬夜,写出结尾也行。但小王写结尾,很可能已写好了,不必重复。此外,小王没有托我代写,我们又不认识,不可越俎代庖。

24. 在小王家打扑克

1976 年 5 月 5 日上午,老沈带我和小苏去小王家。

小王家在吴越街,与新华书店斜对面。进了大门,拐了几个弯,上了一个楼梯,才到了小王的家。这里虽在闹市区,但已无车马喧。上楼梯时,老沈大喊:"小王啊!"呵呵,到哪里都改不了户籍民警的职业习惯。

门开了一个缝,随后全部打开了。

"哦,稀客啊!"小王眼睛很大,见人很大方,倒叫我们有些拘谨了。

小苏因为前天晚上和她开了一次会,已和她是熟人了,说:"没有吃早饭,有什么招待啊?"

老沈"嗯"了一声,显然很欣赏小苏的话,帮腔道。

"我去买。"小王是个老实人,以为我们真的没有吃。

"吃过了,他们开玩笑!"我打了个圆场,借机开口说话。

小王旋即一笑,她皮肤白,脸大大的,属于薛宝钗型。街道留城女知青各有千秋,和其他留城女青年比,小王长相算得上出水芙蓉。

"你吃糖果。"小王递了一个已经剥开的糖果。

我伸手接了,反正以后要打交道,也不用客气。

我坐在桌子边的凳子上,小苏与我隔桌而坐。老沈年龄大一点,坐到了小王的床上。床上有被子,老沈也不拘谨,半坐半靠,反客为主。

小王从另外一个房间拿来一个小椅子,就坐在我旁边。

"家里人呢?"老沈问。

"上班去了!"小王说。

后来才知道,小王亲生父亲与母亲离婚,她及弟弟跟随母亲。母亲再婚后,四人一起生活。小王亲生父亲是潘季野(潘田)的儿子,潘季野是桐城中学的老师,曾在 20 世纪初教过朱光潜。小王是潘田的孙女,是桐城清代诗人潘江的后裔,我当时并不知道。过了三十年,我才把小王与潘季野联系在一起。再后来,我才知道潘季野曾在近圣街置房,与我是隔世的街坊。

"会打扑克吗?"我问。

"会一点!"小王笑得很灿烂。

老沈、小苏连声附和,于是四人翻同色找对门,老沈翻出黑桃,小王翻出红桃,小苏翻出黑桃,我不用翻,交了桃花运了。

三人面前,每人一杯茶。小王因为是东道主,一边打牌,一边加开水,做服务员,心不在焉。我和小王牌技很差,好在老沈是纸老虎,干叫而已。唯有小苏精于此道,眉头或紧或松。

"怎么样?钻桌子吧?"打了两轮,我和小王已经贴了满嘴白条了。小苏不过瘾,希望加重惩罚。

"钻就钻!"小王并不在乎,我自然乐意奉陪。

还好,大约小苏心不在焉,他们自己竟然连钻两次桌子。

老沈拍了拍手中灰,刚自桌子底下爬上来,屁股还没有落座,嘴上说:"再来!再来!小苏啊,这把……"

大概是警惕了,下一把轮到我和小王钻桌子。小王很大方,我还没有反应过来,她已经钻了过来。

哈哈!老沈、小苏欢天喜地,终于看到小王钻桌子了!

高中毕业后,华子、徐争鸣下放,余一华离开,我突然失去了朋友圈。街道虽然热热闹闹,但王主任是领导,头发梳得光溜溜的,喜欢抽烟,从来不与我聊天;小李副主任谈的是家长里短,文书年龄比我稍大,兴趣不在一块。唯独可谈的是老沈,但年龄相差十来岁。这次写批判稿,无意中结识了新朋友小苏。

小苏家和我家在同一条街上,相距几百米,五分钟即到。他家住的房屋是清末李鸿章家的房产,毗连的一大片房屋全是木头框架结构。小苏的一间小卧室门朝街,二人夜谈,不影响家人休息。这以后,我几乎天天晚上去他家聊天,东拉西扯,聊到半夜。

25. 劳累才是人生幸福真正的源泉

1976年5月6日,星期四,我意外地收到华子寄来的一斤茶叶。

几天前,我收到华庆生寄自林场的信。他说,他现在学演黄梅戏,扮演大队书记。他谈了与新伙伴的关系,谈了同一个文学爱好者、工会主任女儿的相识,以及她的丰富藏书和她的很值得赞赏的知识。末了,也希望我谈谈在看什么书,并寄点文学书籍给他。

因为忙街道上的事,我近期读书很少,只读了《牛虻》(艾捷尔·丽莲·伏尼契)、《"虎王"坦克的秘密》、《立陶宛小说集》(尤·热马伊捷等)三本书。

尽管我在修改批判稿子,仍抽空给华子写了一封回信。

自从华庆生到乡下后,我因为没有伴打篮球,经常睡懒觉。华庆生说他因为不打球,已发胖了。但他在林场遇到了一批可谈心的朋友,而且正在参加剧本创作和演出,颇叫人羡慕。和他相比,我在街道的生活要苍白得多。我在信中写道:

> 我始终认为你的环境更能锻炼人、改造人,你的生活便是明证。听说你参加排演和剧本创作,我由衷替你高兴,虽然你会因此劳累,然而正是这劳累才是人生幸福真正的源泉。从你的乐观情绪中,我想你一定能胜任此项工作的。

父母和街道熟人知道朋友从乡下寄了一斤茶叶给我,颇惊讶。呵呵,年龄这么小,就有人送茶叶了。一斤茶叶三元两角九分,我拟在华庆生回来时给他。庆生在经济上从不让我吃亏,此钱我想他后来一定没有收下。

余一华回乡后,给我来了一封信,说他在石台县小河大队任民办教师,团组织问题也快解决了。我把这个喜讯告诉了在林场的华子。

26. 东方红 339 号渡轮沉江

1976 年 5 月 11 日,星期二,晴天。晚上,批判小分队在街道排练了一会儿后,大家又打了一会儿扑克。批判小分队由三男三女组成,我因为执笔,承担了类似"监督"的角色。这三男(小姚、小邱、小潘)三女(小王、小汪、小蒋)因经常在一起,在短时间内成了一个小团体。每天你喊我,我喊你,不亦乐乎。

小姚已定下去集体单位搬运公司工作,他很想在街道解决入团,希望我和街道说说。我答应次日和小李主任、文书说说。

这一天,到次日凌晨 1 点半我才睡觉。

次日,我和文书、老沈谈起小姚入团的事,他们觉得他还需要克服自己的某些缺点。我有点诧异,准备和小姚谈谈。——此后不到一个月,团小组通过了小姚的入团申请,我和小苏做他的入团介绍人。

5 月 13 日,我去人民剧院看"地区赴省文工团"汇报演出,是和母亲一起去看的。这是各县创作的小戏,看了一半,因为不喜欢,我就起身离开了。在我起身的一瞬间,母亲看了我一眼。她没有说什么,继续看戏。

母亲很少批评我,她总是让我自己独立处理问题。

5 月 14 日,星期六,这一天早晨,安庆大渡口东方红 339 号渡轮与一艘铁驳船相撞沉江。这次沉船,造成一百五十万元的经济损失。

下午,李主任、卫生委员和执保委员在街道聊天。卫生委员说:"人喽,没有想不通的哦! 吵嘴有么意思呀!"

执保委员说:"是的哟! 看看沉船上那些遇难的人,什么都想得通!"

27. 看守任某

1976 年 5 月 17 日,星期一,安庆市西区区委托老沈、老汪等人追查任某的所谓"历史反革命"案子。任某从事建筑工作,不住在红光街。到他家搜查时,老沈拉我登记。他的两个儿子跟随其父做小工,身体很健壮,蹲在门边,面无表情。我想,他们心里一定很恼火,但无可奈何。

任某个子很高,长脸形,头发花白,新中国成立前在重庆某大学读书。他保留了一本毕业纪念册,上面有他们班每个同学年轻时的照片和临别题词。照片上,任某头发后梳,风流倜傥。我一方面羡慕他是新中国成立前的大学生,一方面惊讶于一个人的命运变化之巨大。

当天中午,任某被带到荣升旅社。荣升旅社在龙山路与萧肃路的交叉路口,大门朝东。这个旅社经理和服务员我都熟悉,1973 年 2 月,我们家自枞阳搬到安庆,在这个旅社住了差不多一年。

街道抽了包括我在内的八个青年,轮流在荣升旅社值班,说是办学习班,每个青年每天发一元四角补助,这是我到街道待业后,第一次拿报酬。

当晚,我、小苏、小王(注:和上文的"小王"不是同一人)、小江四人值夜班,主要任务是防止任某跑掉和发生其他不测。任某不讲话,让人担心他真的是国民党留下的潜伏的特务。因为环境特殊,加上其他人干扰,我和任某睡在一个房间,一夜多次醒来。任某穿了一双黄色的深筒皮鞋,我有时想,如果他要跑,会用这皮鞋踢我们吗?

第二天上午,大家闲着无聊,我和小王不知怎么摔起跤来。小王个子比我矮,长得壮实,脸上长了青春痘。我不喜欢打架,身体较弱,很快处于下风,就在我临倒下的一瞬间,鬼使神差地,我伸腿绊倒了小王,叫他背心着地,先我倒下。我侥幸占了上风后,小王不再和我摔跤了。

快吃午饭了,小王肚子饿了,拿了碗在敲,嘴上喊:"打饭!打饭!"

厨师是一个七十岁的老头子,听到小王敲碗,隔了一个天井对小王大喝:"你敲什么东西哇?"客人对厨师敲碗,是催快点开饭的意思。因此,厨师不高兴了。

一个五六十岁的女服务员在一旁批评小王:"是不能敲!在旅馆、饭店都不能敲。"

小王咕噜:"么话不能敲呢?都是迷信封建一套。"

厨师生气地说:"你回家把你父母的头敲敲看!"

小王不再吭声,厨师也沉默了。

开饭了,小王第一个打饭,浮头饭是昨天的剩饭。小王本来就不高兴,见状说:"这是什么饭啦?"

老厨师火气没有消,说:"不吃不要吃,到外面吃去。又不是我吃剩的,又没有馊,哪个打米刚刚好,一点不多一点不少啊!我明天少打些米,看你不打!"

这边小王隔着饭锅,眼睛凸出,愣愣地看着锅,身体一动不动。他此时打饭不是,不打饭也不是,一点面子也没有。小王赌气不吃浮头饭,站在一边等下面的饭。我站在小王后面,因与厨师、服务员是熟人,带头打了剩饭,给了厨师和旅社一个人情。

老厨师给我一角钱的小菜足有一角五分的分量,我心中知道,老头子是投桃报李。再看小王碗里的菜,一角钱的菜,顶多值八分。小王看看我碗里的菜,再看看自己的碗,说:"老头子打击报复来现的。"

上午侥幸摔跤赢了,加上看守任某,我感到自己的身体需要锻炼。晚上,我到小邱家借了哑铃,准备锻炼半个月。上次帮助小邱写批判稿子,他主动约我照相,问他借哑铃,他自然没有二话。

学习班办了二十来天,老沈告诉我,本来安排我去上海出差,因为调查任某的案子只需要两个人,现在已安排别人去了。上海我没有去过,如果能去当然好。但我知道,自己是个留城小青年,这样的"美差"是轮不到我的。这件事情对我是个教育——待业期间,多锻炼,多学习,而不要去想其他的事。

6月14日,任某被送进了看守所。自5月17日开始,这个学习班办了一个月差三天,名曰办学习班,实际是看守任某,大家都不耐烦了。八个参加值班的青年,个个消瘦了。这一个月,我只看了三场电影:《沸腾的群山》《车轮滚滚》《火车司机的儿子》,其中两场是和小苏一起看的。

碍于纪律,近一个月的时间,我和任某没有说多少话。任某约莫五十岁,因从事建筑承包,一副灰扑扑的样子。他因为在被审查,不苟言笑,整天半躺在床上,或者写材料。

我至今不清楚,任某后来如何了。

安庆任家在清朝是一个大家,任塾作为学使去山东选拔学生时,桐城派代表戴名世做他的幕僚。任塾的孙女是姚鼐的祖母。任家坡是他们家门前的大坡,三江一楼是任家的家产。几百年后,沧桑巨变,任家中落了。

28. 批判盗窃犯

1976年5月20日,在荣升旅社看守任某时,小苏和我聊天,他说:"李主任说,你比我滑头些。"

我吃了一惊,问:"为什么呢?"

"李主任说,按张某要我按,你自己不按!"小苏说。

我笑笑。原来,街道批判小分队打算在搬运公司批判张某,押张某上台后,需要一个人把张某的头按一下。我叫小苏按,小苏本不想按,无奈其他同志都说好,小苏不好推辞了。

5月26日,星期三,多云,批判搬运公司张某的小分队到江边的搬运公司的礼堂,举行了批判张某的现场大会。批判小分队的六位同志都穿了白色的的确良褂子,站在台上,把这个盗窃分子狠狠地批斗了一番。押张某上台时,小苏跟在一边,将张某的头按了一下。

我坐在最后一排,见小苏按张某的样子,想到他平常做事谨小慎微,不禁一个人笑了起来。小苏下来后,说他自己也想笑,但是忍住了。

六个人都很严肃,批判词早已背诵得滚瓜烂熟。那天,不少搬运工人到场,听众似乎也没有怎么义愤填膺。因为他们的同事张某除了拉板车时顺手牵了一点公家的木料,也没有其他的恶行。

这次批判后,我们小分队的任务也就结束了。小苏后来几次谈到自己上台按张某头的事,说我"滑头",自己不按,叫他按。

29. 农村的热天又有一番情趣吧

1976年夏天,听说7月有一批招工,但集体单位占多数,主要是饮食、服务、理发之类,全民单位很少。何去何从,只有听天由命了。

6月24日,我给华庆生写了一封信,因为月初寄了一本小说《不灭的篝火》去后,一直没有收到他的回信,是否没有收到呢? 信中,我对他的农村生活做了一番诗情画意的描述:

　　天气变得热起来了,农村的热天又有一番情趣吧? 歇工时痛快地喝足水,饱享着清风的吹拂,和贫下中农愉快地谈笑。夜晚,仔细品味着山村的美景,咀嚼着一天劳动后的幸福,和着一片蛙声,挥着芭蕉扇,不辞劳苦地伏案学习,畅谈自己的深刻体会、美好的理想。

　　或者,上述所言不过是你理想的一瞥,而今,你已经甩开理想的脚步,走到这一切一切的前面去了。到农村至今,对人生、对理想、对前途,想必你都重新斟酌过了。伴着朴素的乡村夜景,你能告诉我这一切吗?

在我的脑海里,农村是美好的。与贫下中农打交道,感受泥土气息,可以学到许多东西。

　　6 月,我利用在街道帮忙的空闲,读了《侯赛因》(彼得·斯诺)、《海鸥》(尼·比留科夫)两本书。

　　不久,华子回了信,说书已收到,希望我帮他买一本《节令与农时》。

30. 铺煤灰地

　　1976 年 7 月 1 日,星期四,多云,小邱请我和小姚等人上午去他家,帮助他家铺煤灰地。因为第二天要干体力活,我头一天晚上 12 点就睡觉了。小苏被抽到区里搞专案去了,小邱没有喊他。

　　大家轮流抬门口的煤灰,铺一个房间的地。我因很少干重活,出了一身汗,腰酸背痛。小邱母亲中午做了猪肠子烧霉干菜,味道很不错。

　　作为感谢,小邱邀请我们次日去沙桥钓鱼。但次日没有钓成,我一觉睡到上午 10 点半,小邱见我们没有到,也就算了。小邱对我说,明天他乘公交车去钓鱼,铺个路子。

　　7 月 5 日,我与小邱、小姚以及小邱的一个邻居四人,早上乘 7 点班车去钓鱼。因公交车在路上把一辆板车撞了,耽误了两个小时,到 11 点才到枞阳附近的飞鹅头。

　　在撞车的地点,小姚把装蚯蚓的瓶子弄丢了。幸亏小邱邻居的蚯蚓还在,否则白跑一趟。好不容易找到了一个鱼塘,但因为是桐城养殖场的鱼塘,不许钓,只好到野塘钓了一会儿。到下午2点多钟,我们没有钓到一条鱼,个个筋疲力尽,又渴又累,只好乘公交车返回。好在小邱认识售票员,来回乘公交车没有收费,否则要折大本了。

因为姐姐回六安去了,我回家自己洗衣服。

7月6日,在东方红剧院看朝鲜宽银幕故事片《金姬和银姬的命运》。枞阳中学同学张松柏、蒋康州晚上专门乘小轮来看电影。这部剧艺术造诣很高,对年轻人很有教育意义。

这一天下午3点07分,朱德去世。年初周恩来去世,现在朱德去世,这一年是不寻常的一年。

31. 今年不在招工范围内

1976年7月8日下午,街道召集十几名留城青年开会,发招工摸底登记表。昨天,街道小李主任告诉我,今年招工我不在范围内,因为哥哥当兵算有工作。我既然不在内,下午就未参加会议。自己不能马上招工,刚刚认识不久、相处不错的小苏和小王都将被招工走了,我顿时有一种失落感。

第二天一早,小王到街道拿了登记表后,顺便来我家坐坐。小王也没有参加会议,当晚小苏去通知了她。

我问:"昨天怎么没有参加会议?"

小王说:"我没有接到通知。"

我问:"为什么呢?"

小王说:"我问了大李主任,她说不知道我家。我当时就说,朱洪知道,还有小苏知道。"大李主任是街道负责妇联、安保工作的副主任。

我问:"小李主任可在?"

小王说:"在!"

下午,我到街道,对王主任说:"我想去做小工!"

王主任抽着香烟,笑嘻嘻地说:"你家又不缺钱,你做什么小工? 做小工很累哎!"

小李主任说:"怎么不想在街道待呀?"

我说:"街道处处和我为难。"

小李开玩笑地说:"街道给你小鞋穿哇?"

7月12日,王主任说:"小朱,你去管理市场怎么样?"

我见这不是玩笑话,说:"我不去!"

小王被招工在即,对小苏说:"星期天喊朱洪去玩。"小苏答应了。我因为近期招工无望,不喜欢串门。老沈和文书去上海调查任某的材料,出差未回,我倒希望他们早回,至少热闹些。

32. 主任希望我去管理市场

1976年7月13日,读郭沫若的书,我写了一段读后感:

从郭老自己写的文章知道,郭老读书是带有目的性的。因此,他一个晚上便可以温习几本古代书籍,读过后总有点结果。他把时间主要用在阅读有关资料和做其他准备上,这样下笔写文章就不必停歇了。

很久之后,我才不自觉地用了郭沫若的读书法,即不读杂书,而读目的性很强的书。因目的性强,故读书效率高。一段时间,我以为这是自己的经验。当我再次看到当年的这一段笔记时,我很惊讶几十年前,自己就记下了郭沫若的读书方法,而我的方法不过是步其后尘。关于郭沫若读书的方法,我因当时不能领会,早就忘记了。后来我偶尔以自己的方式重复前人的经验,实际上是一次再发现。古往今来,我们常常把重复前人走过的路当作自己的发现呢!

当晚,我去新光电影院看了一场电影《热烈欢迎中国人民的使者》。

次日,星期四,妈妈吃饭时说:"有人说,你留城不符合手续。我告诉他们,你哥哥在当兵,情况特殊!"

我想我宁愿下放!但母亲希望我留城,我不好说什么了。

7月15日,我和街道的卫生委员去西区听防汛传达,街道叫我搞防汛突击队,运土距离很远,任务较重。区里叫传达到群众,我向王主任汇报时,生怕他叫我传达。还好,他没有这个意思,叫一个待业青年向群众传达文件,我是杞人忧天了!

下午,因为我不在家,小王把问我借的小说《阿明》自窗外丢了进来。晚上,我约了小苏去小王家坐了一会儿。因为情绪不好,这次三人见面,我的话少,小苏本来话就不多,故常常冷场。

隔日,王主任再次叫我去管理市场。吃晚饭时,妈妈见我不快活,晚上第一次去了主任家。王主任没有想到我的母亲会登门拜访,此后,不再叫我去管理市场了。

7月份,因为天热,加上小时候跌破头的影响,我常常嗜睡。妈妈骂我"孬睡",连邻居方溪的小三子也说我"像孬子一样"。

老沈和小潘(文书)到上海等地出差四十五天,7月21日晚回来了。第二天看见老沈,还是那个样子。

33. 和唐叔叔聊天

1976年7月25日,我游了泳,第一次跳水,虽然有些不成功,但仍然满意。跳水时我感叹,无事不难!

隔日,我随街道去卫东大队参加"双抢",十一个青年,每个人带回家一个西瓜!

枞阳县广播站唐礼忠叔叔来安庆开会,我和他谈到招工问题,想暗示他和母亲说说,找人今年招工。他说:"你这样的家庭,找人影响不好!无非还在家再待一年。"

他的话对我有启发,我决定放弃侥幸的念头,耐心地待下去。

晚上,我一个人在高琦广场坐了一会儿,瞎想一气。太阳照射人间,给人类带来生存的条件,但它放出热的时候,并没有考虑这一点。月亮把太阳光反射到地球,给人间的夜晚带来美好的景色,它也没有考虑到这一点。我突然想,踏踏实实地做眼前的事,不要思前想后,怨天尤人。任何事,都是水到渠成的。

和唐叔叔谈话,心情很轻松!唐叔叔每次自枞阳到安庆来,我都喜欢和他聊天。唐叔叔走如风,从不在走路时乱想一气,故他的思维敏捷,记忆力好。他生活在现实中,而不是头脑里。我则相反,一天到晚想东想西。

小苏被招工在即,我的生活圈子又不得不发生变化了。他是一个很不错的人,可惜,我们年龄相差三岁,招工不同步。不久前,我们一起看了一场电影《鹰击长空》。华子去农村后,一段时间以来,小苏代替了华子,成了我来往最密切的朋友。

7月,天热,我找了《世界史(上、下册)》(海斯、穆恩、韦兰著)浏览了一下。

34. 地震值班

1976年7月28日,唐山发生7.8级地震。一时全国上下,草木皆兵。根据上面的要求,街道每天晚上安排待业青年值班,我与小喜子、郑奶奶(市立医院李敏院长的外婆)和女青年S一班,每周五从晚上8点值班到次日早晨6点。

街道进门是会议室,放了一张乒乓球桌子。值班时,郑奶奶和S睡在会议室乒乓球桌子上,我和小喜子睡在小李主任的办公室里民兵训练用的担架上,盖救济"五保户"的被子。会议室和主任办公室之间,挂了一面旗子,作为门帘。

值了几次班,大家已很熟了。

一天晚上下大雨,小喜子不想去买夜宵,说:"小S,天天晚上买锅贴饺,都是我们骑车买,今晚下大雨,你去买一次吧?"

"对对! 小S去一趟。"我赤脚躺在担架上,附和道。

"我没有鞋!"S说。半夜买锅贴饺,要去港务局附近的向阳饭店,安庆仅此一家卖夜宵。自红光街骑车去,来回要半小时,加上排队,要一个小时以上。如果排队的人多,来回要两个小时。

"我有,你穿我的鞋去吧!"我说。

"你把鞋扔来。"S眼睛不大,因常做临时工,性格大大咧咧,不怕吃苦。

我弯腰拿自己穿得半旧的皮鞋,突然想起,此鞋不行,晴天进沙子,下雨渗水。自己穿,马马虎虎,若借给小S穿,必然把她的袜子弄潮,吾面休矣!

"不扔,你来拿吧!"我知道她不会来拿。一次,轮小狗子他们值班,女青年小箐到后面拿报纸,遇到小狗子在脸盆里尿尿,传为笑谈。此后,后面成了女同志禁区。

"不扔来,我就不去了。"S说。

"不去就算了!"我就汤下面。

"穿你自己的鞋不就行了?"小喜子想吃锅贴饺,生气地说。

"我是球鞋,一出去就湿了。"S说的是实话。

小喜子不再作声,躺下来咕噜了一句:"湿不就湿了,什么破鞋!"——"破鞋",一般指女人生活不检点。

小喜子的声音有点大,传到外面了。

过了一会儿,我听到外面的哭泣声,原来是 S 在哭。郑奶奶在一旁劝:"那有什么哭的? 小喜子又没有讲什么。别哭了,不吃就不吃,歇一晚上不吃有啥?"

"他骂我!"S 继续哭。

雨还在下,在郑奶奶的劝说下,S 的哭声渐渐地小了。

我看了睡在那头的小喜子,他仍气呼呼的,眼睛瞪着天花板。

我捅了他一下,轻声说:"你又没有讲她什么,她怎么这么好哭?"

"什么东西!"小喜子坐起,咕噜了几句。

唉! 只因自己的鞋破,而引出"破鞋"的纠纷。早知如此,不如把鞋扔给 S。两害相权取其轻,把她的袜子弄湿,也比把她的眼睛弄湿好啊! 这一晚,饺子没有吃到,还弄得大家都不快活。

次日晚,我在人民剧院看了一台慰问演出——《彩虹》《幸福花开》《毕业新歌》(话剧)等,算是慰劳自己一下。

小喜子和女青年 S 至今都不知道,我为什么不把鞋扔给 S。

35. 做小工的挫折

高中毕业后,我在家已经待了大半年,身边的留城青年,或马上被招工,或在做小工。本来在一起玩得好好的,正在兴头上,突然说,走了,上班时间到了! 这对我多少有影响。我想,自己为什么不找一个小工做做呢?

主任听说我想找小工做,和我开玩笑说:"小朱,你去拉垃圾吧!"

我笑笑,没有应声。街道拉垃圾的两个人都是"四类分子",他们埋头苦干,从来没有人和他们说话。

1976年8月2日上午,我正和一班青年在街道闲谈,小李会计拿来做工的名额。我看了一下,其中在服务公司卖冷饮颇好。小P当时在五纺厂做小工,想换一家,也看上了服务公司。

第二天,在得到小李主任、文书的同意后,我和小P奔波了一天。浴室的刘同志约我们次日去他那里,估计要安排我们做冷饮。而且,我们有希望被分配在一起。

晚上,我突然想,此事要和王主任说一声。反正生米已煮成熟饭,明天就安排上岗了,不怕他阻止。想到此,我去了王主任家。

王主任说:"啊呀!恐怕不照喔!服务公司有个女青年姓汪,老在服务公司做工,你们一去,她就会被辞退。你把她的指标占了,她不吵死啊!"

听了王主任的话,我大吃一惊。王主任见我沉默,说:"区里革委会邱主任找我要人,到区里搞宣传队,和小苏在一起。"听他的意思,打算把我借到区里去。

我说:"让我先去做,如果把汪的顶了下来,我心甘情愿让人家。"

王主任没有吭声,说:"明天再讲。"

离开王主任家,我遇到小P,把这个事情原原本本地告诉了他。他怪我不该告诉王主任,我也懊悔,但已经来不及了。小P说:"汪某没有证明,是靠王主任的关系去的。"我恍然大悟。小P说:"怕什么,吵翻就吵翻!"我想,还是息事宁人吧,为了找个小工做,和主任闹矛盾,得不偿失。小P说:"市劳动局的介绍信已开,除非我们自己不想去,否则,服务公司也不好退回。"

这似乎是一个希望!

8月4日上午,我和小李主任谈起此事,听说王主任提到汪某,小李主任也忽然想起有这么个姓汪的女青年。她笑着对我说:"怎么办呢?恐怕去不成了。你仔细考虑一下!"

我一肚子不快乐！难道这个名额是她承包的吗？为什么她能去，我不能去呢？既然合同到期，重新分配名额，而且，她又走在我们后面，此外，我们已经转了三道手续，奔波了两天，我的劳动卡已经锁在市劳动局一个漆红的抽屉里了呢！

但无论我怎么说，王、李二位主任都没有松口。我找老沈谈，他说："你回来搞专案！不行，再去做小工。"

次日上午，我正在街道，服务公司一个同志来电话找王主任。电话机摆在进门的小李主任与里面王主任中间墙壁的一个挖空的方框里。小李主任接了电话，说王主任不在，服务公司的同志说，打算把我和小 P 的介绍信退回来。

小李主任放下电话说："这已经是第二次打电话来了。"

我和小 P 去劳动局拿回劳动卡，那位经办人不同意我拿回劳动卡。他不让拿，正合我意，我立即在劳动局给王主任打电话，说，劳动卡要不回来，怎么办？王主任说："要不回来就不要呗！你们回来就是！"

我的得意如肥皂泡，不到一分钟就破灭了。

小 P 和我分手后，过了一会儿给我打电话，说他的介绍信转好了。小 P 心想事成，被安排在人民路冷饮室开冷饮瓶子。

自此，我断绝了去服务公司做小工的念头。后来我去拿劳动卡时，无意中见到了街道文书写的关于我不在劳动服务公司做小工的情况说明，下面盖了"红光街道革命委员会"的大印。他们替我找了一个不去的理由，至于什么理由，我不知道，也不需要知道了。

回家后，我唉声叹气。母亲问怎么回事，我把事情经过说了，母亲笑着说："别的不好说，要做小工，还找不到地方啦？"

母亲这么说，无非是宽慰一下我的情绪吧！

36. 一波未平，一波又起

1976年8月6日上午，两位熟人约好到我家碰头。他们来后，坐了一会儿。他们与我谈话的内容，是鼓动我写主任的材料，让他在街道待不下去。

我说："他不让我做小工，哪里就能叫他待不下去？"

他们笑，说我的事情是鸡毛蒜皮！他们的意思是已掌握了整倒主任的材料，并叫我放心，我只是帮助他们整理材料，尽尽义务。

临走，他们说下午来继续谈。

中午，我左思右想。我一个留城青年，待业在家，介入此事，显然不妥。主任在街道待也罢，不待也罢，与我何干？我不过是一个过客，明年不离开，后年也一定离开这里了，万一招工时，主任阻挠，或他在西区的熟人阻挠，如何是好？这么一想，自己当然不应卷入此事。况且，他们掌握的材料靠得住吗？如果靠得住，为什么到今天还没有动作？难道就是缺少一个笔杆子？最后，主任的问题是什么？我一头雾水！

要么自己介入此事，与主任闹矛盾，要么婉言谢绝，不给熟人面子。前者是得罪主任，后者是得罪两个熟人，叫我左右为难。真是一波未平，一波又起！虽然我刚步入社会，但我想，感情不能代替原则，最主要的是主任到底有什么问题。倘若主任是党内"走资派"，自己自然应该站出来与他斗；倘若是工作上的问题，就无此必要了。

这个时候，我很希望找一个信得过的人商量。父母是不能商量此事的，因为一张口，肯定是不介入——街道复杂，不必蹚这个浑水！怎么办呢？

下午，客人拿来了一些"批林批孔"运动中的大字报，叫我起草，他们署名，以小字报的形式，交给市、区各一份。因为他们单刀直入，加上我好奇，想了解社会，没有立即拒绝。但心里一直打鼓——若主任知道了，如何是好？

幸亏两位客人在此事上并不坚决,第二天私下和我打招呼,说不写主任的材料了。这是最好的结局,既不得罪主任,也不得罪两个熟人!

下午下班时,小李会计走我家过,在楼下说:"王主任通知你晚上去炉子厂抬铁水。"我一则情绪不好,二则没有准备干活的衣服,三则要干到明天早晨5点,因此,我决定不去了。

因为没有参加炉子厂的义务劳动,8月11日,街道通知我明天、后天拉两天垃圾。

第二天,我唉声叹气去了街道。他们问:"你来做什么?"

我说:"不是拉垃圾吗?"

小李主任哈哈大笑。原来,他们在开我的玩笑。

小李主任说:"垃圾不要你拉,你来搞服务队,兼会计,怎么样?"

我说:"让我想想。"

后来征求大家意见,妈妈不希望我去,老沈也不希望我去。

这一天,我给在东至林场的华庆生去信说:

　　我的招工已不成现实,省招工文件有这样一条,七四届留城学生中哥哥当兵的,暂不招工,因此,从一开始我就不符合条件。前两天我准备做小工,街道没有同意。街道想安排我搞搞服务队兼搞街道会计,因为对算盘一窍不通,我不想干。

37. 第一次写小说

1976年8月14日,星期六,H贴了一张街道的大字报,写的是王主任,给这个看起来平静的街道掀起了一点波澜。我不知道,这张大字报和去我家的不速之客是否有联系，但我肯定，这是一个写小说的好素材。

上午，老沈喊我去帮忙，誊写案件材料。他和文书出差四十多天，汇报材料写了一大沓子，给我找了不少事。

小苏的留城证明下来了，估计街道同意让他这次招工。次日晚，小苏很高兴，拉我一起去小王家坐了一会儿。我回来开始看《普希金文集》，此书借来不易。到了晚上11点多，父亲叫我早睡，我因为最近情绪波动，顶撞父亲，说："电费我付！"其实我没有拿工资，付电费的钱也是父母的钱。父亲很生气，说叫我早睡是关心我的身体，我是不知好歹。

8月20日，星期五，于皖枞来玩。他这次招工有希望，戴红兵、郑天生都能招工到安庆，我很替他们高兴。

过了几天，为安庆一带地震期。下午去街道，主任和文书叫我组织一个乒乓球训练班，去区里集训。我真懊悔，一来就有事。我写了一个十个人的名单，交上去了事。

晚上，小苏告诉我，这次刚批的留城青年，一律不给招工，因为有人说这是投机。本来，我想写一首诗，送给即将被招工的小苏。呵呵，诗不需要写了。

见了王主任大字报后，我创作了一篇小说叫《斗争不止》。8月28日，我寄给了安徽《文艺作品》杂志。我知道刊出来的可能性小，但写了不寄，又不甘心。

9月19日，星期天，小雨。我因为头一天在街道值抗震的夜班，上午正在补觉，邮递员送来一本作为赠刊的《文艺作品》第七期和退稿信。编辑在我的稿子上圈圈点点，提了不少修改意见。爹爹、表弟黄静以及小施（安庆市商业局副局长，与母亲一起在新马桥干校学习了两个月）不知道是什么，见我在睡觉，扯开看了。

退稿小说让大家看了，有点扫兴。但这毕竟是我第一次写小说投稿，编辑肯回信提意见,并赠送了一本杂志,我也满意了。编辑部赠送的《文艺作品》在此之前我已读过了,但我特别喜欢。这可是编辑部赠送的啊!

后来,我放弃了走小说创作这条纯文学的道路。因为研究陈独秀,我走上了写人物传记的道路。事实上,选择写作的文体受时代和风气的影响。我在20世纪70年代喜欢写小说,90年代喜欢写传记,都有客观环境因素。

38. 华子回来了

1976年9月4日,华庆生从农村回来了。他挑了一担替人买的两只新粪桶和行李,没有先回家,先来到我家。他把新粪桶放在我家的屋外走廊上,进门和我见面。他的皮肤晒黑了,但身体结实了,谈话和以前一样,风格变化不大。

上午和文书去市科技局找政工科的一个组长搞材料,调查王某小孩的上调政审材料,因组长不配合,态度傲慢,文书很生气,大声和他吵架,我在一旁帮文书吵架。因是第一次吵架,我浑身发颤,说话语无伦次。我们且吵且退,大败而归。这次吵架为我积累了经验,后来遇到大会发言,身体不再颤抖了。

胡适在美国留学时,曾利用假期学习用英文演讲。他第一次演讲时浑身颤抖,第二次就好了。我后来写胡适传记,写到这个故事,就想到我和文书第一次与人吵嘴,自己浑身颤抖的事。

9月7日,星期二,市民兵团西区要组建一个连,每个街道组建一个民兵班,十二人,准备抗震抢险。不知道为什么,这次没有抽到我。

晚上去华庆生家,我在他的书架上见到了不少书,十分欢喜,借了两本书。夏末秋初,我读了三本书:《现代人》(谢苗·巴巴耶夫斯基著)、《普希金文集》(罗果夫主编)、《谈诗的技巧》(伊萨柯夫斯基著)。

第二天,中秋节,星期三,下午我和华庆生去合影,他次日即回农村。

这天我接到哥哥自武汉打来的电报,说 10 日到安庆。

母亲昨天说,省五七部门办函授大学,问我学什么学科。我很高兴,但没有定学什么学科。我看了安庆地区函授教育学科,均不满意,最后选择了"文艺宣传"。

39. 毛主席去世

1976 年 9 月 9 日,星期四,晴天,华庆生回东至去了。

上午,我在家看《西方哲学史》。斯宾诺莎强调生活的目的性,主张幸福只有摒弃钱财、荣誉、感官快乐,才能达到。他强调了真正的幸福的常驻不变和暂时的享乐的本性无常,彻底下决心乃是根除一切贪婪、欲念、虚荣的保证。他还认为,"生平的乐事就是尽力帮助别人"。

下午,老沈到我家,与我下象棋。4 点,老沈修剪自己的胡子,准备离开。他下巴下的胡子剪不到,要我帮他的忙。正在剪,外面的高音喇叭突然响了,中央人民广播电台播音员以沉痛的声音播出《人大常委会、国务院、中央军事委员会告全国各族人民书》,1976 年 9 月 9 日 0 时 10 分,我们最敬爱的毛主席不幸逝世。

舅奶奶听到广播,立即哭了。老沈听到消息,脸色苍白,轻声抽泣。我放下剪子,脸部呆滞,全身麻木,木然无语。我们的心中,只有一个永远不落的红太阳,从来没有想过毛主席会离开我们。这太突然了,太可怕了。

老沈立即拿起皮包,说:"走,到街道!"老沈分析,这个时候,正是各种敌对分子蠢蠢欲动的时候,阶级斗争的弦在老沈的脑子里立刻绷紧了。

我们走在街上,广播在重复播送哀乐,到处是一片抽泣声。自小孩到老人,人人脸色异样,空气中流动着压抑的气息。长江似乎停止东流,太阳似乎停止运转,整个大地仿佛大祸降临。

40. 总觉得你们做事不成熟

1976 年 9 月 10 日,哥哥回来了。谈到文艺创作,哥哥说,实践不是主要的,关键是要闭门写作。我表示不赞成,认为实践是主要的。我的意思是应该下放,哥哥的意思是不下放仍然可以写出好作品。

晚上在红光街道值班,我熬了一个通宵。胜利所民警老钱问我,《封神演义》是怎么来的?作者是谁?姜子牙封了什么神?玉皇大帝姓什么?我答不上来。对老钱的问题,当着小苏、小王的面,我交了白卷。

这次丢面子事件说明,我读的书很窄,而且学习不扎实。

9 月 14 日,街道一位留城女青年来坐。从爸爸、哥哥、奶奶的眼神中看出他们都认为我与这个女青年有可能发展为恋爱关系。因为他们不点破,我自然不画蛇添足地去解释。

中午吃饭时,爸爸突然借题发挥说:“我总觉得你们做事不成熟,使人不放心。”

爸爸虽然没有明说,我一听就明白,是针对我和这位女知青的关系的。对于这位留城女知青,我们平常来往多一点,但并没有其他意思啊!

我吃我的饭,没有接爸爸的话茬子。有的事情是不需要解释的。姐姐因没有经过家里同意,自作主张结了婚,父亲一朝被蛇咬,十年怕井绳,担心我呢!

41. 怀念毛主席

1976 年 9 月 16 日,我随西区的群众队伍一起去人民路的市人民大会堂,吊唁毛主席。虽然人多,但大家一个接一个,秩序井然。我下午 6 点回家。

吃晚饭后,我们在走廊上闲谈。我问母亲:“毛主席 1958 年来安庆时,你当服务员见到了毛主席?"

母亲笑了笑,说:"我们到港务局船上,见到了毛主席。当时,只有少数人被允许上船。但毛主席当天就离开了安庆,我们实际上没有做接待工作了。"

我问:"那你们不是白准备了?"

母亲说:"也很好啊!否则,哪里能站在毛主席身边呢?"

可惜,我当时没有写这一类文章的经验,不能把母亲的话和当时的心情写下来。2008年9月9日,为纪念毛主席第二次视察安庆五十周年,我写了《母亲难忘的一次经历》,在《安庆晚报》上发表。遗憾的是,母亲此时去世已二十三周年,父亲去世半年,他们都没有看到这篇文章了。

这天晚上,母亲下班回来问我,是否写一写曹姨?曹姨是安庆地区妇联会主任曹玉琴阿姨,和母亲是搭档。

我问:"写曹姨什么呢?"

母亲说:"曹姨是童养媳出身,小时吃了不少苦,是劳动模范,三次见到毛主席!"

我因为没有写过这类文章,不敢贸然答应。如果写不好,就让人看笑话了。遗憾的是,曹姨如今去世多年,我已无法写她的故事了。

这是母亲唯一一次给我出写人物故事的题目,如果当时去写了,或许对于我的写作是一个促进。遗憾的是,我知难而退,没有抓住机会。更遗憾的是,我没有理解母亲的苦心。她是给我长进的机会呢!许多年后,我从这件小事中感受到母亲对工作搭档的感情。

我在街道待业时,张恨水妹妹张其范(1904—1992)就住在我家西边元宁巷3号,她与刘和珍是北京女子师范大学的同学。我尽管常碰到她,却有目无珠,当时没有采访她。我的历史感是后来才有的,等我有了历史感时,许多可采访的人已经去世了。

高中毕业后的一年零九个月,我如无头苍蝇,到处碰壁。但去枞阳体验农村下放学生的生活,在街道写批判小分队的材料,跟老沈后面办案子等,都是人生的体验,对今后的学习和生活不是完全无益的。我还创作了一篇小说,虽被退稿,却是一次极好的尝试。尤其是这个阶段,我了解了最基层的社会组织——街道及派出所,与他们朝夕相处,融为一体,成为我了解中国社会的第一个窗口。

第七章　临时工

（1976.9—1977.1）

1. 去罐头公司做小工

1976 年 9 月 25 日，星期六下午，街道文书和小喜子到我家来问我，到罐头公司做小工，去不去？

我有点纳闷，笑道："街道怎么发慈悲啦？"

文书说："你妈妈找了邱书记吧？邱书记讲了话。"

"噢，我不晓得。"我说。

文书的话，叫我想起一天早晨，母亲上班，刚出门就回来了。她问我："后边的那个人，是邱书记吧？"母亲在安庆行署妇联会工作，与市区的干部不是很熟悉。我因在区里开会，见过邱书记。我说："是的。"母亲便和邱书记说了几句，说什么，我就不知道了。现在听文书这么一说，心想大约是谈我做小工的事，否则，罐头公司这么好的差事怎么会落到我的头上？服务公司要先来后到，罐头公司更是人满为患，前者顶多是有冰棒吃，后者却有骨头汤喝，谁不想到此公司做小工呢？

文书见我一头雾水，说："那天我们在照相玩，邱书记问我：'你是红光街道的吧？'我说是的。他说让李洪做工吧。我说，我们街道没有李洪，噢，是朱洪吧？邱书记立即说：'哦，对对！是朱洪！'"原来，邱书记并没有给王主任打电话,是碰到街道文书,顺口说的。

"王主任同意啦?"我明知故问。

"邱书记的话,他还能不听?"文书说。的确,区委书记为了做小工的事,和一个街道打声招呼,是高射炮打蚊子,对于街道主任来说,自然是照办不误。

"我不大想去。"我说。不知道为什么,母亲出了面,我突然觉得没有面子。以后,街道上的人怎么看我?

文书见我这么说,心里一定嘀咕,这么好的小工不去,拿俏啊?文书笑了笑,说:"为什么?"

我说:"一个人没有伴,我不想去。"

文书说:"哦,你再想想。"

他们走后,我觉得自己拒绝去,给人的印象不好,心中不安,便去小苏家坐。小苏极力劝我去,在他的鼓动下,我们一起去了街道。

小李主任见了我的面,笑嘻嘻地问:"去不去啊?"——显然,文书已经把我的态度告诉了她。

我问:"罐头公司怎么样?"

小李、文书、会计等在场的人都异口同声地说:"别人想去还想不到呢!"

小李主任说:"罐头公司好,有骨头汤喝。"

我说:"那就去吧!"

回到家,父母都说,去做做小工也好。

此事就这么定了。

2. 挑工种

1975 年 9 月 26 日,星期天,吃过早饭,有人在楼下喊我。我见是一个女青年,并不认识。她自我介绍,说她姓章,曾在街道服务队当队长,这次也分在罐头公司做小工,喊我一起去报到。

我问她:"罐头公司怎么样?"

她说:"好!"她的口气和昨天街道的几位一样。

我们一起去街道拿了介绍信,约好次日去罐头公司报到。

罐头公司在江边,离港务局不远。

当天上午,我拉了小邱一起去罐头公司参观,发现罐头公司四个车间,一个车间挂满了整只猪,一些工人站在那里削骨头,我见味道不好闻,颇不想在这个车间。空罐车间是技术活,比较轻松,但噪音很大,一天下来,头昏脑涨,也不理想。酿化车间生产蚕豆酱,空气不好。唯独包装车间,似乎理想些。

下午,我去老沈家,想请他找个熟人,把我分配到包装车间去。老沈呵呵一笑,说:"这事好办!"

晚上,老沈带我去一个老头子家。老沈进门,并不讲做小工的事,劈头就说:"你们家的独生子和我小姨子的亲事,很有希望啊!"说得老夫妻喜笑颜开,连连称谢,恨不得把老沈捧到天上,口口声声要老沈从中帮忙。

我在一旁纳闷,不是为帮我选择车间而找人吗?怎么扯到小姨妹谈恋爱上去了?老沈的妻子很漂亮,长得富态。老沈的小姨妹不仅漂亮,而且体态接近林黛玉。

老沈并不看我一眼,话锋一转,说:"我也有一事要你帮忙!"

老头子说:"什么事哇?"那神情,唯恐不能帮上忙。

原来,这个老头子五十来岁,姓程,是罐头公司包装车间党支部书记。老沈真是地头蛇,什么人都认识。我坐在一旁,由开始的丈二和尚摸不着头脑,变得暗暗地佩服。

"你们车间要不要人啊?我给你推荐一个。是女的,我的亲戚,有三线工指标,怎么样?"老沈抽了一口老程递来的烟,望着老程说。我心里咯噔一下,女的,怎么是女的? 亲戚,谁和谁是亲戚? 但我没有露出惊讶的表情,仍然沉默不语。我不知道老沈葫芦里卖的什么药,因为长期给老沈当跟班,我知道默不作声是最好的配合。

老程说:"要人哪! 我们最缺人了,不过女的要差些!"

老沈说:"讲讲话嘛! 就说是你的亲戚。"

老程说:"我明天问问!"

老沈这个时候才把头一歪,说:"喏,就是他,你看怎么样?"

呵呵! 我心里要笑出来。老沈一直与犯罪分子做斗争,审问时,斗智斗勇,真一句,假一句,云一句,雾一句,很有艺术性,我是领教过的。他审问犯人,盗窃犯、流氓犯等,都是我做笔录,知道他的话真真假假。显然,他在说服老程的过程中,不自觉地使用了他习惯的语言风格。这个效果真的不错! 本来是老沈找人家帮忙的,经过他一番捣鼓,变成了人家请他帮忙。而他要人家办的事,就在不知不觉中办好了。

老程对我望了望,显然对老沈绕了这么大的弯子有点尴尬。水落石出,前面的那些话都是铺垫了。老程已经说了,女的差些,男的好办些,老沈已经把他的退路断了! 看来,老沈对包装车间需要男的、不需要女的一事也一清二楚,真的是老公安啊! 老程稍微一迟疑,马上说:"哦! 照唉! 我们就是缺少男的了。"

"那明天你帮帮忙呢!"老沈弹了一下烟灰,眯着眼说。

"我问问吧!"老头子因不是决策人,不好满口应承,为自己留了一条退路。

出门的时候,我自然满心欢喜,尤其对于老沈找人帮忙的技巧,佩服不已。我至今不知道,老程的独生子是否与老沈的小姨子谈上了恋爱。老沈的小姨子我见过几次,个子中等,人很漂亮,正是待字闺中的年龄。但小姨妹的婚恋,老沈能做主吗?

中学时,上过《触龙说赵太后》一文,本来赵太后不同意让儿子到他国做人质,说谁劝说她就不客气了!触龙先从赵太后的身体谈起,绕了一个弯,叫赵太后心服口服地同意让儿子去做人质。老沈三言两语,叫老程心甘情愿地给我帮忙,颇有触龙说赵太后的味道。

3. 包装车间

1976年9月27日,星期一,我和街道女青年章队长去罐头公司报到,因管理临时工的杨同志不在,另外一位同志叫我们明天再来。

第二天上午,我和章队长进了杨同志的办公室。他正在和一个人说话,又泡茶又递烟的。那个人似乎在为别人挑选工种,问车间情况。我想,这个"别人"是找对人了!我请老沈找老程,还不知道能否帮上忙呢。——几天后我才知道,此人是我家门口的话剧团的同志,来洽谈演员们到罐头公司体验生活的。我是瞎操心!

这会儿,杨同志只顾与人说话,顾不上我们。除了我们,门口还有其他一些等待分配工种的临时工。杨同志此时显然无心给我们安排工种,对我们说:"你们下午来吧!一个人带一元钱、一张照片来,一元钱做出门证的押金。"我们自然无话可说,默然而退。

归来的路上,我问章女士,打算到什么车间?

她说,想到食品罐头车间。

原来,她找罐头公司汽车队队长说了话。此时,杨同志已在章女士的名字旁边,注了汽车队队长的名字。

中午,我一个人去程师傅家。他说:"我讲了,照不照不一定。"

下午,杨同志面对我们,手上拿了一张名单。念到章女士的名字,忽然想起什么,问:"章某某,哪一个?"

汽车队队长站在章女士一边,答应了一声。杨同志随即把章女士的名字添到食罐车间,将另外一个人的名字划去。

杨同志念到我的名字,"到!"我应了一声。心想,老程起不起作用,就这一会儿了!

杨同志看看我的名字,又对我望了一眼,我壮胆提醒他一句:"我想去包装车间。"他居然一声不吭,就把我的名字写在包装车间的名单上了。呵呵,他给了程师傅的面子!程师傅毕竟是车间支部委员,又是公司很少几个先进个人长期获得者之一。他平常很少开口找人帮忙,所以,一开口还是起作用的。

章女士见我去包装车间,一旁劝我,说:"食罐轻巧,别去包装车间。"街道一位长期在罐头公司做小工的女青年毛某也极力劝我,食罐车间最好!呵呵,看来,她们都希望我和她们一起做小工呢!

但我还是含笑推辞了。后来我才知道,章女士的话是对的。离开了杨同志办公室,我与章女士分手,各人去各人的车间报到。

4. 擦罐小组

拿了杨同志开的介绍信,我立即拉了街道上一直在罐头公司做小工的小陈,穿过包装车间,找到一个负责安排临时工的负责人。这个女同志个子很小,带了北方口音,声音有些沙哑。她见到我递给她的介绍信,马上显得热情起来,说:"啊,你就是朱洪啊!哪,来来来,你到擦罐组去吧!"好像我是一个她很早就知道的人似的。她一连说了几个"来来来",叫人感到很温暖。

这时,一个戴了白色的工作帽、系蓝色围裙的女工模样的同志走了过来。

小个子妇女把她喊住,说:"喏,给你们增加一个。不错吧?"似乎这个戴白帽子的女工一直在找她要求增加新的临时工。

小个子妇女转身对我说："这是包组长。"

我对包组长笑了笑，包组长显得非常开心，说："好，好！来，我们都欢迎！"她如此高兴，直到后来我才体会到是怎么回事。

进了擦罐小组，我大吃一惊。这里，我并不陌生。上次和小邱参观时，我就来过这里，因闷热、雾气重、灯暗，当时我就离开了。

想不到，我的岗位偏偏在这里。

车间长方形，约莫八十平方米，虽然已近中秋，因里面是罐头仓库，安装了保证罐头恒温的蒸汽管，加上对面就是两个师傅日夜轮流加煤的锅炉房，擦罐间很热。老师傅说，这里热天不好，冬天好！

尽管屋梁上挂了三只一百瓦的电灯泡，因刚出锅的罐头雾气腾腾，整个车间显得湿气很重，灯泡发出很暗的光。倘若不是两排高低不一的白铁皮打成的十米长、三米宽的工作台后面，坐了一排正在擦罐头的女工，一边干活，一边大声说话，这里简直没有生气。但实际上，这里是全公司极热闹的地方之一。罐头瓶丢在以铁皮钉成的台子上，发出刺耳的碰撞声，加上擦罐中唯一的男性——陈老头的间歇性的咳嗽声，十三四个妇女的大声说话，以及擦好的罐头摆在木头箱子里的声音，组成了一曲持续八九个小时的擦罐交响曲。

擦罐有三个工序，第一道工序，是将热气腾腾的罐头自刚出锅炉的大缸中整整齐齐地捡出，放在高一点的台子上，这个工序一般由一至两个人完成，一晚一般有七八缸，多的时候一晚上捡十几缸，偶尔也有五六缸。在我来时，是由一个小伙子小P与一个稍微年轻一点的女工小周担任第一道工序。第二道工序，是十来个妇女和陈老头坐在"一"字排开的矮一点的台子后面，拿抹布擦除罐头上的污垢，放入箱子。第三道工序，一般是两位女工人推这些箱子到后面的有蒸汽管的仓库，码整齐。这两个女工不固定，因事轻，十几个妇女轮流来。

擦罐组很安全,据说有一次抹布冒烟,但没有引起火灾。

整个擦罐组分两个组,下午和晚上轮流上班。下午上班叫早班,晚上上班叫中班,没有节假日。工作按计件,只要完成任务就可以回家,所以,大家工作很积极,罐头一旦上桌子,噼噼啪啪,热火朝天地擦,不需要公司派人监督。一个人偷懒,别人见了不好看! 陈老头咳嗽,手慢些。但大家政治学习的热情不高,公司几乎不安排临时工学习。

虽然没有夜班,但因工作量大,中班常常到凌晨1点后才下班。遇到锅炉房出缸慢,下班更迟,偶尔到凌晨五六点才下班。因此,中班其实是夜班。但夜班有加班费,中班没有加班费。故公司不叫夜班,而叫中班,节省了加班费。

5. 第一天上班

1976年9月28日,星期二,晴天。下午,我第一天去罐头公司上班。

走进擦罐组,我和正在捡缸的小P点点头。显然,他很高兴我的加盟。包组长发给我一个围裙和一条毛巾,我换了衣服,系上围裙,立即动手干活。因刚来,包组长叫我将装入木箱里的擦好的罐头用四个轮子的小轱辘车子推到仓库,整齐地码在仓库里。后来我才知道,这是全部三道工序中最轻巧的事。包组长很懂得心理学,由易到难,"渐入佳境"。小时候在枞阳,我曾一度玩轴承推车,想不到在这里重逢。

自擦罐头的台子到仓库约十米,我推车来回穿行,耳朵里传来隐隐约约的议论,似乎不是什么坏话。偶尔,我会一边干活,一边回答大姐们琐碎的问题:"你多大了?""你家在哪里?""父母是干什么的?""父母有没有工作?""兄弟姐妹几个?"

问题很简单,问的人漫不经心,内容像查户口。回答这些问题,可以加深大家的了解。因此,我不厌其烦地回答她们。在我来之前,她们之间已经互相熟悉了,已经没有什么新鲜的问题了。估计,那个捡缸的小 P 刚来时,她们也如此一一问过,一来打发时间,二来满足一下好奇心。

因为粗心和不熟练,我在第一天推罐头箱子进里面仓库时,推翻了两次。尽管没有受到任何人的批评,但心里总觉得过意不去。

华灯初上,我步出车间,骑车回家,心情是很愉快的。干了一下午重活,下班后,疲劳的身体骑上自行车,非常舒服。外面的空气从来没有这么新鲜过,周围的灯光从来没有这么柔和过。扬子江畔的一道道风景,原来是这么优美。嗨!我很奇怪,以前怎么没有注意到呢?实际上,任何一个疲劳不堪的人自昏暗的、空气混浊的车间走出来,都会精神一爽。

当晚,我去老沈家,告诉他分配到包装车间,如愿以偿,并感谢老程的帮助。老沈仰头呵呵一笑,说:"我找的人还有错啊?"

听小苏、小邱讲,做临时工,一开始免不了受气,提醒我做好准备。我这不是很好吗?事情虽重,不过把箱子推来推去,并不受气啊!

但我把第一天的感受和小苏、小邱说了后,小邱坚持说:"你才开始,还没有尝到苦头。过几天你就晓得了。"

第二天,我在日记中写道:"这里的工人都很客气,这将大大改变我的忧郁,得偿所愿。"

6. 包组长

1976 年 9 月 29 日,星期三,上午,因为哥哥、蒙城的大伯伯、外祖父都在家,热热闹闹,无法看书。外祖父说:"来,下一盘!"于是,我便陪外祖父下一盘象棋。

　　这天是晚班,下午我去街道坐了一下。走在路上,被人拉了一下胳膊,回头一看,并不认识。一想,是不是昨天才认识的擦罐组的呢? 于是,我赶忙打招呼,原来是擦罐组的潘师傅。潘师傅耳朵重听,大家都不忌讳,当面背后都称她"聋子"。聋子默默地做事,因为耳聋,旁人聊天,她从不插话。偶尔她也说一句,别人搪塞一句,也就没有声息了。下班后,别人收拾东西,抓紧回家,只有她打扫大厅里的卫生,天天如此,似乎是她承包的。久而久之,大家习以为常。因为耳聋,无人赞扬她,她也不张扬,不像有的人,见到地上一个罐头没有捡,就大呼小叫,似乎她一弯腰,就该记在功劳簿上。

　　进了街道的门,王主任对我很客气,小李主任笑脸相迎,一向不苟言笑的大李也话多了些。文书一向不多话,也发生了一点微妙的改变。我想,大约是邱书记的一句话起了作用。

　　吃过晚饭,我骑车去上班。晚班比较紧张,夜里 12 点到家,回来后吃了一点夜餐,洗了个澡。擦罐组比食罐组累,但只要人好,累就累一点吧! 仓库里的温度很高,不过对我的肾有好处。

　　同事中,包组长给我的印象很深。她个子大,细长的身材,性格憨厚,见人笑嘻嘻的。在整个擦罐组,她给我的印象是温文尔雅。她性格随和,有时甚至有点稚嫩,与她的三四十岁的年龄不相称。生气时,她很像我,脸容易红。有的师傅甚至开玩笑,说我们像娘儿俩。再争几句,她会转背就走,像小孩子怄气。遇到这个情况,大家常常哄笑一番。偶尔,她站立在那里,聚精会神地看什么东西,一动不动,那是她走神了。其时,她的腿脚弯曲,不受意志支配,像个儿童。末了,她回到这个世界,猛地一惊,如大梦醒来。我有时想,她若不为家庭、疾病所累,其性格是延年益寿的性格。

　　包组长的家庭不幸福,婆婆管得很严,丈夫贪杯,酒醉喜欢打骂闹事,她便借故躲开。她没有上过学,有一次她说她姓 long,我问什么 long? 她说,上面一个"立"字,下面一个"月"字。我猜不出什么字,后来醒悟,是"龍

（龙）"字。

刚到擦罐组，包组长突然问我："你妈妈可做事？"

我说："做事！在妇联会。"

包组长说："是街道妇联吧？"

在她看来，儿子来做苦力，母亲大约在街道做事。她不知道，街道没有专门的妇联会组织，只有一个管计划生育的专职委员。

我笑了笑，不置可否。

这个时候，如果说母亲在地区妇联会工作，或许会拉大我们的距离，疏远我们的感情，这对于我这个刚进入这个群体的年轻人而言，显然是不适合的。

7. 刘班长

擦罐组除了包组长，还有一个刘班长。刘班长是组里唯一的共产党员，喜欢以一种权威的口气，对时事发一些议论，时常摆一副关心公共财物的架势。

我初来乍到，刘班长喜欢对我指手画脚。见我没有按她的意见办，她说，我不改，就是变相地不接受意见！我对她的不满挂在脸上，有时不予理睬，后来她略微收敛。因为心事重，她常失眠，身体弱小。

一次半夜，一个罐头掉到地上，铁皮碰破了。刘班长叹息不断，说："唉！慢一点！"

罐头盒子破了，汁水漏出来了，喷香喷香的。大家商量了一下，决定把它分吃了。按规定，擦罐工不能偷吃罐头。但罐头已破了，不吃也浪费。刘班长不好阻止，法不责众啊！大家一人一片，刘班长也不例外，往嘴里塞了一片。我也吃了一片，那是半夜饿时吃的，是我平生所吃的最香的一片罐头肉。

罐头公司的骨头下了肉后，分给职工，包括临时工，一人一张骨头票，相当于职工的福利,不要钱。我刚到罐头公司,就碰到发骨头。骨头有老骨、排骨,上面有不少肉,煨汤和烧排骨都很不错。

第一次分到骨头的当晚,我把半篮子骨头分了几份,送给街道几个同志,他们连连称谢。看他们的表情,似乎习以为常,受之并不觉得惊讶。

8. 工间休息

罐头擦好了,另外一炉子没有出来,大家则利用这个时间休息一会儿。

车间出门的墙壁一侧是一个下水道,小伙子小P告诉我,不要到那边去。原来那是女工方便的地方,车间周围没有厕所。

我因为疲劳,在放罐头的仓库的一个板车上躺下休息,耳边传来妇女的叽叽喳喳的声音。陈老头知道现在是妇女们聊天时间,一个人到一边抽香烟去了。我在仓库里面睡觉时,就听到一个中年妇女在谈一个公公如何唆使儿子起早放牛,自己和媳妇爬灰的故事。

休息的时间结束了,我从仓库出来,这个绘声绘色讲故事的张阿姨大吃一惊:"哎呀,你在这里啊?"另外一个年轻些的女同志占旋旋问:"你可听到了?"我打着哈欠,说:"什么?"她们放心了,说:"哦,他睡了,没有听到。"

擦罐组中,占旋旋是我唯一叫得上姓名的人,她的脾气很好,别人骂她讲她,她都不吭气,只顾低头擦罐。

一次,我喊她:"占师傅!"

她说:"你缺巴我!你喊我什么都可以,不要喊我师傅。"

我说:"你好像没有脾气?"

她说:"让她们讲,她们讲她们的。"

大家都喊她"元元",或许是把"旋旋"读成了"元元",很少人喊她占师傅。据她自己讲,她妈妈因为躲避日本人的飞机,在船上生了她,所以叫旋旋。她不喜欢婆婆家的老人,常说,她家有四个老奶奶,死了一个,还有三个。我们听了,哈哈大笑。

日本鬼子1938年占领安庆,占旋旋应在1938至1945年之间出生,1976年我来做小工时,她年龄在四十岁上下。

一天夜里,张阿姨因生病,没有胃口,拿出带来的夜餐,对我说:"小朱,你吃吧!我没有吃,干净的!"我想,吃人家的饭,无功受禄,多不好意思,便说:"我不饿!"张阿姨见我"不知好歹",颇生气,当时就抹了脸。以后的几天,张阿姨没有对我开过笑脸。

9. 小 P

因码仓库的人增加了一个,捡缸的小伙子小P噘起嘴巴。陈老头子在咳嗽的间隙,注意到小伙子在闹情绪,说:"小朱啊,去帮助捡捡缸,车子我们来推。"

我答应一声,去帮助小P捡缸。

小P见我过去帮他捡缸,露出了笑容。

陈妈妈是陈老头的妻子,她自己不姓陈,别人跟着她丈夫喊,忽视了她的姓。陈老头多话,喜欢与别人谈天,陈妈妈从不插话。别人说话,她只随声附和,或一起大笑,像是一个附加的音响共鸣器。有时,别人嘀咕,陈老头怎么没有来上班?她的脸就红起来。别人不问,她也不辩解,只是显出一副无奈的样子。

虽然是秋天,因车间温度高,干了一会儿,我就大汗淋漓,学小P把褂子脱了,露出上半身。就听见那几位妇女说,小伙子平常不做事,皮肤白白的。

小P干完活,我和他去澡堂洗澡。这时夜深了,澡堂已经没有别人,空空的,只有我们两人。小P比我年龄小,长了很少见的蓝眼睛,因长期在外面做工,脸上留下岁月的伤痕。据他自己说,他曾和一个非常漂亮的姑娘相爱,后来,这位姑娘去世了。在谈恋爱方面,我还没有开化,想不到,小 P 已涉世很深了。

下班后,我因夜深疲劳,急忙低头蹬车往家赶。外面刚下雨,空气很新鲜,地面有点潮湿,我一身疲劳一下子消失了。"你骑得很快啊!"小 P 骑车赶上来,和我并驾齐驱。

"啊!是你?你怎么也走这条路?"我说。

"我家在工农街。"小 P 说。

"我家在红光街。"我说。

"我们能同一截路啊!"小 P 说,"没有事上我家玩去!"

"嗯!"我应了一声,心想,小伙子蛮客气的。

前面走过一个人,我快踩了一下脚踏车。扑哧一声,后面的小 P 连人带车同那个人一起倒在地上。我骑车转了一个 180 度。在我下车时,只见小 P 一只手搭在刚刚从地上爬起来的人的肩上,一只脚伸到他的背后,把这个约莫五十岁的路人重新放倒在地上,又拽住他的衣领,连人拉起又放下,重复几下,仿佛是医生在给病人做心脏杂音的测验。然后,小 P 一声不响地上了车。骑了好大一截,我回头一瞥,那位老兄仍直直地站在那里,大概还没有明白过来发生了什么事。

车到三岔路口,我和小 P 互相道别。

10. 一个人捡缸

1976 年 10 月 4 日晚上上班时,小 P 没有来。一般情况下,小 P 从来不迟到。等了十来分钟,大家议论纷纷,都说小 P 不来了。

包组长叫我代替小 P 捡缸,陈老头虽是男同志,但属于老弱病残。十三四个半老徐娘战斗到最后一个人,都轮不到他去捡缸。

小 P 没来这一天,我和小周捡缸。她动作比我还慢,我因初来,慢与技术有关。

从高压炉子里推出的罐头缸,比我高半截,缸一边的钢板是活动的,可以下掉,形成一个凹槽,便于俯身搬里面的罐头。自缸中两手同时掐出三四层几十个罐头,需要一点技巧。此外,我初次做小工,体力也有限。小周是女同志,所以,将大缸自对面的锅炉房推到擦罐车间的事,自然落在我的身上。所以,这一天,我捡罐占大头,是不用说的了。一弯腰,一伸直,将几十个罐头整齐地搬到台子上,一晚上重复六七个小时。

陈老头喜欢喝酒,脸总是红色的。他一坐下来就不喜欢再动,哼啊哈的,像个将军。他摆了一副老师傅的面孔,一会儿叫我把罐头往这边推推,一会儿叫我把罐头往那边推推。推好了,哼啊哼的,表扬几句,似乎停下手中的事指导我,也成了他的一份工作。我早已汗流浃背,腰酸背痛,见他坐在一旁指手画脚,心里十分恼火,但嘴上不好说什么,心想,初来乍到,总要给大家一个好印象。

小 P 没有来,要么是在整我,给我一点颜色,要么是真的生病了。如果是前者,今后就可能经常不愉快了,如果是后者,问题不大。因为他一病愈,我就能回去推车子码罐头了。这就意味着,今天累一点是暂时的。

到凌晨 1 点 20 分,终于下班了,我回家吃点饭,睡觉已是凌晨 2 点 40 分。生下来十九年里,今天最累!

11. 看错了钟

1976 年 10 月 5 日,上午睡醒后,我忍不住写了一封致擦罐组全体成员的信,大意是自己打算不干了! 这么做,其实是发泄心中的不满。写好了,大约气也消了,随即把信烧了。因为内心里,自己并没有打算不干。毕竟才干儿天,还没有到"山重水复疑无路"的地步。如果街道知道我吃不了苦,以后也不会推荐我继续做小工了。何况,回家稍微休息一下,疲劳就恢复了。自从做小工后,母亲不再让我洗碗。呵呵,我在家中的一切事全部免了! 既然享受了优厚待遇,吃点苦算什么呢?

这一天下午,我路上担心的事再次发生了,小P仍然没有来。我非常劳累,我怀疑,小P是因为抱怨我,采取此法整我。他在此前颇不满他一个人做此事,说到现在还是他一个人,说不定他要歇两三天。这一夜,我凌晨2点半睡觉。

10月6日早晨起来,第一眼看钟,我大吃一惊:时钟指在午时2点40分上。我像做错了事情一样内疚,今天这一班是上不成了! 他们会说,小朱这伢子还没有来几天,就作怪。再想到如果我不去,他们少一个人,就会晚一点下班,就会增加一个人的负担时,心中更加歉疚了。

我站在钟前,木然地想着,突然,我再一次惊讶地发现,原来走在"2"字上的时针,已经走在"3"字上,难道我看错了吗? 仔细一看,的确,时针在"3"字上。是钟停了吗? 我听了一下钟,嘀嗒嘀嗒,没有停啊!

突然,一个念头将我吓一跳,是否把时针和分针看错了呢? 再仔细一看,果然,指在"8"字上的指针,要比指在"3"字上的针短一点。我简直不相信,我离上班的时间12点半,还有四个多小时! 我高兴极了,边舀水边哼《红灯记》李玉和的唱腔:"时间约好8点半,等车就在这一班!"

12点半,我准时赶到车间。当我进门见到熟悉的小P的身影时,心中突然感到亲切起来。

小P来上班了,我对于他的一点牢骚顿时烟消云散。

小P来了,我继续推车。今天推车,别提多轻松了,真是不比不知道啊!

晚上，我肚子饿了，问桑妈妈借了二两粮票、四分钱，在罐头公司食堂买了一个馒头吃。桑妈妈是擦罐组干活最少的人，比聋子干活还少。但她不多事，安守本分。中间休息时，她喜欢纳鞋底。

隔日，我正准备把粮票和钱给桑妈妈时，她说："小朱哪，我的钱还给我吧?"这叫我很不好意思。看样子，她是鼓起勇气提出来的。

就在这时，一件意想不到的事让我吃了许多天的苦头。

12. 小 P 被拘留了

中午，我比平常稍微迟了一会儿到罐头公司擦罐组。小 P 不在，一进门就听大家在议论，我中途进来，听的都是没头没脑的话。

"他家里人管不到他喂!"

"这伢子也太坏了。"

"唉，做事还好啦!"

我心想，莫非讲小 P? 难道小 P 出什么事啦? 我忙问小周："出了什么事? 你们在讲什么?"

小周说："小 P 给派出所逮去了。"

"怎么回事?"我惊讶地问。

"不晓得。"

"你们是怎么知道的?"我继续问。

"派出所打电话通知公司的。"

于是，一下午大家都围绕小伙子被抓起来的事，议论纷纷，多半是推测小伙子被逮的原因。有的说是打架，因为小伙子喜欢打架，有人说是流氓，有人说是赌博。猜测的时候，会听到惋惜声、叹息声，偶尔也有几句责怪声。

褚姨没有读过书，说话咋咋呼呼，喜欢喊小 P"小砍头的"。这会儿，她一

第七章 临时工

边擦罐头，一边习惯地斜着眼睛看前后人擦罐头的进度。她噘起嘴巴，大声嚷嚷："小砍头的，我就知道他迟早要出点什么事！"

但最苦的是我！小 P 不在，我就得捡缸。而且，如果小 P 不放出来，我就得继续做下去。他关一天，我就要做一天。而且，他被放出来后，谁知道他还来不来上班。也许，他碍于面子，干脆换个地方呢？

我捡缸比小 P 慢，遇到大家擦得快时，台子上的罐头少了，影响大家擦的速度，就影响大家回家的时间了。手忙脚乱之际，我的手几次被罐头上切割遗留下的毛边刮破，鲜血直流。手像针扎一样痛，而事情却不能停下，因为大家都等着我捡缸呢！我将三个装满罐头的缸平行地排在台子前，一个缸捡几下，等绕一圈回头时，最初一个缸旁边的几十个罐头已经被擦光了。因为我忙，陈老头不再喊我把罐头推一下。他常常一边咳嗽，一边起身，把罐头往自己身边挪一挪。

这时，小周就来帮帮忙。小周当然情愿擦罐头，不情愿捡罐头。陈老头或者其他师傅这个时候就会大声说："小周，你去帮忙捡一下。"小周才勉强起身，帮一下忙。毕竟，速度慢不是我一个人的事，会影响到大家下班回家。这一点大家想法都一致，在公司是为人家干活，在家是自己的时间！没有人觉悟很高，乐意在这里多待一分钟。

小周一来，我们捡缸的速度快了，与擦的大体平衡。本来，我因为忙不过来，眉头紧皱，话也不多。小周来后，我的眉头立即舒展了些。

上班若有所失，下班疲劳不堪。这天，我到家已是凌晨三四点，又困又饿，到厨房热饭，恨不得手扶墙壁才能支撑。吃了几口饭，头脑清晰了点，口占一诗云：

闭目扶墙走，斯人困饿极。

晓星不忍看，持碗待鸡啼。

229

我在吃苦,父母并不知道。夜里口占的小诗,记载了当时的实际情形。

隔日,听说小 P 因为给赌博的人站岗放哨,被关了七天。赌博的人中,一个是他的小佬(叔父),实际是他的父亲。

我想,等他来了,我就不干了。原来以为做工是锻炼,其实不尽然,因为这里存在不平等! 一个人捡缸,其他人坐在那里擦,存在劳动量的不平等。但此话说不上桌面,因为这是性别决定的。谁叫你一不小心扎进妇女成堆的擦罐组呢?

劳动量显然超出了我的承受范围,我有度日如年的感觉。过了两三天,我和擦罐组方师傅吐露了一点我的想法,她颇反对。小 P 不在,我若再离开,这个小群体就难上加难了。他们是承包性质的,十五人,少一个人,十四人要承担十五人的工作。如果我一走,就成了十三人要做十五人的工作。何况,陈老头一直只能算半个劳力。而且,我和小 P 各自事实上干了两个人的活(包组长的原话)。——如果我和小 P 都不在,捡缸一定会安排两个妇女。因此,离开的念头虽然强烈,但我并没有立即提出来。如果真的在此时辞职,我颇有叫这个小群体雪上加霜的嫌疑。

我打定主意,一旦有新人来,或者小 P 出了派出所,我即辞职。我不希望这个班组因为我的离开而怨声载道。我希望在她们红红火火的时候,在不影响她们工作的情况下,悄然离开。因为有了出头之日的设想,我咬牙干了下去。

小 P 不在的日子里,我似乎成了这个小集体里的模范人物,明显得到了比过去更多的尊敬。显然,小 P 不在,我是物以稀为贵了。

13. 矛盾的缓和

1976 年 10 月 16 日,罐头公司改猪肉罐头为鸭子罐头,因为小 P 这一天来上班,我轻松多了。回来的路上,我问小 P:"怎么回事?"

小 P"唉"了一声,说了他被抓的经过。

原来,小 P 的父亲是个扑克迷,逐渐爱上打麻将。一分两分不过瘾,一元两元也看小。赌场就在邻居家。父亲为了避嫌,叫儿子喊自己 P 叔,不叫父亲。小 P 无事时,常去打杂,买烟买吃买喝放哨等。10 月 9 日那一天,小 P 和我在回家的路上分手后,没有睡意,到赌场看人打牌。活该他倒霉,那天晚上,赌场来了一个年轻人,是协助公安局破案的内线,想借此立功赎罪。他一边嘴上吆喝"小鸡""自摸",一边瞄着赌场进出的人,加上放哨的一共八人,然后说自己要小解,大步跑到派出所,报告了赌场的情况,然后又大步跑回,继续打牌。

P 叔毕竟四十多岁,经验丰富。他觉得此人突然出去小解,时间这么长,有些蹊跷,把手表下下来,使个眼色,叫儿子小 P 回去睡觉。P 叔等人很快被抓到派出所,一数七个人,少了一个。邻居带路,到了小 P 家,把他从睡梦中弄醒,从热被窝里拉了出来。

按我原来的计划,小 P 一回来,就提出离开擦罐组,不干了,但这个时候,小周因与邻居打架,卧床休息,不能上班,我不好马上提出来,防止小 P 以为我是冲他来的:哦,我不在你干得好好的,我一来你就走,你什么意思? 此外,小周不在,人手少,也不适合此时离开。

就在这时,安庆三中初二的学生来罐头公司学工,讲是学工,实际上是帮助我们做事。尽管小周不在,但因有中学生的帮忙,一下子轻松下来,我也不着急提出离开了。

10 月 17 日,户籍民警老沈告诉我,他已经向罐头公司宣传队队长推荐了我,让我去罐头公司搞专案。我听了很矛盾,搞专案比搬罐头轻松,但担心自己搞不好。

学生学工期间,包组长安排三个十四岁的男孩子和我一起捡缸,我并不觉得累。小 P 有时候捡缸,更多的时候帮助女同事擦罐。一时间,擦罐组喜笑颜开,出现了少见的欢乐景象。

14. 就是他,还写小说?

1976 年 10 月 19 日晚,在去罐头公司上班的路上,因上班还早,我在江边站了一会儿。

长江的夜景在一片船灯的映衬下格外引人注目,每一个灯泡都投下了自己的光柱,随江波荡漾,忽上忽下,像万物在阳光下投下自己的影子一样,浩大的水成了无数灯泡找到自己的镜子。细浪轻打着停泊的船只,像庞大的螃蟹吐着泡沫,吱吱发响。远处江中心的航标灯一闪一闪,人们依据它透过深沉的夜幕依稀辨别模糊了的彼岸。机帆船逐渐远离,突突突的声音告诉岸上的人,它已经消失在远方的夜色中……

擦罐组与锅炉房间的过道安静极了!除了无声的夜风,什么都没有。张师傅的自行车斜放在墙边,后座上放着她的干净衣服。

一个缸捡完了,我擦了一下额头上的汗水,直起腰,吐了一口气,猛力把空缸向过道推去。空荡荡的空缸陷入了路上的泥坑中,我猛力往后一拉,再用力把空缸送出,想越过泥坑。哐当一响,空缸在泥坑中晃了晃,再次陷入泥坑。我犹豫了一下,再次把空缸退了回来,绕过泥坑,不想空缸擦到自行车,后座上张师傅的衣服慢慢地掉下来,就在要落地的一瞬间,我不顾手上的油腻和污垢,赶忙上前,扶住自行车。

我转身往回走,突然见到烧锅炉的张师傅大步走出来,直接向自行车走去,看了看后,默默地走回。

我呆了一下,像受到了侮辱,一阵心寒。显然,戴了白色工作帽的瘦高个张师傅,一直默默地在背后注视着我努力地推空铁缸的整个过程。其他的都不重要,他担心的是自己的自行车被碰到。

隔日,星期四,因为上晚班,下午我去母亲的单位地区妇联会借报纸。母亲去对面的地直党委借,过了一会儿,母亲喊我过去。我应声走了进去,见里面有两个生人。母亲说:"李叔叔没有看过你,他要看看你。"我笑了笑,算是打了招呼。

借了报纸出来,母亲进自己的办公室,我一个人下楼。就在这时,我听到地直党委办公室传出说话声:"就是他,还写小说,搞创作?"

接着,是两个人的笑声。

我分不清是那个"李叔叔"说的,还是另外一个"叔叔"说的。从情理上说,另外一个"叔叔"说的可能性更大些。我听了呆了一下,如同被人打了一耳光。

我因经常借书和报纸,母亲周围的同事都知道我喜欢文学。古往今来,有志者常闷不出声,怕事情没有做,被人嘲笑。我刚十八九岁,涉世未深,哪里知道这些?

此事若不是浏览日记,我早已忘记。

不知道母亲当时是否听到了这两个人的对话和笑声?母亲生前从未对我有高期望,但也不打击我的追求。但愿,她没有听到这两个人奚落我的谈话和嘲笑声!

母亲1985年就去世了,生前没有见到我的第一部著作的出版。但她很满意我们这个家,其中包含了我和哥哥在事业上的追求与努力。去世前,母亲躺在医院的病床上告诉来看她的同事:"我们这个家好哎!"

15. 长江两岸红旗展

1976年10月25日,我给下放在东至良田公社郑村大队林场的华庆生写

了一封信。他最近想学拉二胡,希望我寄一副弦子给他。我给他寄去二胡弦子,同时谈到自己在罐头公司做小工的情况:

> 我现在做小工了,家里待着着急,街道里也没有什么事,加上今年又招不了工,所以做小工决心很大。我是在罐头公司做。洪某也在这里做,我和他不是一个班组。我的活比较累,但是时间很好,虽说两班倒,也不起早歇晚。我准备在最近还干下去。

此时,我内心是羡慕着在农村锻炼的同学的。因为在罐头公司,一方面累,一方面学不到东西,也无生活积累。故我在信中说:

> 天气冷起来了,农村里第一个雪花飘的天就要来了。我仍然羡慕你有一个美好的环境,并祝你完满地利用这个环境。

我不知道华庆生是否理解了我这几句话的含义,它是我当时真实的感受。信写得大大咧咧,因为一直练习毛笔字,笔迹还工整。

第二天,街道举行群众大会。根据街道王主任的指派,我第一次在街道群众大会上发了言。一来紧张,二来心慌,结束后,普遍反映我读快了。除了我,小王也发了言。

"文革"结束后,母亲非常高兴。11月6日,母亲在给哥哥的信中,满怀喜悦地写道:

> 我们安庆也和全国各地一样。安庆市召开了十万人大会,热烈庆祝华国锋同志任中央主席、中央军委主席,热烈庆祝粉碎反党集团阴谋篡党夺权的伟大胜利。真是长江两岸红旗展,宜城内外齐欢腾。当前,革

命、生产形势大好。我们工作更需要跟上形势，所以，必须多搞些调查研究。故下去蹲了几天，又回机关了。最近又要在机关工作一段。

母亲长期从事机关工作，不写文学性文字。她因"文革"结束而高兴，在给哥哥的信中写出"长江两岸红旗展，宜城内外齐欢腾"的句子，可见当时心情之好。陈独秀在第一次世界大战胜利后，描写北京的庆祝场面，说："旌旗满街，电彩照耀，鼓乐喧阗，好不热闹！"呵呵，两件事风马牛不相及，而欢欣鼓舞的心情如出一辙。

在给哥哥的信中，母亲顺便说了一句我的情况："朱洪仍在做工，家里一切如常。"

16. 矛盾再起

1976 年 11 月 5 日，我第一次在罐头公司领了一个月的工资 36 元 5 角 4 分。因是流汗熬夜得来的钱，我并不觉得特别高兴。

11 月 8 日上午，我参加了街道的义务劳动。小苏告诉我，今年招工，他的名字被街道补报上去了，看来有希望。在此之前，小邱、小姚已被招工，正在安排体检。我比他们迟来，故今年没有希望招工。邻居王晨说，别人招工，我们当兵去吧！是啊，如果有征兵，我很乐意此时去当兵。到罐头公司锻炼后，觉得到哪里去都受得了。

下午，我继续去罐头公司上班，这天劳动一天，比较累。

11 月中旬，安庆三中学工的学生在学了四个礼拜的工后，回去念书了。按理，该各就各位，我和小 P 同时捡缸了。不料有一天，在陈老头大喊小周不应（因为打架尚未归），转喊我们去帮忙推车时，小 P 立即跑去推车、码罐。此后，小 P 连续三五天不捡缸，跑去码罐了。

一个工作日,一般捡七八缸,或者十来缸,我总要捡五缸、七缸,只有在进度跟不上擦罐的情况下,小P才过来呼啦呼啦地捡一番。似乎在他关了的几天里,我不仅业务熟悉了,身体也强壮了似的。小P的逻辑是:既然这七天你能坚持,为什么不能继续做下去呢?

我自然很生气,但仍然坚持一个人捡缸。生气的是,十四个人(小周除外),一个人累,十三个人闲。此时,我脑子里常冒出一句话:累死不要紧,但一碗水要端平!但小P年龄比我小一两岁,身强力壮,又是一个刚挂牌游街的人,你能怎么样呢?

此时,我想离开的愿望一天天地强烈起来。一道来的章女士和在罐头公司上班的街道青年小陈,听说我一个人捡缸,都替我打抱不平,说:"怎么让你一个人捡呢?"

他们的话,越发叫我愤愤不平。我决定自己给自己放假,休息几天。对小P而言,此法叫以其人之道,还治其人之身。

17. 给自己放假

1976年11月15日,我给下放至东至县良田公社郑村大队的华庆生写了一封信。寄去的弦子他没有收到,叫我大吃一惊。信中,我提到自己在罐头公司做小工,并说今年招工已近尾声,自己已无招工希望。

一天下班前,我和章女士说好,明天不来上班,请她次日代我请假,说我生病了。

晚上回家,等劳累恢复了后,自己又犹豫了,总觉得这样不太好,还是去上班吧!但已请人代为请假,覆水难收,只好待在家中了。

有意思的是,那一天,我喉咙肿痛,真的病了,只是病得不重。因此,父母问我今天怎么没有去上班时,我说喉咙肿了。呵呵,天助我也,让我自圆其说。到了上班的时候,我莫名其妙地烦躁不安,或许,是工友们在议论纷纷吧!

第二天,我去上班,小P格外客气地对我笑笑,说:"好了吧! 我讲唉,小朱肯定是生病了。她们还不相信呢!"

看起来,昨天她们七嘴八舌地议论我为什么不上班呢!

平常不大讲话的江师傅说:"小朱啊! 你昨天不来,可害了小P,让他一个人捡。"

江师傅有点龅牙,话不多,做事也不玩滑头,时时肯帮助别人。她看我围裙太脏,主动拿去洗。小P被抓,别人背后议论小P,她一声不吭,或者说一句:"小P做事还好!"仓库抹布冒烟,就是她在码罐时发现的。她慌慌张张,像大祸来临,一副惊慌失措的样子。

我听后想,你们也知道一个人捡缸的滋味啊!

这一天,组长安排我和小周两人捡缸。因我"生病"了,继续让我一个人捡是说不过去的。倘若我再一次"生病",情形更糟。大家似乎有点担心,如果我隔三岔五"生病",吃亏的是没有生病的人!

我和小周捡了几天后,又恢复到我一个人。小P仍然捡一会儿,码一会儿。我对小P说,是否跟组长说一声,捡缸增加一个人? 小P和组长说了,组长明知故问:"累不累?"但一直没有加人。

近来,基本每次六缸,我和小P君子协定,一人捡三缸、码三缸。如此在我们两人之间,基本做到了大体平衡。呵呵,按劳取酬,平均分配,我们实际上是在按马克思、恩格斯《共产党宣言》的精神平均劳动量呢! 虽然我们和妇女同志同酬不同工,却包含着尊重妇女同志的因素。

18. 打他么事哟

1976 年 11 月 27 日夜,我和小 P 下班后去洗澡。澡堂除了我们,还有一位老职工带了一个十几岁的儿子在洗。

我问老职工:"他读几年级？学习怎么样？"

老头子说:"念初一了,学习不照！一天到晚砸四角。我气得打他。"

小 P 说:"打他么事哟？"

老头子说:"不打他哇？那些偷人爬人做坏事的,哪生下来就做哇？打他强似那些蹲监狱劳改犯。我就这么想,他做小偷还不照哦！"

我看老头子的儿子,的确做小偷都不行。

我看小 P 没作声,也不好说什么了。

11 月底,全市三线临时工调整,一般小工都可能被辞退。我听到这个消息后,有意外之喜。真是没有想到啊,罐头公司的活太累,而且不平等。唯一的好处,是隔三岔五可以分到几斤猪骨头作为福利。街道的几个同事经常说,分骨头,也给我们一点吧！无形中给自己找来麻烦事。因为心情不好,睡眠紊乱,加上一起留城的青年陆续招工,街道王主任又要我写小分队的批判稿子,华庆生回来看见我,说我又黄又瘦。

小苏招工分在石棉厂,华庆生参加了地区共青团积极分子会议,都是好消息。我打算元旦时辞去罐头公司的工作,不做小工了。小 P 说,元旦后他打算换个工种,去食罐车间。我很受启发,不如也这样办。

他一走,我岂能一个人留下？

19. 迷恋一个火热的生活

1976 年 12 月 4 日,星期六晚上,红光街停电,我在煤油灯下给回到东至的同学华庆生写了一封信。

华子希望订到《朝霞》杂志,我跑了邮电局,已过了时间。我与一位熟人商量,请他把自己订的《朝霞》杂志让给华子,这个熟人同意了。此外,华子希望订一份《安徽大学学报》,因订期到 11 月份截止,只能等明年 2 月了。我在信中说:

> 我目前看书内容比较窄,经常感到自己在学习方法上的缺陷,而又不能解决。苦恼之余,我确实迷恋一个火热的生活。……我还在做小工,然而不大顺意。

到罐头公司做小工后,10 月我一本书未读,11 月只读了一本《普希金诗选》。

在罐头公司怎么不"顺意",我没有说,因为一句话两句话说不清,说了也不能解决问题啊!

煤油灯的灯芯摇晃着,自己的影子投在墙壁上。这叫我想到远在江对面深山里的华庆生。呵呵,他可是天天晚上在煤油灯下啊!

天气明显冷了,明天就是大雪了。

擦罐组一位姓汪的阿姨,小小个子,说话声音很大,是个热闹人。第二天大雪,她上班将自己家的一只猫放在提包里带到车间。

汪姨在仓库热管上烘抹布,连打了几个喷嚏。我问:"什么声音?"

小 P 开玩笑地说:"猫打喷嚏!"

我回头一看,哑然失笑。

中间休息时,她用碱水给猫洗澡。回去的路上,猫拉了一包的粪,把包里的鞋底等弄脏了。

次日,她说起猫在包里拉粪的事,大家幸灾乐祸,哈哈大笑。

20. 第一次吃喜酒

1976年12月21日,红光街道户籍民警老沈说,内部通知,28、29日可能发生六级地震。次日,我陪小邱逐家送招工的喜糖,分管计划生育的操妈妈对我说,王主任打算把我抽回来,区里要抽两个人去学习中央24号文件,王主任打算和我一起去。

几天后,飘起了雪花,次日,积雪即被太阳融化了,本来黑黑的瓦楞变得干净了。北边的瓦缝和屋檐附近,还残存了雪迹。和已经招工的伙伴比,我感觉自己就像那些残雪,等待太阳出来。

12月27日,母亲参加省妇联会议回来后,去农机一厂搞宣传队了。母亲在会议结束后顺便去南京哥哥处一趟。听说哥哥被调动到了团部,做测绘员,实际是专门绘画。哥哥因为擅长绘画,被提拔当了干部。

这一天,我陪王主任在西区听中央24号文件。晚上,街道小李主任等人去小陈家吃喜酒,下班时,邀请我一起去。因为是熟人,我有一种却之不恭的念头,就跟着去了。新娘的弟弟也在罐头公司上班。

吃到一半,我突然想到自己没有随礼,忙小声问小李主任:“要送礼吧?”

小李主任摇摇头说:“你不送没有关系。”她的意思,我是个待业青年,没有正式的工作,可以不送。

就这样,我“赖”了一顿喜酒。因第一次在人家中吃喜酒,老滋老味地品尝老母鸡汤,吃得比别人慢。大家吃好了,放下筷子,我的碗里还有半碗饭呢！小李主任见我吃得慢，留下一口饭不吃完，一直陪我到最后才放下筷子。

吃过喜酒，王主任告诉我："我俩明天一个人传达一份文件。"听了此话，我直接回家，准备明天的讲话稿子。

过了一会儿，小喜子把我喊到街道，说王主任找我。

到了街道，王主任说，明天他一个人传达，不用我传达了。

呵呵，如释重负。原来是主任拿我开心，后又怕我有压力，晚上睡不好觉，于是叫小喜子喊我去街道，给我解缚。

21. 新的纠纷

一天，我去罐头公司上班迟到了十几分钟。进门的时候，大家已经开始擦了。组长见面，劈头一阵责备："怎么到现在才来？"

对于组长的责备，我并不介意，因为我知道，她不过是履行组长的责任而已。

不料，小P发牢骚说："我从来没有迟到过，不像他们！"

本来，今天我和小周捡，大约小周见我不在，见小P捡，便推辞说："人少，你一个人捡，我去擦罐。"小P自然不高兴了。

我当时嘴上没有说什么，心里气鼓鼓的。惹不起，躲得起，三十六计，走为上策！既然与唯一的小伙子处不好，上班一直不快乐，待在这里做什么呢？于是，整个下午，我满脑子转着离开的念头。上个月，罐头公司辞退了一百多名临时工，食罐车间一下辞退五十多名。我想，怎么不辞退我呢？想走的走不掉，不想走的，哭哭啼啼，却非走不可！唉！恐怕全部临时工被辞退，最后一个才轮到我吧！好在12月底到了，合同到期，总该有走的机会了吧？

整个下午，我没有说几句话。不过，想走的念头，下班时就被冲淡了。

下班时，大概小伙子气已消，情绪好转，加上我来了后，方师傅又叫小周帮助小 P 捡缸,小 P 的情绪好了,我的情绪也好了。在小 P 眼里,我能接受他的牢骚,是一个有肚量的人。

回家的路上,我们骑车并行。小 P 提出,我们一个人捡一天,一个人码一天。考虑我的身体比他弱,他说,到你捡的时候,让小周帮助你捡。我自然是同意。虽然小周并不想捡,捡得很慢,但比我一个人捡好!我感觉,小伙子比一开始好处了。因为熟能生巧,加上心情好转,我离开的想法暂时得到缓和。

22. 写《在罐头公司》

1977 年元旦,合同到期,我没有接到回街道的通知。在此之前,我曾放出风,说合同到期就离开了。好在没有人在意此话。

1 月 3 日,我看完了鲁迅的《呐喊》,打算接着看《热风》。过去在枞阳,模模糊糊地读过《呐喊》,可并不懂。但读鲁迅的作品,就有写杂文的愿望,正如读普希金的诗,就有写诗的愿望一样。

午饭后,上班时间正好差五分钟。真糟糕!上次迟到,组长批评,闹了不愉快。我赶忙出门,不料,文书来了。他很少来,我不好马上就走,便陪客人坐下,虽然心如猫抓。

文书已经看出我心神不定,问:"你几点上班?"

我说:"12 点 30 分。"

他说:"到了哎!"

我说:"迟到一会儿,没有关系。"

虽然嘴上这么说,但是心里如火烧火燎一般。

谈了一会儿,文书终于起身,已是 12 点 40 分。

我拼命蹬车,赶到车间,好在锅炉房耽误,缸没有被推出来,大家还没有动手。我也松了一口气,但背心已出汗了。

　　在罐头公司期间,很少有时间看电影、戏剧。这天晚上下班回来,我匆匆忙忙赶到人民剧院,看了市话剧团演出的《剑》。

　　1月6日下午,我问H先生借了《韬奋文集》。傍晚,大李主任碰到我,说王主任叫我明天早晨7点去街道。我说,今天晚上大夜班,要到2点多才睡觉。我的意思是,明天早晨7点起不来。大李主任没有说什么,我决定明天早晨不去街道了,因为的确起不来。

　　读《韬奋文集》,邹韬奋以记者身份游历欧洲,一路写见闻,文笔流畅,思路宽广,而读起来并不嫌其长,给人许多启发。我本来很笨,居然也跃跃欲试了,何不写写罐头公司的生活呢?

　　我想,写写总不是坏事,不给别人看,也不寄出投稿,就当作练笔,记录一下当下的事情和心情。

　　1月9日上午睡到11点半起来,母亲请了小裁缝在客厅做衣服。下午,我在自己的房间动笔写《在罐头公司》。

　　奇怪得很,开始写《在罐头公司》后,我对擦罐组伙伴们产生了好感,而且,很在意他们的言行。其中过去没好感的,也在向好的方向转变。隔日,我一边做工,一边居然哼哼小曲,呵呵,心情在悄然发生变化了!

　　上班时,车间张书记和组长讲分肉皮的事,说每人分十五斤,只要一元钱,听说可以炸七八斤猪油。

　　回来我问母亲:"肉皮要不要? 可以炸猪油。"

　　妈妈说:"要啊! 可以晒干。有你爸爸在家,还怕吃不掉啊?"

　　第二天上晚班,大家谈到分肉皮的事。组长说:"每人十斤,不要钱! 作为职工伙食补贴,由食堂出钱,临时工没有!"

　　小周也是临时工,生气地说:"以后骨头还没有了呢!"

　　我很懊悔,不该没有搞清楚,就问母亲要不要肉皮。

　　1月12日,晚上我和母亲约好,次日早上喊我起早些,好看《毛主席自传》。这本书母亲下午就要还,上午不看就来不及读了。不料,母亲虽然喊我了,但我仍然赖到 9 点才起床,匆匆忙忙吃了早饭读书,时间已经很紧迫了。本来 11 点 30 分上班,到 11 点 55 分才吃完中饭,气喘吁吁地蹬车到擦罐组,心脏扑通扑通乱跳。虽然遇到不太友好的目光,万幸书是读完了。

下午,刚轮换来的一位班长临时叫与我一起捡缸的小周去擦罐头,我心中不高兴。小 P 元旦后走了,临时叫小周帮助我一起捡缸。估计,班长也知道我不高兴了。反正我不想在此长干,故也不管她知道不知道。一会儿,有人来说,班长的丈夫手断了,已经接了上去,班长匆忙回家去了。听到这个消息,我的气也消了。

下班后,本想去妇联会借有关周总理去世的报纸,不料回家迟,母亲以为我骑车路上闯祸了,正在着急。这样,妇联会也没有去成。

23. 街道主任上门

1977 年 1 月 16 日,星期天,上班路上,我被人猛一推,回头一看,原来是枞阳中学的同学孔济生、黄洁民等三人,他们被招工到港务局,就睡在船上,工种还没有分配。

晚上,我下班回家,没有出门。这时,街道王主任无事不登门,第一次来我家。我感到有点意外,自到罐头公司做小工后,我们很少见面。

他来时,父母恰好都在家。母亲为了不让我管理市场,曾去过王主任家。故王主任上门,算是礼尚往来。上茶递烟后,王主任开门见山,说文书不在,街道年底事情较多,要写年终总结,想让我明天就去街道上班,一个月 26 元,和在罐头公司干差不多。

王主任一进门,我已猜到他来的意思,是要我回去。我不想回街道,一个原因是,想离开罐头公司的念头,此时已不强烈了。回街道,人多嘴杂,何况,在街道没有在罐头公司单纯,八小时以外不安宁,随时会喊你去跑腿。

听了王主任的话,我没有立即答应。父母和王主任哼啊哈的,见我不立即表态,也不好率先表态。父母和王主任聊天时,我走到屋外,在走廊上走来走去,一边呼吸新鲜空气,一边考虑怎么办。考虑来考虑去,不回去已不现实,因为王主任自己来了,总要给他面子,将来招工还要过他的五指关呢! 何况,父母在这,如果拒绝,父母脸上也不好看!

见我一直沉默,王主任知道我不太想回街道。临走时,王主任说:"明天来吧!"

我说:"近几天吧! 怕那边拖。"

王主任见我同意了,立即笑了,说:"好! 近几天。"

王主任走后,我仔细想想,回街道就回街道吧! 平时想离开罐头公司没有充足的理由,现在的理由,无论对罐头公司、街道、家里,都说得过去,可谓是最好的收场。

街道虽然不比农村火热,但也是基层,了解一个城市基层的生活,对了解社会是有好处的。从文学创作来讲,街道同样有生活素材。我这么一想,也就心安理得了。

要离开罐头公司,我心中突然有些犹豫、不舍起来。现在,离开的时间捏在自己的手里,但分手的话,怎么说得出口呢?

24. 离开罐头公司

1977 年 1 月 17 日,星期一,我像做错了事一样去上班,但一直没有找到合适的时候和包组长谈回街道的事。拖一天是一天吧! 我决定离开的那一天再讲。因为和王主任说了,"近几天"去街道,有三五天的宽限。奇怪得很,今天心情不一样,虽然事情和平常一样累,但因看到了离开的曙光,并不觉得很累了。

刚招工的小邱晚上拉我去老沈家，让我帮他写一封入团申请书。他第一句话是"你瘦了"。母亲也说我脸色不好。那么，到街道，不熬夜了，好好调节吧！

1月18日，星期二。中午，王主任叫会计小李和小喜子来，说："王主任问你为什么不去街道上班。"

我说："明天去吧！"小喜子很高兴，因为有我做伴了。

这样一来，"近几天"实际是三天，我今天必须告别罐头公司，没有退路了！

下午，最后一次去干活，因为迟到了一会儿，小P已不高兴了。我惶惶不安地和大家道别。大家心情颇激动，很不希望我离开。小P听说我要离开，明天就不来了，颇不是滋味，更不好意思刚才对我迟到的抱怨。

因是街道抽我回去，大家都通情达理，并不怪我。小P开始以为我找到了新的工作，后来听说是街道要我回去，也无话可说了。

班长似乎有点不高兴，说："刚刚搞一会子就走，我们不放！"

张姨说："你先别和厂里打招呼，最近就要发油票了。等骨头票下来，叫小P送给你！"——呵呵，她替我着想，希望我多分一次猪油。

我很感激她，点点头。

不一会儿，车间发油票下来了。汪姨发油票时，对我挤挤眼，意思是，你这回走运了！

方姨说："小朱有吃福。"

中间歇工时，汪姨讲："你也给大家一点好吧？"

我知道，她希望我请大家客。我想，给大家买点糖果，临走时热闹一下吧！我拿了一块钱，对小周说："你去买点糖果。"

于是，小周兴冲冲地跑到门口小店，买了一包大红叶香烟，每人买了三颗糖果。

大家很高兴，边吃糖果，边赞不绝口。我很高兴，一元钱该花，多少和大家在一起这么多天，有些不舍了。一元钱相当于我一天的工作所得，可以买三分钱一根的油条三十三根。

方姨、包组长、张姨、小周等都说以后去她们家玩，我点头，对小P说："春节你约我，我们一起去给各位拜年！"

就在这时，一向不露面的杨同志来了。我进来时，是杨同志分配的。大家纷纷告诉他，我要离开了。此时，他也客气起来，平时见面点头而已，这回话也多起来。

下班时，免不了一一作别，不像平常，一下班就各顾各的忙着回家。屋中喧声四起，我一一应接，四顾不暇。只有小P因为帮助汪姨送饮料回家，没有作别。陈老头在家休养，没有上班。

下班了，我一个人骑上自行车，脑子里一片茫然。我加快速度，向家骑去。华灯初上，这个城市如昨天、前天，表面上没有两样，而在我的生活中，一段烙下了特殊印迹的日子结束了。

自1976年9月28日上班，到1977年1月18日离开，我在罐头公司做了一百一十二天的小工。这些日子，是我平生干体力活最累的一段时间，接触到了一线的临时工，与他们同工同酬，至今难忘。

20世纪80年代的一天，我骑自行车去圣埠（市委党校）上班，在菱湖公园东门遇到了曾在罐头公司做小工的伙伴小P。他个子长高了，面相成熟了，估计已结婚成家。他骑车去不远的一个工厂上班，我们立即认出了对方。因上班时间紧，我们在菱湖公园门口下车，简单谈了几句。此后至今，我们再也没有碰到。

离开罐头公司的当天晚上，我将《在罐头公司》杂记写完，共一万八千字。虽然在罐头公司做临时工很累，遇到了一点不愉快的事，但体验了生活，留下了一段记忆，还是值得的！

第八章　街道"秘书"

（1977.1—1977.8）

1. 你是资本家哇

1977 年 1 月 19 日上午,我第一次去街道上班。起床不容易,过去都是夜班,平常上午 11 点多才起来,现在,我不到 8 点就起来了。

到了街道,我跺跺脚下的残雪,推门走了进去。

王主任正仰靠在木沙发上,手上拿着报纸遮住了自己的脸,两只脚放在火盆上。在街道当主任,官不大,科级干部,却很舒服。开水不用烧,火盆不用生,地不用扫,一进门就可以坐在办公室椅子上看报纸。进门的人都主动打招呼,主任高兴时说几句,不高兴时只需要点点头,哼一下。大事自己做主,小事有副主任或者其他委员办,一批批待业青年都很听话,可以一呼百应。

"来啦?"主任放下手中的报纸,和我热情地打招呼。因为我是第一天上班,又是主任亲自登门"请"回来的,因此,主任今天特别客气。我知道,这客气不是装出来的。

"来啦!"我说。

火盆旁边,有小李主任、大李主任、卫生委员、计划生育委员等四人,我和他们一个个点头打招呼。平常,外面一间的小李主任的办公室人多,今天因为下雪要生火盆,大家便围在火盆旁边。

"前天小喜子去你家了吧?"王主任没话找话说。

"去了。"我说。

"昨天区里来电话,要我们搞年终总结,你抓紧写写吧!"王主任说。主任说话时,小李主任让出一个位子,努努嘴,招呼我坐在火盆边烤火。

这时,章队长推门进来,见到我,问:"这么巧,你也来了?"

我说:"我昨天离开罐头公司,今天回街道上班。"

章队长立即说:"你是资本家哇?大财主哇?那会子你讲回来我还信,现在我也不是不晓得,事情轻些了。"

大李插话:"人家不想干了嘛!他家有钱。"

章队长说:"那是一块四哎!你到哪里去搞到一块四哦?"

我见王主任不作声,心想,这太有意思了。——王主任给我一个月二十六元,扣除四个星期天,一天一块钱,比罐头公司一天少四角。

章队长见大家沉默,似乎意识到什么,匆匆忙忙办自己的事去了。

2. 写年终总结

章队长走后,王主任说:"写总结恐怕是为了评先进,年年这个规矩。去年我们什么也没有评上,今年就看你下功夫了。"王主任四十来岁,嘴巴微微隆起,眼睛很大,头发后梳,漆黑漆黑,油光发亮,一丝不苟,一看就是一个会保养的人。讲话时,主任喜欢上下眨眼睛。

"人家伢子又不能瞎编,你真是出了鬼!评先进光靠写照哇?"小李主任是副主任,实际是内当家。小李主任接近四十岁,眼睛大,皮肤白,长相不差。她笑的时候,喜欢用手按住胸口,似乎是抑制一下心跳。她言辞伶俐,常拿主任开涮。主任听小李埋汰他,笑嘻嘻的,不做反驳。会计背后说,主任七分听区委书记的,三分听小李主任的。也就是说,王主任没有自己的意见。小李主任在街道威信比主任高,如果小李主任高兴,号召大家把主任头朝下、脚朝上竖个蜻蜓,大约大家都会照办不误。一次,户籍民警老沈讲话得罪了小李主任,小李主任发一声喊,大家就把老沈的帽子抢走,制服扒掉,让老沈威风不起来。

王主任说:"先进街道恐怕搞不上,红卫街比我们好。不行搞个先进妇联、先进治保,说不定就搞上了。我们今年破案不少起,批判小分队搞了好几次,不行把别的丢下,搞一个治保先进。回头我和大胡子谈谈,叫他在区里吹吹风。"

治保主任是一个没了门牙的老太婆,绰号"扁嘴",六十来岁,但她的耳朵很好,衣服整洁,人清丝丝的,一看就很精明。张家长,李家短,她是春江水暖鸭先知。大胡子姓叶,西区保卫科的干部。

小李主任拿火钳拨了一下快要灭的火盆,加了两块木炭,轻轻地吹了一口气,火星四溅。我让过火星,抬头见桌子上摆了主任刚才看的报纸,一篇文章的题目是"朝日新闻评 1976 年中国十大新闻"。

"工农街治保也不错,去年评治保看破案率,今年说不定还看破案率!"小李主任扑闪着大眼睛,朝大家望了一下说。

治保主任想起去年区里评治保先进单位的事,说:"去年我们倒霉,破案率只差一起。不然,先进还不是我们的?"

"我们去派出所看看怎么样?了解一下工农街今年的破案率,顺便了解一下我们的情况。"小李主任说。

王主任站起来倒开水,说:"打个电话不就行了吗?你也真心急!我要是你,外孙子早出世了。"小李主任的两个女儿长得都很漂亮,都在读中学。

"你要死啊!我女儿还不到二十岁,要你操心。"小李主任一边笑,一边拿起火钳对王主任的后背高高地举起。

"嘿嘿嘿!"扁嘴面对门口坐着,眼睛看着小李主任,对门口努努嘴。

小李主任朝门口看看,把火钳立即放了下来。

我朝门口一看,一个十五六岁的大姑娘手上拿着米袋,亭亭玉立,站在门口。姑娘大大的眼睛、红红的脸庞、白皙的皮肤,一看就知道是小李主任的女儿。真是说曹操,曹操到。

"你妈妈要打我哇!"王主任乐得笑了起来,像找到了救命稻草,对站在门口进也不是退也不是的姑娘说。姑娘果然是小李主任的小女儿,名叫小红。

"去去去!"小红冲着王主任噘了噘嘴。

"你怎么来哉?"小李主任对女儿这个时候的出现,有点意外。

"今天的米买不着喂!雪下这么大。"小红靠在门框上,扬了扬手上的米袋。

小喜子说:"我去帮你买。"

小李主任高兴地说:"去去,和小喜子一起去买!这么大丫头,买个米还不行!"

小喜子出去后,王主任对我说:"小朱,你去把老沈喊来。打电话说不清。"

3. 破案率

胜利派出所在街道西面不过百米,东隔壁是十三中学,西隔壁是安徽省第二监狱。二监又叫饮马塘监狱。东汉末年,曹操在此牵马饮水,故得此名。20世纪20年代末,任弼时被捕后关押在此。1931年,安徽省委书记王步文自此监狱走上刑场。

我走进老沈办公室,他打了个哈哈,说:"回来啦?"

我说:"回来了,王主任叫你去一趟。"

进了街道,老沈坐在原先我坐的位子上。王主任递了一支香烟:"哎,我们今年破案率怎么样?"平常,他们抽烟都是各抽各的。

"吴家大屋纵火案、三十八号盗窃案、某老头现行反革命案……说起来,也有六起,破案率百分之百。"谈起去年的破案率,老沈如数家珍,一边说,一边用火钳夹起一块炭,把烟点着,美美地吸了一口。老沈的右手食指和中指因长期吸烟,已经被熏黄了。

王主任说:"今年治保评先进,看破案率,你看我们行不行?"

老沈说:"说不定! 解放街道也有六起,老张与陈老关系不错。"老张是解放街道主任,陈老是区里保卫科科长。

治保主任说:"倒霉,偏偏他们六起,我们六起。如果我们多一起就好了。"

小李主任说:"唉,我们街道有没有东西再搞一下? 时间还有两天呢!"

这是个好主意,但立案得有线索啊! 大家沉默了好一会儿,没有人吱声。

"好是好。可是搞什么呢? 有什么迹象吗?"老沈破案是职业习惯,不顾吃饭睡觉,提起破案,浑身来劲。

"某某拿工资不高,却养了两头肥猪,家里又有木料,手脚可能不大干净!"治保主任说。

"有没有蛛丝马迹?"老沈吸了一口烟问。他常常说,搞他们这一行,不能放过蛛丝马迹。

"听说他家养了鸡,鸡蛋吃不掉,拿到街上卖。"

"有人看见他把停在家门口的自行车的内胎下下来了,很有本事。"

大家七嘴八舌。

王主任说:"老沈,你看是不是搜查一下?"

老沈说:"我等会儿去局里汇报一下,先不要声张。"

过了几天,街道治保总结写好了,破案七起,破案率百分之百。

区里负责安全保卫的方组长见了我起草的《红光街治保总结》,觉得材料很好,但要想评上先进,文字还需要加工。在两个主任的请求下,方组长亲自出马,放弃了自己的休息时间,来到红光街道,自晚上8点,一直修改到第二天中午12点。王主任给我的任务是,协助方组长修改。

方组长是保卫组组长,夜猫子惯了,把我拖了一整夜。我们在办公室里的防震棚内,匍匐一夜。他不睡,我也不能睡。因为是行伍出身,方组长的笔头并不快,但他能熬夜,可把我害惨了。

这一年,街道如愿以偿,评上了治保先进街道。

4. 与小王的争论

小王比我大一岁,长得很漂亮,富态,薛宝钗型的。因为在街道留城的女青年中,她是唯一能拿笔的,自然地,我们谈话就多一些。

但我那时对女性,只有朦胧的好感,并没有谈恋爱的意识,脑子里还有枞阳文化熏陶出来的很强的封建观念,男女界限分明,以清高自许。但和小王谈天很愉快,加上朋友小苏对小王很有好感,我们三人来往较勤。

比我长三岁的小苏,虽然懂事早,但性格腼腆,不好意思高谈阔论。我们聊天时,如有小王在,他的话反而少。小王走后,小苏说:"你们谈得很投机。"

的确,我们聊天时,小苏听得多。小王走后,我和小苏继续聊,他的话更多些。他常常一边抽烟,一边谈些电影明星赵丹、王心刚、王晓棠、秦怡什么的,但话题绕了一会儿,总会回到小王身上。

端午节,小苏约我去小王的临时住处清节堂的一家旅社——人民旅社201号。那天,小王和她的表姐正在和几个年龄比我们大几岁的男青年谈天。小王说:"知道你们要来,买了绿豆糕。"因为有生人,我们吃了一块绿豆糕就告辞了。

清末,淮军自安庆兴起,将士死亡,遗留妻子孤儿需要抚恤。甲午战争后,北洋军代替淮军兴起。旧淮军将校归乡,号召捐款,将安庆孝节祠扩充为清节堂,抚恤阵亡将士子女。后来,这里住了不少孤儿寡母。历史学家徐中舒,小时候就随母亲住在清节堂呢!

冬日的一天,小王戴着一条崭新的猩红的围巾,到了我家。因我家小,父母在隔壁,我们一起去小苏家。

见了我和小王雪夜同时到来,小苏自然非常高兴,热情地和我们聊天。我们谈些什么,一点也不记得了,但在后来,我和小王为了一件鸡毛蒜皮的小事争了起来。平常,我们会相互让步、迁就,这天晚上,我不知道怎么了,没有让步;小王见我不让步,感觉伤了自尊心,自然也不让。小苏先是插不上话,见我们争论,笑嘻嘻地听,再后来,他坐不住了,觉得不对劲,说些缓和的话。

到了十二点了,我和小王终于出门了,按往常,她要和我一起走一截,然后再分手,因为她的家和我家在同一方向。但她说,今晚去表姐家住,于是,她向相反的方向走了。我们相互说了"再见",很礼貌地分手了。小苏站在门口,不好移步,他不好送我,也不好送她,那样子是很尴尬的。

雪地里留下了两行泥泞的、分道扬镳的痕迹,是一种象征。

许多年后,我和小王遇到几次,从未提及那一夜的话题。我现在还不知道,如果不是小苏,我和小王有没有戏。

此后,小苏依旧和我是朋友,但我们的话题少了很多。

四十年后,我们三人在老家炖锅小聚。

我喝了葡萄酒,问小王:"如果当年小苏找你,你可答应?"

小王说:"要我讲真话?"

我说:"当然是真话!"

小王说:"假话我说不来。"顿了一下,她摇摇头,说,"没有可能。"

小苏默默地喝葡萄酒,我没有继续问下去。

小苏对小王说:"当时有人说你看上了干部子女!"

小王笑,说:"也不是这样。"

5. 搜查

1977年除夕要到了,腊月十三夜,全市大搜查,老沈拉我去帮忙。

晚上,老沈带我去杨家塘一户人家执行任务。事前,老沈接到举报,这户人家的儿子谈了一个对象,但没有领取结婚证,女方已住到了他家。

到了这家门口,老沈叫我从大门缝朝里看,看什么,他没有说,我于是莫名其妙地朝门缝里望。这时,老沈敲窗户,大声说:"查户口的。"我自门缝里见一个穿了白色衬衣的青年,慌慌张张地从右边的房间出来,到左边的一间正对大门的房间的床上。

过了一会儿,灯光亮了,有人勉强开门。老沈直接进了女青年睡的房间,女青年一个人睡在右边房间的一张大床上,旁边有男青年的衣服;而现在,男青年躺到了左边房间母亲的一张大床上,中间房间是其父亲住的。男青年见我们进来,也开了灯,靠在床上,十分不安。

老沈绷着脸对男青年说:"你怎么住在这里呢?"

男青年立即知道老沈查户口的意思,解释说因为单位只分单身职工的房子,所以要等等拿到房子后才能结婚,但的确没有和对象同住。

未婚同居,属于非法同居。如女青年是下放学生,男青年即犯了破坏上山下乡罪。所以,这家人咬牙不承认二人同居。老沈见男青年不承认,带他一起去了街道,连夜讯问。那时带人到街道讯问,不需要拘留证。

平常跟老沈搜查,我的任务是记录搜查的东西,特别喜欢看一些书籍,什么《十日谈》一类的书,就是搜查时见到的。但这次搜查,一无所得。

晚上到街道,听说小姚的一副麻将被没收了,我听了呵呵笑了。

杨家塘在近圣街西头,现在已高楼林立。当初那户被搜查的人家想已搬走了,那对半夜被骚扰的青年夫妇,现在已六七十岁了。每个时代风气不一样,在那个时代,未婚同居是违法行为。

6. 文艺小分队不了了之

我回街道后,因为忙,半个月只看了《周恩来同志永垂不朽》《洪湖赤卫队》两场电影。

1977年1月31日,我领到半个月的十三元工资。一个月扣去四个星期天,应发二十六元,即一天一元,比罐头公司少几元,实际是少了星期天的加班费。本来,我到街道才十二天,李主任做工资表,把我工作时间做成了半个月。王主任发慈悲,批准了。

2月5日,我翻翻《沫若文集》,感觉郭沫若的小说与其他著作比,内容要好读一些,不是硬碰硬的学问。以前看的文艺作品,在街道写材料几乎用不上,使我产生了对文艺作品的实用性的怀疑。郭沫若的文章,多半是学术性的,对我的启发很大。这是我第一次想到文学与学术的价值评判问题。其实,二者有不可比性。好的文学作品,并不排斥丰富的学术内涵;好的学术著作,同样可以给人以至高的艺术享受。文体的区别不是主要的,关键是作者水平的差异。

晚上,我看了电影《东方红》。

2月8日下午,王主任去区里参加政工会议,汇报了街道组织批判小分队和文艺小分队的事情。回来后,王主任热情提高了,找了小 J 和小 P,要他们继续排练相声。

1 月下旬,街道系列总结写好后,我自己多嘴,提出搞一个文艺小分队。作为倡议人,我写了一个《向阳院里的批判会》相声。后来,说服了小 P 与小 J 说相声,相声的稿子请区里 Z 同志修改了一下,拿回来我又修改一遍。小 P 一会儿积极,一会儿消极。

女知青丁桂兰想搞一个诗朗诵,要我为她写一个稿件。我没有把握写长诗,但乐意试一试。待业青年小韩一只眼睛曾受伤,拉了一手好二胡,是文艺小分队的积极分子。

隔日,小 J 不想演出相声了。小韩建议,让小丁与小 P 演男女相声。小丁开始同意,后来偃旗息鼓了。我问王主任怎么办,王主任心无二用,一心在晚上的座谈会上。我想,这也不是我个人的事,于是,文艺小分队不了了之。

7. 起火

1977 年春节(2 月 17 日)前夕,一天,杨家塘居民区红光街南一巷四号,浓烟翻卷,风带着浓烟向西飘去。这里和张恨水故居近在咫尺。"起火了!"我站在家门前的二楼走廊上朝西边望,见到熊熊烈焰,立即冲下楼梯。

街上站满了人,全不顾淅淅沥沥的小雨。我跑过了几十米,见小苏站在门口,拉他一起过去。

从小苏的朋友潘祥家的院子西望,鞋厂新楼西南的楼梯上站满了人。冒烟小屋周围的屋顶上,站着几个小伙子。一个小伙子拿灭火器灭火,但火太大,灭火器不起作用。

"呜——哦,呜——哦",街上传来救火车的声音。

"救火车来了!"

"到现在才来!"

我挤到了起火的屋前,老沈正在维持秩序。

不一会儿,救火车上的瘪瘪的水管铺到了起火的房屋下。火苗还在蹿,水管一截一截地凸了起来。一个小伙子赤裸上身,拎了灭火器跑向救火车。后面跟着一个满身泥浆、泡沫的小伙子,推开人群。

一个年轻人将一根一根冒烟的带了锈钉的木椽子自屋顶上扔下来,随着木椽子掉在地上发出的砰砰声,下面的人群发出惊慌的声音:"让开!"

一个小孩抱着一包书气喘吁吁地走了过去。小苏先回去了,一个妇女在叙述一户起火三家倒霉的事:"幸亏我们今天都集中,刘老师一听就慌了气。我人吓得直抖。她就怕电视机坏了,才买的。还好,她家的东西都搬出来了,可怜那一户人家,家里人还不晓得,东西一点也没有出来。老奶奶一个人在家,邻居起火,她家遭殃,也没救什么东西出来。"

"怎么起火的?"

"老太婆在家烘尿布,把棉裤烧着了,液化气就在边上,老太婆也就拖小孩子出来了,自己一点东西没有抱出来。"

"那户人家是才结婚的,一房新家具,小孩才六七个月,丈夫是司机,中午2点半上的班,开车子去了,还不知道,回来怎么得了。"

"一下子烧了三家。老屋,木头结构,穿坊的,救也来不及了。"

这时,一个小伙子朝消防队员嚷:"三遍电话也打不通! 你们要负责!"

老沈说:"不要吵! 要顾全大局。事情总要讲清楚的,回头我们碰头,现在不要讲。"

小伙子说:"我也是帮忙救火的。"

黑烟已变成灰蒙蒙的淡烟,向南边卷去。消防队员站在巷道两边,劝围观的人群离开。

一个民警在喊:"要防止趁火打劫! 不要幸灾乐祸! 这是遇到难了嘛!"

那个烘尿布引起火灾的老太婆眼神呆滞,愣愣地站在人群中,一个中年妇女挽着她的胳膊。

一个中年人,嘴和头向一边歪去。因抢救东西,喷水管打湿了他的全身,顺头发向下淌水。几个瓦砾灰藏在头发中,胸前背后沾满了石灰。他的声音沙哑,几乎是在呻吟:"我家的东西全部烧光了。"他的手上拿了从灰烬中扒出来的铁锅。突然,他似乎想起了什么,推开人群,向火堆中跑去。

消防队员看看是房屋的主人,放他进去。估计,这个人是那个司机。

"幸亏鞋厂的小青年在学习,一听起火,都来救,推倒了一跺墙。一个小青年被烟火熏坏了眼睛,差一点被烧死了。"

"就怕烧红的瓦飞起来,飞到哪里哪里就要起火。"

8. 批判"流氓小分队"

1977年1月,街道抓了一个姓F的流氓。他看电影回来,在工商联隔壁的小巷道把一个妇女拦住,强奸未遂。因鞋上沾的泥巴与巷道泥巴吻合,搜查到他家,发现了鞋上的泥巴,破了案子。

老沈因为作息、吃饭不按时,胃切了三分之一,肝肿大。但他工作不要命,一旦破了案子,还注意以此案教育青少年。此案告破后,老沈立即请街道举行群众批判大会,我被安排写一篇批判稿子,第二天在群众大会上发言。这是我第二次在街道大会上发言。

会议结束后,老沈想到了上次批判搬运公司盗窃犯张某的批判小分队的经验,叫我写一个批判小分队的材料,组织大家巡回批判。去年批判盗窃犯,成立了批判小分队,给老沈的印象不错。王主任、小李主任也觉得不错。这次,老沈主张如法炮制。今年评审优秀治保,批判小分队是一个特色呢!

2月11日上、下午,我都在家中写批判小分队的稿子。第二天晚上,稿子写好了,睡觉已经是夜里 1 点钟。

正月初六晚上,批判流氓 F 的小分队在街道排练,大家并不齐心,扰得我一肚子气。隔日,批判小分队约好晚上排练。晚饭后去街道,女同志来了,男的一个没有来,遂在街道看了一会儿电视《大浪淘沙》,扫兴而归。

3 月 1 日,批判小分队到青年街道去,人一上台,大家全走光了。我和小喜子坐在下面,心都凉了,批判队员也很无趣。看来,群众并不喜欢批判小分队的形式。一个流氓未遂的事件,显然没有大动干戈的必要。不过,王主任在年终总结时,多了一个内容。

这一段时期,我因为忙批判小分队,耽误了不少时间,得不偿失。

9. 1977 年除夕

1977 年 2 月 13 日(腊月二十六),我看了市黄梅剧团演出的折子戏《夺车》《路诊》《书记搬家》《园丁之歌》,隔日看了电影《甲午风云》。

2 月 16 日,因次日是年三十,家中特别热闹。母亲炸圆子,奶奶、表弟黄静、表妹艳玲都来了。

除夕之夜,我和爸爸、妈妈、姐姐四个人过。哥哥今年除夕没有回来,本月 11 日,父亲给他去信(上海市四平路 980 弄 14 号 5 室赵维贵转交),希望他争取春节后回来一趟。

吃了年饭,我与华庆生、徐争鸣以及华庆生的邻居小四子打牌、消夜。华庆生二十天前自东至农村回来,送了三斤自己种的黄豆给我。

这一夜,因我要去街道值夜班,我们打扑克到夜里 12 点就结束了。华庆生和徐争鸣打不成扑克,干脆陪我一起去街道值班。我们先打乒乓球,接着打牌。凌晨,我们三人绕道江边回家,睡觉时已是上午 7 点 45 分了。——四十年后,华庆生问我可记得他的邻居小四子,我说记得,我们 1977 年除夕一起打扑克。

年初一中午 11 点半,我起床了。因为小姨一家来吃饭,睡不成觉了。就在我昏昏沉沉地穿衣服时,哥哥推门而入。原来,他昨天绕道桐城,陪同外祖父一起过了年,今天一早赶回家。他的假期很短,初七即走。

哥哥的回家,给我们带来了意外之喜。

2 月 23 日,正月初六,母亲说,最近市里有一百名减员,即有一百个招工指标。老沈听我说了后,很热心,带我去区委书记邱书记家,但邱书记不在家。

差不多一个月后,晚上 9 点钟,老沈喜气洋洋地来了。我一看他的样子,就知道有什么好消息。果然,他自区委邱书记处来,说区里将有招工任务,而且暗示我可以走掉。我似乎没有特别欢喜,因为我知道,招工是迟早的事情。不过,在街道混日子,所得很少,走比不走好。

老沈走后,我的感受是:前途光明,道路曲折!

10. 陈先生谈写作

1977 年 3 月 5 日,是我的生日。我吃了三个鸡蛋,到红旗照相馆照了一张相片,算是二十岁的纪念。

隔日,正月十八,吃午饭前,我赶到大李主任家,请了一个下午假。母亲说,下午小姜爱人陈先生来坐。陈先生一个月前就来安庆了,他是安徽作家协会会员,妈妈建议我和他谈谈。哥哥也说,多和有写作经验的同志谈谈。所以,我听说陈先生下午来,非常高兴。反正,街道批判小分队的事情已经黄了。

下午 2 点半,小姜陪同未婚夫陈吉延先生来了。小姜因为上班,在楼下和我打了一声招呼就走了。陈先生一个人上了二楼,我们见面相视一笑。看来,陈先生对于和一个爱好文学的青年聊天,也是很乐意的。

陈先生开始讲了几个安徽省写得好的青年作家的情况,后来泛泛谈了中外写作的事情,听说我近来对诗感兴趣,又谈了一会儿诗。

我谈到记忆力时,陈先生说,所谓天才,只有两个东西,一个是记忆力,一个是反应能力。

我问:"学习外语对文学有用吗?"

"用处不大,现在写作,很难用上。"

"你的意思是,不必学外语?"

"我是指你现阶段。当然,作为一门知识,还是不要忘了好。"

"诗有没有文风?"我换了一个问题。

"有啊! 有的诗是粗线条,豪放粗犷;有的诗是细线条,精确细微。"

"诗值得背诵吗?"

"要看贺敬之、张致民、郭小川、严阵等人的好诗,有选择地背诵。"

我点点头。

"如果你爱好诗,就专门找一些精湛的诗攻读,丢掉别的书以后再读。等你的诗提高了,再搞其他东西。"

"写诗要注意什么? 如何提高用词的能力?"

"写诗要有政治素养,要有丰富的联想、跳跃的诗句,要有激情。立意构思是主要的,修饰词句是次要的。"

"创作很难吗? 是不是很难成功?"

"每一个作者都要走过痛苦的过程,先是模仿,后来形成自己的文风。如果有坚定的毅力,是可以走得通的。不要怕碰钉子,不要怕退稿。"

我们从 2 点半谈到 4 点半,陈先生很健谈,又是他喜欢的话题。我因为很少创作,还在准备阶段,故问的问题都很肤浅,对于陈先生的回答,并没有完全理解。但也不是没有用,多少有启发。谈了两个小时后,我提议出门逛逛,边走边谈。陈先生很支持我走文学创作的路,说有机会,介绍我认识一些搞创作的文学青年。

20世纪90年代末,我在党校工作时,曾接到陈吉延先生的电话,他说他在全国政协工作,问可记得他。我说记得。可惜,我没有记下他的联系方式。

现在看陈先生的观点,有的是对的,有的值得商榷了。但在我二十岁时,能听到有创作经验的陈先生的一番肺腑之言,是难得的一次机遇。而这个机遇,是母亲精心为我安排的。显然,母亲对于我做一个有文学梦的青年,内心是赞成的。

11. 追查棺材失窃案

1977年三八妇女节这一天,王主任派人通知我,参加次日的炉具厂的开炉。当晚,我在人民剧院看市黄梅剧团演出的《洪湖赤卫队》,又去胜利剧院看《沙漠的春天》。母亲在妇联会工作,我沾了三八节的光。

第二天去街道企业炉具厂参加劳动,因第一次参加,不小心把炉具模型踩坏两个。虽然大家没有直接埋怨我,我知道耽误了不少工夫,心里很过意不去。

3月21日,下雨,表妹艳玲发烧,奶奶喊母亲过去了。近日安庆流感流行,已有不少人感冒了。这一天,街道通知我,叫我配合胜利所户籍民警小李调查一个棺材失窃案。

近圣街的邻居家一个棺材被人偷了,主人怀疑是来家里做木匠活的木匠偷的。次日,我们跑了一天,找到了一点线索。木匠是练潭人,小李决定3月23日带我去练潭寻访,说可能住一两天。高中毕业后,我没有出过差呢!虽只几十里路,我兴致很浓。

当天，我给在东至林场的华庆生写信，告诉他，《朝霞》已停刊，订不到了。信中，我提到自己要出差的事："明天，我将到农村去一趟，派出所涉及一个案件需要追踪，我是被抓小差的，可能要在寂寞陌生的情调里度过两个日夜。或许你收到此信时，我已在返回途中了。"

这几天，我在读《列宁选集》，虽然列宁的学术语言不太好懂，但我阅读的兴趣比以前增加了。

因小李孩子生病，我们推迟到3月25日去练潭。

在小河渡口，小李问摆渡的人，最近是否见到人拉棺材。摆渡的人说没有。到了练潭街上，小李问了不少人，一无所获。晚上我们住在练潭小镇，旅店炒了一碗咸鱼，吃起来很下饭。练潭街是古街，麻石条铺成的路，很像枞阳上码头的老街，也像安庆四牌楼的老街。饭后和小李在镇上散步，感到一种古风扑面的神秘感。

练潭在桐城北面，当地人喜欢看黄梅戏。1945年，住在附近罗岭的严凤英第一次登台表演黄梅戏，就是在桐城练潭的张家祠堂，演出的剧目是《二龙山》。她第一次登台，扮演女寨主余素贞身边的丫鬟。

第二天回来时，没有班车。小李穿了民警服，沿途招手，司机并不理睬，汽车呼地一下就过去了。站在路边，我第一次对民警制服的权威性产生了怀疑。最终，小李好不容易拦住了一辆货车，我们站在货车的后厢上，一路风尘扑面。

练潭白跑了一趟，此案也就不了了之。

3月31日早晨，户籍民警小李对我说："还要去桐城练潭、新安渡一趟，你去还是不去？"他见我犹豫，说，"你如果不去，我再找人。"

上次去练潭，我退了两次票，颇不满。估计小李知道我不乐意，故征求我的意见。他既然说再找人，我顺水推舟说："不去！"

他听说我不去，起身走了。

中午回来,我对母亲说:"去练潭的差事可以免了。"

母亲问:"为什么?"

我把和户籍民警小李的对话说了。母亲没有说什么,过了一会儿,母亲说:"和这些人打交道,要注意些!"

当晚,我看了电影《大浪淘沙》。

12."太岁头上动土"

1977年4月2日,外祖母中午吃饭时,说:"上海青老了,不好吃!"菜是我买的,外祖母不好多批评。平常,外祖母住在高井头小姨家。

次日,我改买菜薹。

中午,母亲下班回家炒菜,我说:"昨天奶奶说上海青老了,今天就改了这个菜。"

妈妈怪我菜薹买老了,但点到为止。

第二天,我看了电影《金光大道》(中集)。

4月8日,星期五,街道模具厂开炉,本来已经通知我参加劳动,王主任要我帮助他爱人写一个发言稿,可以不参加开炉劳动了,我很高兴。上次劳动,我踩坏了两个模具坯子,至今有阴影。

文书坐在椅子上看报纸,背对着门口。这时,一个叫"六一"的青年进来,突然,他一只手按了文书的头,一只手把文书手上的报纸往其脸上按。文书一边挣扎,一边回头看,见是六一,怒从心中起,恶向胆边生。六一本来就怕文书,一见自己开玩笑开错了人,手按到文书头上了,早吓得松了手。文书的气不打一处来,站起来一拳打到六一的身上,打得六一连连后退。

我们都被这突然的一幕吓了一跳,六一仓皇后退的样子,又引起我们哈哈大笑。文书是上海人,发型卷起,一丝不苟。因不苟言笑,行止端庄,大家从不和他开玩笑,更没有人碰过他的头。想不到六一吃了虎胆,竟敢"太岁头上动土"。想到文书平常庄严的样子,我笑得喘不过气来。

小李主任边笑边问六一:"你怎么敢搞文书?"

六一指着我说:"我以为是你!"

六一读书不多,智商不高,一个老实巴交的人,文书不好深究。他用手整理被六一碰乱的头发,牵好自己的衣服,慢慢地恢复了庄重的坐姿。

13. 批判"现行反革命"小分队

1977年4月13日,我看了电影《红色娘子军》。

第二天上午,老沈和王主任商量,要我写一个批判H等三人的批判小分队材料。小李主任、老沈见我满口答应,都十分高兴。老沈开玩笑说:"主任要发表给你招工了。"小李主任说:"将来你招工走了,我孩子下放到枞阳,还找你妈妈讲讲话。"

我听了很高兴,至少,他们对我没有成见。

晚上,因《毛泽东选集》(第五卷)出版,我上街贴标语,接着看电视《秃鲁江畔之花》,没有给老沈主持的治保会做记录。老沈散会后,提醒我:"批判小分队的材料要动笔了。"

次日,街道组织一支队伍去区里迎接《毛泽东选集》(第五卷),王主任带队,他让我扛大旗,以罚我中午贪睡到2点半才到街道。我扛了"红光街道"的大旗,走在街上,汗流浃背。

4月18日中午,老沈催问:"稿子写了吗?"

晚上,我正在写批判小分队的材料,今年刚留城的待业青年沈璜来了,我请他帮助誊写。因写得慢,晚上10点还未写完,沈璜先回,我继续写,到夜里12点45分写好,十五页纸,写得并不满意,只好如此了。这样,明天可以专门出向阳院的专刊,这是王主任交代的任务。

次日晚,我看了电影《在战斗里成长》。

4月25日,星期一,我花了一晚上修改、誊写批判小分队的稿件。稿件复写了几份,沈璜拿到的是最清楚的一份,女青年小J拿到的是最不清楚的一份。小J生气地说,她不参加批判小分队了。老沈搬家去了,回来对我说,不该复写,应该一个人誊写一份。

我问他:"你怎么不早说?"

他说:"我下午就这么说了。"

没有办法,我请小J、小S一个人抄一份。

小J一边抄,一边问:"什么叫两性关系?"

大家不作声,因为不好向一个女青年解释。过了一会儿,小J突然悟出其中意思,脸大红,趴在桌子上捂着脸说:"丑死了!"

晚上,我看了电影《董存瑞》。

第二天,批判小分队批判H、Z、C三个人。

14. 理想支配了生活

1977年春日的一天,街道王主任告诉我,今年招工自然减员的,要七四届高中毕业生中没有兄弟工作的。我的哥哥在部队,属于有工作,因此,我不够杠子。

想到明年不能招工,需要核实一下,中午我把这事告诉了母亲。我因此又生了下放的念头。既然明年不能招工,不如一不做,二不休,干脆到农村去锻炼。

次日,区里打电话到街道摸底,问街道有没有符合招工情况的。操妈妈回电话说没有,一口回绝了。小李主任在一旁说说笑笑的,我听了自然是闷闷不乐。

4月22日,星期五,谷雨后的第三天,听说晚上停电,傍晚,我匆匆给东至良田公社郑村林场的华庆生写了一封信。信中,我谈到自己在街道待业时茫然、苦闷的原因:

> 我有一个这样的感觉,老友或许也经历过了,就是我之所以感到摸不着头脑、无主导地生活,无结果地工作,根本原因是理想支配了生活,而不是生活支配了理想。我不能不承认,我的理想来自书本,来自洋人、古人,与现实存在无法避免的距离,可惜我没有一个哲学的脑袋,否则,我会为了"存在决定意识"这句话,彻底放弃现在的全部生活的精神支柱。也许你会笑,这是不可能的。从另一方面讲,我是躲避困难,望难生畏呢! 有人说,文学是现代学术中最空虚的东西,我也有这样的感觉,但我绝不至于放弃这一爱好。空虚不见得没有。我相信,立足于现实,立足于实践,什么样的工作都会进步的,不过快慢不同吧!

> 本来,我在本月可以填写招工表了,有自然减员名额,可惜招工条件卡得紧,我也只好望梅止渴了。这至少在一个时期影响了我的思想情绪。当然,这已经过去了。

把自己的困惑归于文学爱好与现实的矛盾,现在看来,这个观点是错误的。现实生活(包括街道生活)是文学创作的源泉,我因经验不足,无人指导,不能自眼前的生活中吸取文学创作的素材,故不能把它们上升到文艺作品的高度。

一个星期后,我连看两遍电影《天山的红花》。

15. 参加《毛泽东选集》(第五卷)学习班

1977 年 5 月 5 日,王主任让我参加为期十天的《毛泽东选集》(第五卷)学习班。近来,我在看《马雅可夫斯基选集》,因为参加学习班,改看毛主席著作了。我因为参加学习班,老沈抽沈璜、小蒋搞案件十五天,把我免了。

次日,参加《毛泽东选集》(第五卷)学习班的 326 人齐聚工人之家,听宣传部一个姓 W 的人的宣讲。W 个子不高,说话干脆利落,头头是道。

下午我夹着书、顶着伞跑到区里打了个迟到,慌里慌张的,不小心把会议室里的一扇窗子碰到楼下去了,碎了一块玻璃。下午学习第一组文章,我心扑扑跳地谈了一通。本来担心自己的发言差,结果发现大家的水平都不怎么样。

会议结束,要抽几个人到区里汇报,参加市学习班座谈会,我担心自己会被抽上。还好,辅导员张同志在组长会议上批评我机械主义,钻字眼。这么一来,我或许不需要去参加座谈会了。

5 月 9 日,这天我通读了《毛泽东选集》(第五卷)第二组文章,比较前两天,今天自在多了。到念文章的时候,大家都说我念得快,一致叫我念。反正是锻炼,我的胆子也大些了,还得谢谢王主任呢!

中间,区委邱书记进来巡视,他问我是哪个街道的。

我说,红光街道。

估计,他已经看了名单,知道我在参加学习。

下班经过街道,小李主任叫我回来辅导大家,包括炉具厂的工人。我这才知道,参加学习,回来还有辅导任务。

隔日,学习班学员集体观看电影《鸭绿江畔之花》。

5 月 17 日, 星期二,学习班举行结业考试,张同志是中学老师出身,出了考试题目。因为题目太多,考到中午,没有一个人写好。张同志见状,大发慈悲,叫大家回去做,明天交来。我最后还有一小题,不想带回去做了,干脆交了上去。我觉得,既然是考试,就不该带回去做。如果临时改带回去,何必把大家集中在这里做一上午呢?

除了我,还有一个同志交了卷子。张同志匆匆看了我的卷子,见我没有全部答完,颇不高兴。他对别人讲:"小朱马虎了事。"

当晚,我在一一六医院看露天电影《秘密图纸》。

第二天上午,学习班全体同志拍了合影,中午会餐。作为鼓励,在此之前,王主任批了两元两角,作为我的午餐补贴。前天,张同志说大家在一起难得,最好举行一次会餐,大家纷纷响应,一个人交了两元钱。

下午看了考卷分数,因考卷没有带回家做完,张同志在结束会议上再一次批评我不能善始善终。

结束后,同期学员张承德对我说:"最初看你还文雅,最后怎么搞的?"

张同志批评我,自有他的道理。但在考试方式上,先集中大家考,后来见大家都没有做完,又网开一面,允许大家带回去做,他这么随心所欲,显然是不严肃的。如果他的方法一致,应该是一到时间就收卷,我只有一小题未做,成绩想来不差。

至今,我不觉得自己错了!

我在很多场合不得人缘,朋友小苏多次说,第一次见到我,印象颇差,后来了解了,才慢慢改变对我的第一印象。的确,除了张同志,我遇到不少见面就不喜欢我的人。物以类聚,其实是不奇怪的。

"以貌取人",似有合理的一面。哑有哑相,聋有聋相。但在进一步互相了解后,一般都会改变第一印象,因为现象虽然是本质的外在形式,却是间接的、迂回的,现象在一个短的时间内,可以遮蔽本质。

《毛泽东选集》(第五卷)学习班结束后,情绪放松,我看了市京剧团演出的《八一风暴》和电影《钢铁战士》。

16. 向着朝霞歌唱

1977 年 5 月 11 日，星期三，一个初夏的日子。我收到了华庆生寄来的一斤茶叶和两篇散文，一篇是《县委书记》，一篇是《向着朝霞歌唱》，他要我提修改意见。我信口开河，在信中乱提了一点意见。关于《县委书记》，我写道：

> 你从侧面烘托了县委书记，是否可以从正面来写，不是倒叙，而是直叙？开头是否离题，是否要开门见山？是否可以正面叙述县委书记，而用第一人称？是否可以加上县委书记的子女在哪里的情节？
>
> 语言不大生动，农民语言不多。抽象描写代替了内容的深化，如"他看看手表""你还有很多事情要办"，他为什么看手表？他还有什么事情要办？不清楚。这样的形象是模糊的。
>
> 好的语言如"碾碎细浪""歇稍的哨声"以及老农民的沉吟，没有加以恰到好处地发挥，是否多发挥自己的东西，把文章缩短三分之一？

我建议华庆生参考 1976 年 12 期的安徽《文艺作品》上的一篇小说《记一位管闸人》。不知道他能否看到，如果没有，我可以寄去。我当时订了一份《文艺作品》。

关于《向着朝霞歌唱》，我认为此散文是通过嘴讲述的，不如直接描写。因此，两篇相比，《县委书记》好些，我建议他集中精力修改其中的一篇。最后，我写道：

我毫无顾忌地写了我的感觉,这里的批评我想你是可以接受(起码不反感)的。也许我是旁观者清,挑刺容易吧!

近来我没有写什么,在你的鼓舞下,或者我也该努力的。

我对于写散文和小说,只是从书本到书本,并没有实践经验。给华子散文、小说提意见,信写得老滋老味,实际是把自己在书本上看到的东西,如高尔基、车尔尼雪夫斯基、普希金、邹韬奋、郁达夫等人的写作经验,通过自己的语言,搬给华子。在当时,华子是病急乱投医,找了我这么个假郎中!事实上,我当时就没有这方面的发言权。

但我希望华子的散文不要通过人的嘴讲,而是通过描述,让主人翁自己展开故事情节,现在看来没有错。事实上,我在十几年后写第一本人物传记的时候,用的就是这个简单的方法。

17. 西区"学习班"

1977年5月27日,星期五,早上,阿徐(负责街道卫生的徐大娘)把我喊起,说王主任喊我。

我急匆匆地赶到街道,原来是让我参加什么学习班,到西区叶大胡子处报到。王主任说:"你下午自街道搬一张床到工农街委,被子自己从家中带去,街道不提供被絮。至于具体做什么,暂时保密。"

听了王主任的话,我想自己是一个多余的人,什么地方需要人,就抽我去什么地方,不给我说"不"的余地。自来到街道,忙忙碌碌,连小苏的朋友潘祥都说我瘦了。

另一方面,做点事,比在街道闲坐好!近期本来安排在街道学习《毛泽东选集》(第五卷),也可以免去了。此外,在学习班一个月,说不定还可以锻炼身体。这么一想,我心里又乐滋滋的了。

下午到了西区保卫科见叶大胡子,他叫我送钱去环卫处。我一路好找,心想,还是在街道清闲好!但到底怎么样,明天就知道了。

大舅母来了,她的母亲身体不行了,想让舅奶奶回望江照料孙子,让大母舅来接。下午舅奶奶因为准备回去,洗了不少衣服,我实在不忍。

晚上,我去街道参加最后一次学习。学习后,老沈查户口。我陪王主任坐在街道里大战十几回合象棋,杀得头昏脑涨,直到凌晨1点30分才睡觉。

5月30日,去工农街办事处,才知道所谓"学习班",实际是看管胡某的。胡某曾经是造反派的头头。

工农街办事处在工农街的中段,大门朝东。办事处临时腾出两间小屋,一间住胡某,一间是讯问室。腾出一个大厅,几百平方米,可以摆几张乒乓球桌,作为看守人员的住所。靠南边一字排了几张临时搭的床,供我和小陈、小宋、小张等值班人员住。此外,西区保卫科的干部何、潘、叶三人组成的审案小组成员,轮流带班。

胡某胖胖的,曾在枞阳摆过象棋摊,在安庆街头修自行车,谈吐自如,一看就经历丰富。他的嘴很厉害,能说会道。虽然被关,心宽体胖,能吃能睡。每次,我们到附近的皮革厂食堂打饭,给他带一份。中午吃饭,他必要鱼肉、海带汤等,常常连饭带菜,一扫而光。

开始,我们严阵以待,晚上轮流睡觉,不敢懈怠。过了几天,发现胡某并不像走极端的人,上床一会儿,呼声大起,我们也就放心地一起大睡了。

刚来,老叶就向我们几个年轻人宣布了纪律,不许打乒乓球,不许打扑克、下棋,不能回家吃饭、睡觉,回家也是轮休。我因母亲出差,先住在家中。

胡某象棋下得很好,我问他在枞阳摆棋摊的秘密,他摆了一个"关云长单刀赴会"残局给我们看。原来,每步棋有严格的套路,如果走对了,一方必赢,而对方知道棋路,也不会输,至少可以打个平手。

我们正和胡某讨论象棋,大胡子老叶进来了,大发雷霆。我颇不能忍受,与老叶顶了起来。我事后颇懊悔,自己在几个青年中太活跃,锋头太胜。

近来,自己情绪变得急躁了。

6月12日,我们终于获得了自由看书、下棋、打扑克的权利,但不许打乒乓球。几天后,我们又争取到了打乒乓球的权利。听老叶口气,这个学习班还要搞两三个月。我们都是抽调来的临时工,所以,他们也不能和我们关系搞僵。何况,我们打扑克、下象棋,他们也参加,叫有福同享。

可以看书后,我读了《野草》《彷徨》《英语》和郭小川的诗,抄写了唐诗宋词,但大部分的时间用来和大家吹牛,偶尔跟大胡子老叶到胡某待过的太湖等地方,调查取证。

6月初,母亲到上海看病去了。正好姐姐来安庆,故我晚上可以住在工农街道办事处。6月15日早晨,姐姐回霍邱,此后,我早出晚归,晚上8点自工农街回来,早上6点05分起来,去工农街办事处吃饭。

18. 母亲赴上海看病

1977年6月8日,母亲在父亲的陪伴下去上海看病。估计是为了不让我担心,她和父亲去上海做什么,我当时一无所知。

母亲与父亲乘船于6月9日上午10点到沪,住在北海路先锋旅社261号。几个医院的诊断意见一致,主张做手术为好。

6月12日,母亲没有出门,在旅社里读《文汇报》。母亲心情不错,写了好几页读报笔记。读报笔记用了红色和蓝色两种圆珠笔,红色的圆珠笔写在中间,说明读报笔记是分几次写的。圆珠笔是随手找到的。

6月13日、14日,母亲先后在上海第一人民医院、中心医院被确诊为乳腺管状瘤,确定入院手术。中心医院在风林路,乘49路电车可到。这里是陈乔年烈士 1928 年牺牲的地方,新中国成立后,汪原放在这里等公共汽车时,吟诗一首悼念陈乔年烈士。

接着,母亲又到杨浦中心医院看了五官科,一切顺利,此后就是等病床了。因为要住院的病人较多,只好等待。来上海看病实不容易,住院治疗也不容易。等待病房期间,母亲在一个小笔记本上写道:

> 开始我不想回宜手术,但天气一天天热了,条件毕竟还是要差些,加之同志们做工作、鼓励,要我树立起信心和勇气。我的家庭及爱人、孩子也都在做工作,要我走在时间的前面。从我的年龄和工作考虑,我也应挖掉病根,有了健康的身体,为人民多做工作。当前看病影响工作,不仅为一个人,而且还有老朱。也总是暂时的现象吧!不会太长的。

"同志们做工作",包括母亲的发小石兰芬阿姨。2016 年 3 月 15 日我去拜访石阿姨,她还说:"你母亲去上海,我们都劝她做手术。"

母亲手术前,想到的是更好地工作,想到的是现在看病耽误了工作,而且耽误了父亲的工作。母亲写在笔记本中的话是她真实的想法,母亲这一代人对工作的态度,已经不是我们这一代人所能达到的了。

在等待病房期间,母亲于 6 月 18 日参观了西郊公园。6 月 21 日,参观了豫园。豫园坐落在上海市黄浦区,是明朝私人花园,园内摆设着"江南三大名石"之一的玉玲珑。该园是大官僚大地主潘允端为其亲属寻欢作乐,压榨人民的血汗,花了十八年时间,占了七十亩土地,而建起的大观园,至今已有四百多年的历史。大量的雕刻、建筑及其设计、构思,体现了劳动人民的创造力。

6 月 25 日,安庆各单位传达了宋珮璋调离安徽的文件。街上贴了欢迎万里到安徽任省委第一书记、革委会主任的标语。自晚上至第二天一天,各单位上街游行,拥护华主席、党中央的决议。

五天后,母亲收到胡组长的来信,主要内容是转达安徽省委主要领导的变更情况。母亲在笔记本中写道:

> 安庆六月二十四日地委召开常委扩大会议,传达了华主席、叶副主席和中央其他领导同志关于解决安徽省委领导问题的重要指示。中央决定:宋佩璋同志调离安徽,由中央军委另行分配工作,中央任万里同志为安徽省委第一书记、革委会主任、省军区第一政委。……
>
> 中央还派顾卓新、赵守一两位同志参加省委领导工作。

在上海等候病房期间,母亲收到安庆地区妇联的汇款、地委党校的汇款,以及地委党校房列应叔叔邮来的八十斤粮票、妇联会方俊华阿姨邮来的五十斤粮票。

19. 骑车撞倒了老太太

母亲在上海等待病房期间,我差一点把一个老太太送了命。

1977年6月17日,星期五,我晚上到小苏家,见他看《艺术家》,借回晚上看完,一直到次日凌晨1点。

第二天,6月18日,星期六,早上闹钟响我没有听到,起床迟了。7点半匆忙骑车出门,因怕耽误吃早饭,骑车速度很快。7点40分左右,在下工农街下坡、离工农街办事处五十米处,一个患高血压的七十一岁的老大娘突然横穿马路,我因为头晚熬夜、慌里慌张,骑自行车飞速而下,马路逼仄,躲避不及,正面把老大娘撞了一个四仰八叉。老太太神志清楚,我扶她时,她一把抓住我的手,再也没有松开。她生怕我跑了!

附近是工农街医疗室,我稀里糊涂地爬了起来,不知道自己身上跌破了。许多人围观,几个和我一起办学习班的小伙子见我闯了祸,过来帮忙,帮我把老大娘送进了附近的街道医务室。医生立即给老大娘推了一支强心针,然后吊葡萄糖水。老大娘半睁着眼,有气无力地对我说:"小伙子,你骑车凶呢!"医生也责怪说:"老大娘有高血压,你今天差一点把老大娘的命送掉了!"

中午,我请同事帮自己和老大娘买了饭菜,同事打了黄鳝、肉汤,老大娘吃得很香。因医生帮我说话,说不要紧了,下午,我买了梨子罐头等,找了一辆板车,将老大娘送回家。老大娘的媳妇对我说:"我们家是老实人家,遇到别人家,会讹你。"但他们说,如果老太太有事,还要找我。

忙了一天,花去六元九分,包括医疗费、吃午饭和一点礼品,街道报销六角。在那个年代,这是半个月的工资。我很万幸了!此事如果发生在四十年后的今天,没有几万元,是收不了场的。

20. 还不能超过平庸的地平线

1977年6月20日,星期一,我给华庆生写了一封信。

上次匆匆忙忙给华子写了一封信,对他的小说创作提出了一些意见,吹了西风。在这封信中,我又信口开河,谈起对诗的创作意见:

就诗的体裁格式来讲,它比散文、小说容易找到市场,因为它是唯一可以以抽象的形式出现的文学样式,然而我就是写不出像样的作品,或者说,就是下不了决心动笔。我曾答应寄首诗给你,并且写了,当我现在再决定寄给你时却犹豫了,一句话,还不入门。用马雅可夫斯基的话说,还是自己的东西,还不能超过平庸的地平线。

写东西写出自己的思想、语言,是一个境界!马雅可夫斯基的意思,是要超出自己的水平。说诗是唯一可以以抽象的形式出现的文学样式,是指诗词可以是哲理诗,但这个观点是错误的。如庄子、老子的散文,也是哲理与文学的统一。此外,说诗的体裁比小说和散文更容易找到市场,也不是绝对的。诗容易入门,写好却很难,诗的形式可以逐渐娴熟,内容却受制于一个人的整体水平。

今年招工在七八月份,集体单位较多。我告诉华子,集体单位若轮到自己,还是打算去的。

第二天,6月21日,端午节,星期二,这天,我去高井头小姨家看外祖母。骑车走在人民路茶场附近,我右手托了刚买的一斤绿豆糕,左手握自行车车把,不料一个妇女突然推婴儿车横穿过来,我躲避中猛刹前轮,结果自己从自行车的前轮前翻下,浑身七八处碰破,好在没有碰到妇女和婴儿。到了高井头"三步两个桥"的外祖母家,我拿了紫药水搽了手上的破皮,却不好拉开裤脚,露出里面的血痕。到了学习班,才给腿上的伤上了药。

在当天的日记中,我写道:"今天上午和章军买绿豆糕,不慎跌倒。接连两次车祸,史无前例。"

两次车祸,一次是指撞了老奶奶,一次是指差一点撞了婴儿。后来我偶尔想,自己魂不附体,接连骑车出事,是不是和母亲在上海开刀有关系呢?我相信人类存在第六感,只是至今尚未解开其中的奥秘。

章军是和我一起看守胡某的小伙子。他患小儿麻痹症,一条腿不方便,但性格乐观,见人总笑嘻嘻的。四十年后,我们在街上相遇,他骑了自行车,还是那个样子,一眼就认出了我。

21. 不拉打不响的炮

1977年6月25日,全市今天热热闹闹,欢迎万里来安徽任省委第一书记。晚上,一起办学习班的程平安、章军、陈利军等要我迟些回家,吃了夜餐锅贴饺再回,但我还是8点就回来了。正好赶上我家对面的市学习班放电影《董存瑞》。——市学习班即后来的市委党校,1981年年初我分配工作,即在此上班,此是后话。

小苏不声不响地叩门,哭丧着脸。原来他在楼下被自行车碰到。

隔日,星期一,轮到我休假,中午在外祖母处吃饭。小姨家去年订了《解放军文艺》,我浏览了一下,对战士写的诗很感兴趣,他们用诗写出自己的切身体会,很启发人,很切合我的环境。中午很热,我回家拿起父母的《马克思恩格斯选集》翻了一会儿,虽然写得好,但可惜我不能消化,只好放下。

晚上,我看了电影《年轻的一代》。

6月28日,星期二,老叶今天对我们说,以后你们工作,千万要和人比长处,不能比短处,比短处,会使你连领导都瞧不起。这对我是个教育,我因此看到了老叶的长处。平常,老叶在我眼中,是一个高高在上的人,血压高,脾气很大,尤其在讯问胡某时,语速很快,咄咄逼人。他今天这番话,叫我看到了他身上的优点。

7月1日,星期五,父亲单位地区学习班的宋医生打电话给母亲单位地区妇联的同志,谈了他在上海见我母亲的情况。方姨打电话给我,说母亲有得癌的迹象,这个星期可能住上医院,继续诊断。我接到电话后,一直不安,想到上次去信那样轻描淡写,心里顿觉内疚。遥想父母在外地吃住不便,处处靠同志帮助,自己却无能为力。我只能努力学习,以此让父母放心。

在学习班期间,我的生活其实很好,除了誊写材料,什么工作负担也没有。而且,几个小青年在一起并不寂寞。要珍惜这段时间,这可能是我在招工前最后的时间了。听沈璜说,他有个朋友学习外语,一学就是半天,解小便时也学习,现在得了紧张性精神分裂症,这种情况要引起注意。

当晚,我给华庆生写信,告诉他,现在只能订第四季度的《文艺作品》了,因为第三季度的杂志要在 5 月 25 日前订。我在信中谈到小说的创作,说:

> 听你讲想写点什么,我希望你写前多加考虑,不拉打不响的炮。——也正是由于这个思想,我迟迟没有素材可用,当然也许是错误的。

这个观点显然是错误的。一个作品的成熟,需要许多不成熟的作品为铺垫,我的问题是没有看到创作是一个探索过程。或许受我的影响,华子与我一样,最终没有走上纯文艺创作道路。

22. 母亲住进了上海医院

1977 年 7 月 2 日,母亲住进上海市第一人民医院,住院号为 413312。母亲当天在笔记本上写道:

> 在闵青萍的帮助下,在第一人民医院有了病床。我就于上午 9 点钟来了住院部,办了入院手续,住进三楼 629 病床。这是一间七床位的家用房,条件很好,面临苏州河岸,坐北朝南。室内清风凉爽,气温宜人。像我喜欢感冒的确实感到风还大了一点呢!今天入院后,一位姓任的大夫给我量了血压、体温、脉搏。下午做了心电图,做了胸腔透视,看检查的结论,除心电图没有结果,其他都是正常的。

闵青萍是虹口区武进路八十五号第一人民医院妇科医生。

从笔记看,母亲对终于住进了医院是高兴的。她对于住院病房的描写,以及谈到面临苏州河畔,谈到室内夏天吹进来的凉风,甚至谈到病友的情况,显得轻松愉快,有即将解决问题前的宽心。

第二天,邻居王姨告诉我,皮革厂接到上海采购员电话,讲你母亲昨天住上了上海市第一人民医院。

下午,我和一起办学习班的小丁去附近的皮革厂洗澡。

门卫问我们找谁,我们说找某某。

门卫进去把这个人找出来,弄得我们下不了台。

为了洗澡瞎扯,是划不来的。

23. 手术很好

1977年7月3日,星期天,上海的医院是例假,只有值班的医生、护士,不给病人做什么检查了。

第二天,星期一的清晨,护士给母亲抽了血,大概是做肝等方面的检查。过了一会儿,护士再次检查了指血,看看凝固的程度。上午,医生检查病房,父亲问到是否手术,医生表示等各方面检查了再看。

7月6日,医生决定了明天上午8点半进行手术,与三十号病床的姚姊志阿姨一起做。但这位病人才发现一个月,血压较高,年已六旬,又决定她暂不行手术,待血压低点,天凉点再做。

第二天,7月7日,星期四,是日本发动七七卢沟桥事变四十周年。对母亲来说,这一天是大难之日,也是脱离沉重的心理负担之日。8点半到了,母亲躺上了送去开刀的车床,被护士推进电梯,进了五楼第五手术室。

母亲开刀后,她所在单位的安庆地区妇联会领导曹玉琴、章安庆向地委领导汇报,要求到上海来看望母亲,得到了安庆地委书记的同意。母亲知道后,十分欣慰,认为"这是组织上的关怀"。

曹玉琴阿姨中等个子,劳动模范出身,曾三次受到毛主席的接见,见人总笑嘻嘻的。章阿姨不苟言笑,但一看就是好人。

除了曹、章阿姨,占少成同志代表母亲被临时抽调去的工作队的党委也派人来沪探望。母亲在笔记中说:"这些对我都是很大的鼓励。"

一个星期后,7月15日上午,医生给母亲拆线。手术很成功,医生说,不到两天,就可以出院了。这一天,哥哥的战友送来了哥哥在南京写的信和三瓶糖水罐头。

手术很成功,母亲情绪非常好,在上海外滩照了一张相片。她两手扶在后面的栏杆上,面带微笑,一种经历大风大浪后,享受风平浪静的微笑。

母亲开刀前后,许多同志来看望。母亲在笔记本上记下了探望的同志和礼品:

罗:一包糕点,一瓶果水。黄:两斤白糖,两瓶糖水罐头。刘恩贵:麦乳精一包。闵:麦乳精一包。高:鸭蛋四只。陈:罐头两瓶。曹(玉琴)、章(安庆):果水一瓶,酥糖一包,白糖两斤。吕:白木耳二两,罐头三瓶,8.80元。陈:蜂乳一瓶,罐头一瓶,贡糕一包。国(建国):罐头三瓶,布票十尺。瞿志:蛋糕两斤,糖果一斤。陈琳:白糖两斤,糖果两斤,奶粉一斤半,香烟六盒,肥皂两条,香皂一块。徐汝华:番茄若干斤。

母亲在笔记本上写了来看望的人的姓和礼品,没有写名字,估计当时时间仓促。此外,对母亲而言,有了"姓"一看就知道是谁。

24. 母亲出院

1977 年 7 月 16 日,上午 10 点多的时候,王医生来到母亲的病房说:"因有危急病人需住院,你就今天出院吧!"父母很高兴,准备了一下,结了账,下午 2 点多离开了医院。医院给母亲的病理化验结论是:左乳腺导管乳头状瘤,反应活跃。

出院后,父母住旅社。7 月 19 日请小程同志购几张后天的船票,东方红一号三等舱。7 月 21 日早晨,母亲醒得特别早,4 点不到就起来了。父母乘三轮车到码头,乘上午 8 点的东方红一号,三等舱一室四人。

母亲自 6 月 8 日带着惶惶不安的心情离开安庆,四十四天过去了,现在抛下了沉重的精神枷锁,轻松地回家了,故母亲心情兴奋,难以言表。她凌晨 4 点即不能入睡,坐等天亮。东方红船票一般只能买到四等舱,母亲对于住进了四个人一室的三等舱是满意的,故特别提到"一室四人"。

回到安庆,许多同事到家中看望母亲。母亲也很高兴,每天都和来探望的人谈起自己在上海看病的经历。只有到这个时候,我才知道,母亲在上海动了大手术。母亲担心我背包袱,开刀前未告诉我。

母亲自上海回来后,哥哥自南京回安庆住了几天。这对于正在恢复阶段的母亲,无异于锦上添花。

四十多年后,我见到了母亲的笔记本,第一次知道了母亲去上海看病开刀的细节。母亲 1985 年去世,至今已三十余年。见到母亲的笔记本,如同母亲在低声诉说当年的事,母亲亲切的面容栩栩如生,是留给我的一个精神礼物。每年除了在母亲的墓前祭祀,表达心中的思念,还有什么比见到母亲当年内心的独白更让人感到亲近的呢?

283

秋阳暖洋洋地照在我的身上,如同母亲的笔记沁入我的心扉。院子里的桂花开了,含笑花、月季花开了,橘子、小枣挂在树上。我的两个外孙子,一个八岁,一个七岁,分别读小学二年级、一年级。如果我的母亲还在,该多好啊!

母亲一生怕见血,每遇血光,神色黯然。冥冥之中,母亲似知其生前要遭遇非常之难。

7月10日,母亲开刀后第三天,我在安庆看了电影《苦菜花》。7月19日,母亲出院后第三天,我在安庆看了《枯木逢春》。7月30日,母亲回安庆一周,我看了电影《祖国啊,母亲》。这三部电影如此契合我的心境,实在是巧合!

25. 姐姐:生活不算困难

1977年8月15日,星期一,早上,姐姐离开安庆,回霍邱去了。她任小学老师,需要回去备课,安排班务计划。这次回安庆,姐姐见到了建国,并希望他找父亲要一只手表。她现在在霍邱尧冲小学任代课教师,家离学校几里路,家里没有钟表,到学校迟到了,影响不好。为了不迟到,姐姐上班比别人走得早。

建国答应和父亲说,但心里没有底。他表示,如果父亲不同意,就把妈妈给自己买的手表送给姐姐。当然,此事不能让父母知道。

在工农街办的学习班是从5月29日开始的,本来说是一个月,可到8月中旬尚未结束。老叶说,要留一两个人下来做收尾工作。晚上,我请假回家,本想陪哥哥聊天,不想哥哥看戏去了。

华庆生头天刚从东至下放到地方回来,晚上我约他来谈。我们就文学创作交换了意见。我们都是半瓶子油,但较坦率,还是不错的。我给他看了我最近写的《旗鼓颂》长诗,庆生说后面不如前面。

第二天一早,哥哥乘加班轮回南京了。

这次哥哥回家,给家人照了相,也给舅奶奶照了一张。洗出来后,舅奶奶非常高兴,因为大家都说照得不错。舅奶奶很少照相,母亲也觉得舅奶奶的相片照得不错,打算放大一张。

8月23日,星期二,姐姐在霍邱尧冲给哥哥写信,谈到今年收成很差:

> 我们今年因为干,后又雨水不断,所以收成不行。我们的口粮标准是大人全年600斤,小孩450斤,我家全年口粮是2100斤。从今年算起(包括小麦在数),平均每月是175斤稻,这样算就不太充足,因为打成米只有126斤米。我已和别的大队挂好钩,准备买一点稻。总的来讲,生活不算困难。在农村艰苦一点,不算什么。

信中,姐姐希望建国给姐夫换军衣,说姐夫很穷,没有衣服穿。谈到手表,姐姐在信中说,如果父亲不同意,希望建国把自己的表寄给她。她经济困难,买不起表。如果有钱是能买到的,因为姐夫的表叔是采购员,可以帮忙买一只手表。

哥哥的手表,是母亲费很大力气在枞阳托人买的上海手表。因姐姐需要,而父母一时不会给姐姐买,在接到姐姐信后,哥哥便将自己的上海手表寄给了姐姐。姐姐很感激,请小姑买了毛线,给建国打了一件毛线衣。

哥哥将手表送姐姐,父母不知道,我是看了哥哥转寄的四十年前姐姐的信才知道的。父母不给姐姐买表,是恨其不听话;哥哥送表给姐姐,是怜其困难。

就在这时,一个消息——国家将恢复停止了十年的高考——不胫而走。

它引起了全国青年的躁动,并改变了无数青年人的命运。和许多年轻人一样,一个从来没有想过的美好的未来,在悄然向我招手了!

2006 年初稿

2016 年二稿

2019 年三稿

2021 年校稿

2023 年校定

后　记

　　大约在高中一年级时,我萌生了当作家的想法。20世纪90年代,我按儿时、街道、大学、党校等几个人生阶段,列了一个写作计划,打算分阶段写成长篇小说。1994年,我出版了处女作《从领袖到平民——陈独秀沉浮录》,用的是小说笔法,带了小时想当作家的痕迹。这部著作出版后,不少人认为,写历史人物不宜用小说笔法。此后我写人物传记,贴近史学,采取了写实笔法。写实笔法高于小说笔法,因为贴近史实,有史料价值,对读者更有启发。因此,我决定把自己人生的各个阶段,以自传形式写出来,而不用小说笔法了。

　　2006年,我在五十岁时写了《五十自述》。初稿自出生写起,一直写到五十岁。过了十年,2016年,这本书仍躺在电脑里,我将自小到1982年1月大学毕业前的内容抽出来,整理成《六十自述》。2018年,适逢恢复高考四十年,人民出版社为纪念这个特殊事件,斩头留尾,将我自述中前二十年去掉,单独出版了二十一岁至二十四岁上大学的生活,以《麻姑山下——我的七七级》书名出版。这么一来,老二先于老大出生了。

　　《麻姑山下——我的七七级》出版后,此前的二十年回忆只能单独出版了。2019年,我对这一段内容做了补充。这一年春节前,我携家人专门去了一趟祖籍地——蒙城力芭集朱大庄。这一年我六十二岁,是我第一次回老家祭祖,既了一夙愿,也补充了一点资料。春节后,我单独去深圳,与哥哥建国聚谈六天,回安庆后写了《庐下莳杂花:李建国的艺术之路》(华文出版社

2022 年出版），既了了为建国写传之愿，也补充了我自己的早年传记材料。

写早年生活，一般没有多少文字依据。我在高中毕业后留城待业期间，受邹韬奋等人的启发，开始写一点日记、札记，留下了当时的一点资料。此外，母亲的笔记本中的零星文字、家人的残存信件，都是写自传的极好资料。1994 年以后，我写了十几个人的传记，其中写朱书、刘大櫆等人传记时，他们的资料并不多。写各种前人的传记，无意中为我写自述积累了经验。因此，我在写自己的早年生活时，尽管资料不多，并不觉得困难。

写早期生活，对传主是一次愉快的"旧地重游"。许多早已忘记的小事，像一张张风景画，一件带一件，被重新唤起。回忆中有情不自禁的微笑，也有事隔几十年的重新发现。家人、老师、同学、朋友，甚至偶尔打交道的人，都因某事被串在一起，一时间全部走动起来，栩栩如生了。半个世纪前的生活，仿佛就在眼前。其中，一些亲人、朋友已经去世，他们因后人的回忆，获得了新生。

任何人的道路都不是一帆风顺的，如果可以重来，相信很多人会选择走另外一条路。传记为年轻人选择自己的道路，提供了各种值得借鉴的模式，这也是传记作品的魅力所在。出生在五六十年代的人，在同一个时代背景下成长，阅读同时代人的传记，会产生更多的共鸣，唤起自己的许多回忆。而出生在此后的年轻人，会增加对我们这一代人了解，获得一点有关人生、立志、自学等方面的借鉴。

自 1961 年来枞阳，到 1973 年离开，我在枞阳生活了十二年。本书写到二十岁，在枞阳的生活占据了其中的大半，故取书名《枞川记忆》。枞川是一条河流，自北面连城湖流出，往东汇入长江。两千年前，汉武帝在司马迁等大臣的陪同下，前呼后拥，乘船自长江溯枞川而上，上达观山射水中之蛟。此外，晋代陶侃、宋代苏澈、清代方苞、刘大櫆、姚鼐等人，都乘船游览过枞川河上的风光，有的还留下了诗篇。以此为书名，或能沾一点先人的光泽。

后　记

　　自 2006 年动笔,十六年过去了。这期间,父亲、大母舅、小姨父等亲人相继去世了。他们没有看到这本书的出版,留下了遗憾。最后,感谢安徽文艺出版社出版了本书,感谢周康、秦知逸老师为编辑此书付出的辛勤劳动!

朱洪

2022 年中秋节